최강 찌꺼기 황자의
암약 제위 쟁탈전
무능한 척 연기하는 SS랭크 황자는 황위 계승전을 남몰래 지배한다
2

“어렵네…….”
“50점이
아르라면 그런 식으로 하지 않았을 테니
레오나르트·
렉스·아드라
에르나 폰 암스베르그

"제 이름은
레오나르트 렉스 아드라라고 합니다.
이번에 론디네 공국에 파견된 제국의 전권 대사입니다."
아르노르트·
렉스·아드라

빛이 성검의 칼날로 모여들기 시작했다——,
그것은 거의 태양에 가까울 정도로 압도적인 광량을 내뿜었다.

최강 찌꺼기 황자의 암약 제위 쟁탈전 2

무능한 척 연기하는 SS랭크 황자는 황위 계승전을 남몰래 지배한다

탄바

목차

삽화 · 본문 일러스트 : 유우나기

디자인 : 아츠시 타카히사(atd)

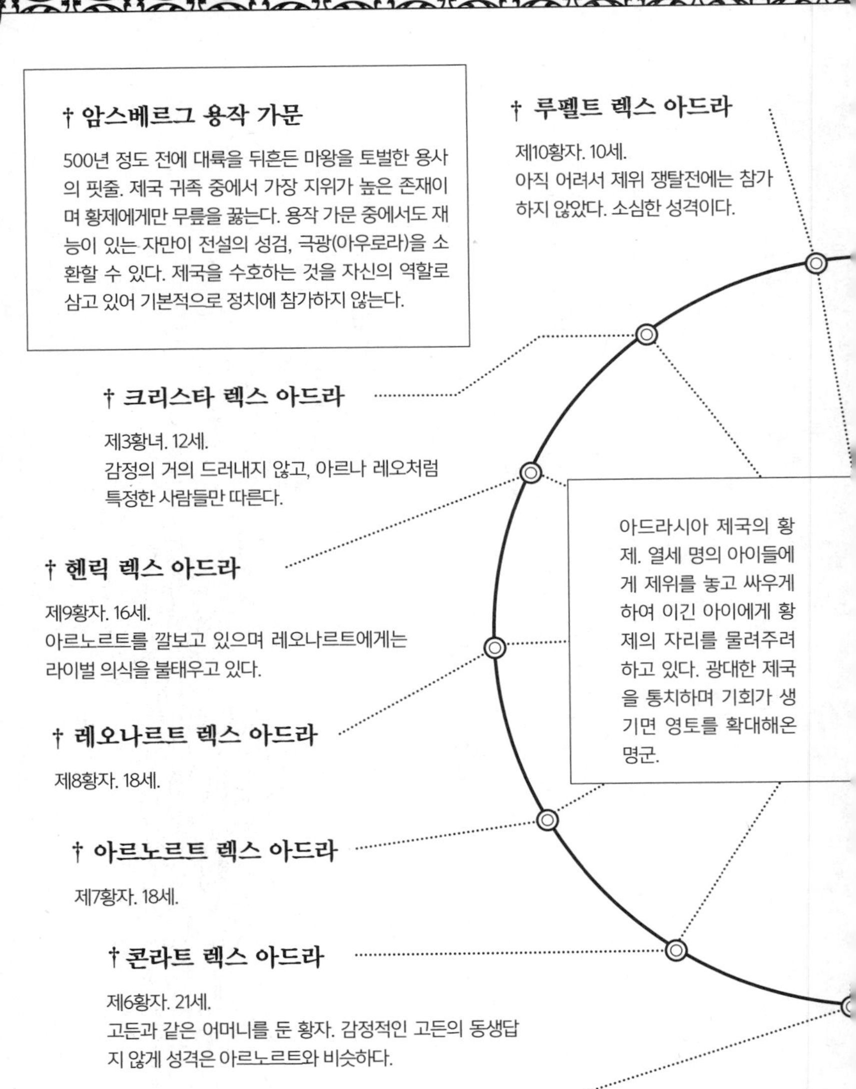

† 카를로스 렉스 아드라

제5황자. 23세.
뛰어나다는 평가를 받은 적도, 무능하다는 평가를 받은 적도 없는 평범한 황자.
하지만 능력과는 달리 꿈에 취해있어 영웅이 되고 싶은 마음을 품고 있다.

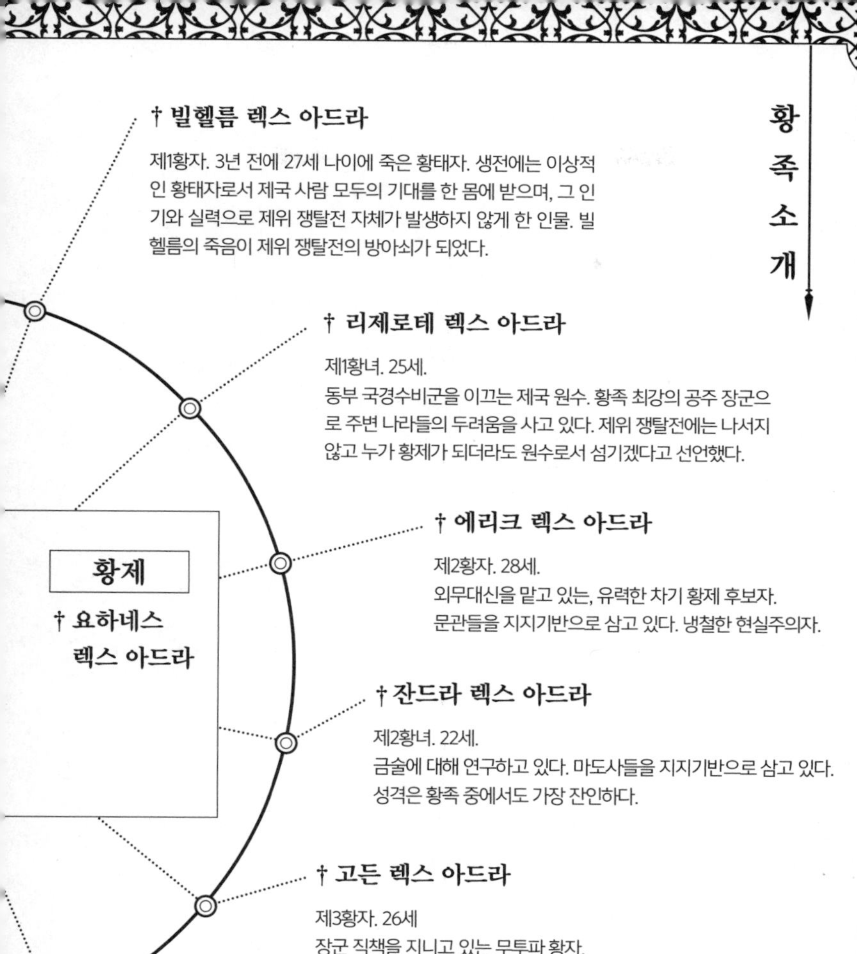

† 드라우고트 렉스 아드라

제4황자. 25세.
촌스러운 안경이 특징인 뚱뚱한 황자.
문학적인 재능이 없는데도 문호를 목표로 삼고 있으며 취미에 빠져 사는 사람.

† 선선대 황제 구스타프 렉스 아드라

아르노르트의 증조부에 해당되는 선선대 황제. 황제의 자리를 아들에게 물려준 다음 고대마법을 연구하는데 몰두하다 제도를 혼란스럽게 만들었던 '난제(亂帝)'.

최강 찌꺼기 황자의 암약 제위 쟁탈전

무능한 척 연기하는 SS랭크 황자는 황위 계승전을 남몰래 지배한다

제1장 제도 암투

1

소동이 일어난 지 2주일 정도가 지났다. 혼란이 컸기 때문에 제위 쟁탈전에도 눈에 띄는 움직임이 없었다.

그런 와중에 나와 레오는 둘이서 어떤 곳을 방문했다.

그곳의 이름은 후궁. 황제의 비들이 사는 곳이다.

제검성 뒤쪽에 있는 그곳은 황제와 황제에게 허가를 받은 사람만 발을 내디딜 수 있는 여자들의 궁전이다.

우리가 이곳에 올 이유는 한 가지밖에 없다. 어머니를 만나기 위해서다.

마지막으로 만난 게 언제였을까. 석 달 정도 만에 보는 건지도 모르겠다. 뭐, 나만 오랜만에 보는 거지만. 레오는 시간이 나면 항상 만나러 온다고 한다. 꼼꼼하기도 하지.

"어머님, 아르와 레오가 인사를 드리러 왔습니다."

"어서 오렴. 과자를 구웠어. 먹고 가려무나."

이 후궁에서 오랜만에 만난 아들에게 그렇게 편한 말투로 말을 건네는 사람은 어머님 정도밖에 없을 것이다.

이름은 미츠바. 길고 검은 머리카락에 검은 눈동자. 다 큰 아들이 두 명이나 있는 것 같지 않을 정도로 젊고 아름답다. 본인 말에 따르면 그런 부분에 신경을 쓰고 있는 모양이다.

동방 출신 무용수였고, 그 미모에 반해버린 아버님이 곧바로 구혼했다는 전설이 있는 무용수다. 지금도 제도에서는 그런 이야기가 자주 언급된다.

뭐, 전설이 된 이유는 그 구혼에 대답한 말이 애들 교육에 참견하게 두지 않을 건데 상관없나요? 그 상식에서 벗어난 대답 때문인데, 어머님답다고 해야 하나.

실제로 어머님은 교육에 관해서 절대로 황제가 참견하게 두지 않았다.

그 덕분에 나 같은 게 생겨난 건데, 레오가 훌륭하게 자랐으니까 쌤쌤이라고 해도 될 것 같다.

우리는 미리 마련되어 있던 의자에 앉아 과자를 먹었다.

"그러고 보니 오랜만이구나. 아르."

"네, 오랜만에 뵙습니다. 어머님."

"오랫동안 얼굴을 안 보여준 이유가 노는 게 너무 재미있었기 때문이니? 아니면 애인이라도 생겼어?"

"전자인데요."

"재미가 없는 대답이야. 너희 둘은 여자에게 흥미가 너무 없단다. 어머니에게 그럴싸한 이야기 정도는 해줘야지."

가끔 이 사람은 자기 아들이 황자라는 사실을 잊어버린 게 아닐까 하는 생각이 들 때가 있다.

나는 그렇다 치더라도 레오에게 애인이 생기면 보통 일이 아니다. 가문이든 뭐든 조사해 봐야 한다.

뭐, 그런 걸 전혀 신경 쓰지 않고 평범한 아이로 키워낸 게 우리라는 뜻이다. 꼭 필요한 예의 같은 건 배웠지만, 억지로 배운 건 그 정도에 불과하다.

이 사람의 교육 방침은 아이가 하고 싶으면 시킨다는 것이었다. 어머니가 이런 사람이었기에 가정교사의 수업이 재미없어서 도망치더라도 혼나지는 않았다. 단, 나중에 필요할 것 같으면 공부하라는 이야기를 매번 들을 뿐이었다.

지금 생각해보니 무시무시하다. 황자의 교육을 대체 뭘로 보는 건지.

자주성에 맡긴 결과, 형은 게으르게, 동생은 성실하게 자랐다. 완전히 성격 탓이라고 할 수 있겠지.

“그건 그렇고, 새삼스럽게 둘이서 찾아온 이유는 뭐니?”

“어머님. 이번에 제가 전권 대사, 형이 보좌관에 임명되었습니다. 아마 조만간 나라를 떠나게 될지도 모르죠. 그걸 보고드리러 왔습니다.”

“어머? 그래? 그럼 내 선물은 먹을 수 있는 게 좋겠어. 장식 같은 걸 받아봤자 곤란하기만 하니까.”

“네에…….”

용케도 이런 성격으로 후궁에서 살 수가 있구나.

지금은 후궁 안에서도 세력 다툼이 한창 벌어지고 있다. 자기 아이를 황제로 만들려는 어머니들이 음모를 꾸미고 있는 모양이다. 후궁을 다스리는 황후와 황제의 눈이 있기에 그렇게 눈에 띌 정도로는 움직일 수 없다고는 해도, 신중하게 움직일 필요가 있다는 건 분명하다.

"어머님, 저기……, 걱정되진 않으신가요?"

"걱정해 줬으면 하니? 레오도 참, 어린애구나. 열여덟 살이나 먹은 아이에게 이것저것 참견할 생각은 없단다. 폐하께서 너희에게 일을 맡기셨다면, 할 수 있다고 판단하셨기 때문이겠지. 나는 그 판단을 믿을 거야."

"그러시군요……, 그렇다면 저도 자신을 가지고 일에 임하겠습니다."

"저는 하는 김에 지명된 거나 마찬가지니까 적당히 할게요."

"마음대로 하렴. 실패하더라도 죽진 않을 거야."

어머님은 홍차를 마시면서 그렇게 말했다. 다른 사람이라면 실패는 절대로 용납되지 않는다든가, 폐하에게 어필할 기회라는 말을 했을 텐데.

그런 생각을 하고 있자니 방문을 노크하는 소리가 들렸다.

어머님이 대답하자 문이 열렸다. 그리고 크리스타가 고개를 쏘옥 내밀었다.

"어머, 크리스타. 어서 오렴."

"어머님!"

크리스타는 평소에 보여주지 않는 밝은 표정으로 어머님에게 달려와서는 앉아 있던 어머님의 무릎 위에 올라탔다.

몸집이 작은 크리스타는 어머님 무릎 위에 올라타서는 탁자 위에 있던 과자를 빤히 바라보았다.

일단 우리에게 내준 거라는 사실은 알고 있는 모양이었다.

"먹어도 된단다. 아르하고 레오는 거의 안 먹으니까."

"정말이야? 아르 오라버니, 레오 오라버니."

"그래, 괜찮아. 마음껏 먹어."

"나는 조금만 더 먹을까 하는데. 같이 먹을까? 크리스타."

"응!"

그렇게 말하고 과자 쪽으로 손을 뻗은 크리스타는 정말 편안해 보였다. 마치 진짜 어머니와 함께 있는 것 같았다. 크리스타의 어머니는 크리스타가 어렸을 때 돌아가셨다. 그때 크리스타를 키우겠다고 나선 사람이 어머님이었다.

그 이후로 크리스타는 어머님을 진짜 어머니처럼 따랐고, 그 관계로 인해 우리도 따르게 된 것이다.

"그러고 보니 에르나가 인사하러 왔더구나. 아르한테 폐를 끼쳤다며 사과하던데? 무슨 잘못을 한 거니?"

"네, 뭐, 쓸데없는 짓을 했죠. 그 덕분에 보좌관 같은 귀찮은 일을 맡아버렸거든요."

"오라버니는 뭐든지 귀찮다고 해……, 떽!"

크리스타가 토끼 인형의 팔로 나를 가리켰다.

보아하니 인형이 혼내고 있다는 설정인 모양이었다. 귀엽게 찌푸린 표정에 모두가 웃었다.

그렇게 평온한 시간은 금방 지나갔다. 이제 슬슬 일어설까 생각했을 때, 어머님이 갑작스럽게 질문했다.
"맞아, 맞아. 물어보려고 했는데."
"뭐죠?"
"창구희(蒼鷗姫)는 어느 쪽의 비가 되는 거니?"
""푸웁!!""
나와 레오는 둘이서 동시에 홍차를 뿜어버렸다.
콜록거리며 크리스타가 내민 수건으로 입을 닦았다. 어머님이 갑자기 왜 그러지?
"피네 양은 그런 상대가 아닙니다, 어머님……."
"그래도 여자를 그렇게 데리고 다닌 적은 거의 없었잖니. 레오 쪽이 더 우세한 건가?"
"뭐, 백성들 사이에서는 어울린다고 하니까."
이때다 싶어서 레오에게 떠넘겼다.
레오가 '배신했구나?!' 그런 표정을 지었지만, 이렇게 골치 아픈 이야기에 얽히는 건 사양이다.
재빨리 떠나는 게 낫겠다, 그렇게 생각하고 있자니 예상치 못한 복병이 나를 방해했다.
"어머님. 피네는 아르 오라버님의 친구야."
"어머! 그러니?"
"그래. 피네는 엄청 예쁘고, 아르 오라버님하고 잘 어울려."
"어머, 어머."
"아니, 아니……."

너도 꽤 하는구나, 그런 눈빛으로 바라보는 어머님 때문에 나는 당황스러웠다.

용케도 이렇게 어린 아이가 하는 이야기를 곧이곧대로 믿는구나. 피네하고 내가 어울린다고? 제도에서 그런 이야기를 하면 비웃음을 살 거다.

"크라이네르트 공작 쪽 사람이라 한동안 함께 지냈을 뿐이에요. 아무 일도 없었다고요."

"그래도 제국에서 제일가는 미녀잖아? 안 그러니? 크리스타."

"음……, 어머님이 더 미인이야!"

"고마워~, 크리스타~. 엄마도 크리스타가 가장 예쁘다고 생각한단다~."

왠지 모르겠지만 껴안는 두 사람을 보고 나는 한숨을 쉰 다음 일어서서 인사하고 그곳을 떠나려 했다.

"벌써 가니?"

"꽤 오랫동안 있었으니까. 오늘은 사람을 만날 예정도 있고. 너는 좀 더 있어라."

"아르 오라버님, 또 봐."

"그래, 또 보자. 어머님도."

"그래. 건강 조심하렴. 너는 항상 무리하곤 하니까."

"그런 건 인생에서 한 번도 한 적이 없는데요. 적당히 살아왔으니까."

"그래? 뭐, 그런 걸로 해두자. 그럼 열심히 하렴."

그런 식으로 어머님에게 배웅을 받고 나온 나는 후궁을 나선 다음 기합을 잔뜩 넣었다.

아직 갈길이 멀다는 생각이 들었기 때문이다. 그 공간을 지키기 위해서다. 쉬고 있을 순 없다.

"세바스."

"네."

"중립 귀족들의 약점을 알아내라. 제도에 있는 동안에 할 수 있는 것들은 해둬야지."

"알겠습니다."

그렇게 내 암약이 다시 시작되었다.

2

"안녕하신가. 베르츠 백작."

"아르노르트 황자님. 오늘은 무슨 일로 오셨습니까?"

제도에 사는 베르츠 백작은 영지가 없는 궁정 귀족이다.

대대로 제국의 요직을 맡아왔고, 베르츠 백작도 부(副)공무대신으로 토목이나 치수에 조력하고 있다.

그런 베르츠 백작은 한결같이 제위 쟁탈전에서 거리를 두려 하고 있었다. 제위 쟁탈전에 직접 영향을 끼칠 수 있는 직책도 아니었기에 다른 세 사람도 적극적으로 포섭하려 들지는 않았다.

내가 그런 베르츠 백작의 저택을 찾아온 것은 어떤 소문을 들었기 때문이다.

"실은 어떤 소문을 들었는데 말이지."

베르츠 백작은 30대 남자다. 벗겨진 머리에, 소심해 보이는 외모까지 한몫해서 지금까지 여자들이 거들떠보지도 않았다. 하지만 몇 년 전에 겨우 혼담이 성사되었다. 애초에 이름난 가문을 이어받았고, 부대신이 될 정도로 유능한 남자다. 잘못된 방식으로 찾지만 않는다면 시집올 사람은 얼마든지 있다.

단, 이 남자는 시집올 사람을 잘못 찾았다.

"소, 소문 말씀이십니까……?"

"그래, 어디까지나 소문이야. 실은 베르츠 백작의 부인이 밤이면 밤마다 화려하게 놀아댄다던데. 마치 황족같이 말이야. 돈이 어디서 나는 건지 신기하다고 사람들이 이야기하던 걸 들었거든."

"그, 그건……, 과장입니다. 제 부인이 노는 걸 좋아하긴 합니다만, 황족분들처럼 놀다니, 그럴 리가요……."

베르츠 백작은 초조해하며 손수건으로 이마에 난 땀을 닦았다. 보아하니 세바스가 알아낸 정보가 확실한 모양이다.

세바스가 조사한 바에 따르면 베르츠 백작이 아는 사람에게 부인에 대한 불만을 털어놓은 것 같다. 그 불만이 정말 대단했는지, 헤어지고 싶다, 그럴 수 없다면 자살하고 싶다, 그런 내용이었던 모양이다.

행동으로 추리하자면 부인이 화려하게 놀아대는 게 싫은 것 같다. 문제는 이 남자가 어디까지 갔는가인데.

"베르츠 백작."

"네, 네!"

목소리를 낮추고 날카롭게 노려보자 정말 알아보기 편할 정도로 등을 쭉 폈다.

껄끄러운 게 있기 때문일까, 아니면 원래 성격이 그런 걸까. 어느 쪽인지 모르겠다.

"이런 소문도 있지. 당신이 나랏돈을 이용하는 게 아닌가."

"그, 그런 일은 결코 없습니다! 저는 제국의 충실한 신하로서 항상 직무를 열심히 해왔습니다! 부디 믿어주십시오!"

"그래도 말이지. 이번에 내가 온 건 그 소문이 성까지 퍼졌기 때문이다. 아버님의 귀에 들어가면 난리가 날 테니까. 그 전에 수습했으면 해."

베르츠 백작의 얼굴에서 핏기가 샤악 가시기 시작했다.

알아보기 편한 남자로군. 그냥 마음이 약하기만 한 건지도 모르겠지만, 황제에게 알리고 싶지는 않은 모양이다. 기대할 수 있으려나?

"저, 전하! 부디 힘을 빌려주시길! 저를 도와주십시오!"

"범죄자를 도울 생각은 없어. 나는 물론이고, 레오도 마찬가지라고."

"저, 저는 정말 나라의 돈에 손을 대지 않았습니다!"

"그럼 돈을 어디서 마련한 거지? 백작의 급료로 부인의 사치를 유지하는 건 불가능할 텐데?"

"처, 처음에는 저축해 둔 게 있었기 때문에 괜찮았습니다……. 그런데 그것도 금방 다 떨어져서 제가 아는 사람들에게 돈을 빌렸고, 요즘은 상인들에게까지 돈을 빌리고 있습니다……, 아는 사람들에게 너무 미안하고, 상인들에게 돈을 갚아야 할 기간도 닥쳐오고 있어서 도대체 어떻게 해야 할지……."

어째서 그런 여자하고 결혼한 건지 모르겠네.

매우 실례되는 생각을 하고 있자니 방문이 난폭하게 열렸다.

"여보! 이번 달 용돈이 너무 적은데?!"

"베, 베티나?! 어서 나가! 황자님하고 중요한 이야기를 하고 있으니까!"

들어온 사람은 금발에 화려한 인상인 미녀였다. 나이는 나와 비슷하거나 조금 연상인 정도. 30대 남자의 부인치고는 젊다.

차림새도 화려했다. 후궁에서 자주 보는 드레스를 입고, 몸에 두른 귀금속도 전부 진품이다.

헤어지고 싶을 만도 하네.

"황자? 당신 누군데?"

"이, 이봐?!"

"아르노르트 렉스 아드라다. 실례하고 있네. 베르츠 부인."

"아르노르트? 아! 찌꺼기 황자? 호르츠바트 공작가의 아들이 말하던데. 동생에게 좋은 부분을 전부 빼앗긴 한심한 황자. 무능하다면서? 그런데 우리 가문에 무슨 일로 온 거야?"

"……."

베르츠 백작은 넋이 나간 상태다.

뭐, 그건 나도 마찬가지다. 이렇게까지 대놓고 나를 웃음거리로 삼는 사람은 기드 정도밖에 없다. 기드가 그렇게 하니까 자기도 상관없다고 생각한 모양인데, 기드는 소꿉친구이자 공작 가문의 아들이다. 입장이 다르다.

아, 이 여자, 바보다. 그렇게 확신한 나는 베르츠 백작을 동정했다.

"나, 나가 있어……."

"뭐? 나한테 명령하는 거야?"

"됐으니까 나가 있으라고!!"

아마 처음으로 화를 냈을 것이다.

깜짝 놀란 베티나는 불쾌하다는 듯이 인상을 쓰며 방에서 나갔다.

"저희 집사람이 무례하게 군 것을 용서해주십시오! 전하!"

"익숙하니까 딱히 신경은 안 쓰는데. 그와 별개로 참 충격적인 부인이군."

"……저희 집사람이 이쪽으로 온 건 열일곱 살 때였습니다. 지방 귀족의 딸이었던 집사람은 미인으로 유명했고, 저도 만나자마자 한눈에 반해버려서 선물을 이것저것 주며 결혼까지 했지요. 그 이후로도 미움받기 싫다는 마음에 원하는 걸 주곤 했는데, 점점 심해져서 지금은 자기가 황족이나 상급 귀족이라고 착각하는 것 같은 상황인지라……."

"부인이 잘못한 건 분명하지만, 그렇게 되도록 내버려 둔 건 당신 책임이기도 해. 남편이라면 질책하고, 행동을 바로잡아 줬어야지."

"네……, 황자님 말씀이 맞습니다."

마음이 완전히 꺾였겠지.

축 늘어진 베르츠 백작을 보니 비장한 분위기가 감돌고 있었다.

자, 어떻게 할까. 지금부터는 계획을 좀 변경할 필요가 있겠는데.

처음에는 조금씩 백작의 신뢰를 얻어나갈 예정이었지만, 이대로 내버려 두면 금방 자살할지도 모르겠다.

어쩔 수 없지.

"이혼하자는 이야기를 하지 못하는 건 백작이 먼저 구혼했기 때문인가?"

"그렇기도 합니다만……, 황제 폐하께 결혼했다고 보고드리니 매우 기뻐해 주셨고……, 선물도 몇 가지 받았습니다."

"그렇군. 이혼하기 껄끄럽긴 하겠어."

내가 베르츠 백작에게 눈독을 들인 건 부인이라는 약점이 있기 때문만은 아니다.

아버님이 베르츠 백작을 매우 높게 사고 있기 때문이다.

아마 나중에 공무대신으로 삼을 생각이겠지. 직무에 충실하고 쓸데없는 놀음에 빠지지 않는 베르츠 백작은 고용하는 쪽에서 보면 믿기 편하니까.

그런 베르츠 백작이 지금 어떤 상황인지 알면 황제도 이혼하기를 권하겠지만, 그런 건 신하의 신분으로는 알 수도 없는 일.

지금은 중간에 서줄 사람이 필요하다.

"베르츠 백작. 당신도 바보는 아닐 거야. 내가 여기에 온 이유는 알고 있겠지?"

"네, 네……. 저를 레오나르트 황자님의 세력으로 끌어들이기 위해서지요?"

"그래. 할 수만 있다면 좀 더 시간을 들여서 네가 믿을 수 있는 사람인지 확인하고 싶었다만……, 시간이 너무 오래 걸리면 당신이 못 버틸 것 같군. 레오에게 부탁해서 당신이 지금 어떤 상황인지 아버님께 전해달라고 하마. 그리고 아버님의 반응이 이혼 쪽으로 쏠리는 것 같다면 곧바로 이혼해라. 부인의 친가에도 편지를 쓸 테니 안심하고."

"저, 정말이십니까?!"

베르츠 백작은 마치 구세주를 보는 듯한 눈빛으로 나를 바라보고 있었다. 얼마나 궁지에 몰려 있었던 거야?

뭐, 조금 제멋대로 구는 것 같긴 하지만, 이것도 제위 쟁탈전을 위해서 하는 거니까. 부인은 눈물을 머금고 포기해 줘야겠다. 양쪽 다 자업자득이라고도 할 수 있고. 그저 베르츠 백작은 이용 가치가 있지만, 부인 쪽은 없다.

그런데 레오에게 뭐라고 설명해야 하나. 그 녀석은 분명히 서로 이야기를 나누어서 해결하자고 할 텐데.

하지만 그렇게 사나운 부인을 레오에게 보여주는 건 피하고 싶다. 여자에게 트라우마가 생길지도 모른다.

"베르츠 백작. 미안하지만 레오에게 탄원하는 편지를 써줄 수 있겠나?"

"펴, 편지 말씀이십니까?"

"그래, 지금 당장. 그러는 게 설득하기 더 쉬우니까."

"설득?"

"레오는 사람이 좋거든. 내가 이야기해도 당신들을 화해시키려 할지 몰라. 그건 당신도 원하지 않을 텐데?"

"네, 네! 바로 쓰겠습니다!"

베르츠 백작은 내가 시키는 대로 레오에게 탄원하는 편지를 쓰기 시작했다.

제도의 귀족으로 태어나 순조롭게 출세한 엘리트인데 여자 한 명 때문에 이렇게까지 비참해질 수도 있구나.

역시 신부를 고를 때는 신중하게 골라야겠어.

한순간, 내 근처에 있는 여자, 피네와 에르나가 머릿속을 스쳤다.

두 사람이 부인이 되는 상상을 하자 나는 질색했다. 둘 중 누가 부인이 되더라도 여러모로 마음고생을 할 것 같다. 그만두자.

나는 모든 면에서 평범한 여자가 좋다.

"저, 전하, 이렇게 쓰면 될까요……?"

"어디 보자."

나는 편지를 보고 인상을 썼다.

거기에 적혀 있던 것은 부인의 악행에 대해 호소하는 문장이었다. 글자를 통해 부인에 대한 불만을 확실하게 느낄 수 있었다.

거의 저주에 가까운 그 편지를 보며 나는 한숨을 쉬었다.

"우리에게 협력하게 되면 미인계를 조심해라."

"네, 네! 이제 여자에게 정신이 팔리진 않을 겁니다! 성심성의껏 레오나르트 황자님과 아르노르트 황자님을 모시겠습니다!"

"착각하지 마. 우리는 협력을 받는 것뿐이야. 당신의 주인은 황제 폐하라고. 우리가 아니라."

"아, 실례했습니다……."

이런 부분은 확실히 다짐을 받아 둬야지.

레오를 주인처럼 떠받들면 적에게 쓸데없는 빈틈을 보여주게 된다. 그런 것들은 최대한 없애야 한다.

"그럼 편지는 내가 가져가마. 결과는 며칠 안으로 알려줄 테니 기다려."

"네! 잘 부탁드리겠습니다."

그렇게 나는 베르츠 백작 저택을 떠났다.

저택을 나설 때 멀리서 부인이 베르츠 백작을 노려보는 모습이 보였지만, 며칠만 참으면 된다.

결국 그 이후에 레오에게 편지를 보여주자 이 사람은 왜 결혼한 거야? 그렇게 당연한 대답이 돌아왔다. 뭐, 그런 레오를 설득해서 아버님에게 현재 상황을 전하자 아버님 곧바로 이혼시키라고 했기 때문에 베르츠 백작의 이혼은 빠르게 진행되었다.

아버님도 대신 후보감이 지방 귀족 아가씨의 먹잇감이 되는 건 원하지 않았을 테고.

그렇게 베르츠 백작이 들어오자 레오의 세력은 조금 커지게 되었다.

3

"그래도 되나요?"

서류를 좀 정리해야 할 필요가 있었기에 방에서 정리를 하고 있자니 홍차를 끓이던 피네가 그렇게 애매한 질문을 던졌다.

"뭐가?"

"베르츠 백작을 아군으로 끌어들인 것 말이에요. 동정할 만한 부분이 있긴 하지만, 자업자득이라는 건 부정할 수가 없죠. 자기가 젊은 부인에게 이것저것 준 나머지 제어가 안 되니까 이혼하다니……, 여자 입장에서는 이해하기가 힘드네요."

"뭐, 그것만 놓고 보면 베르츠 백작은 최악의 남자겠지."

"다른 쪽으로 볼 수도 있나요?"

이렇게 직접적으로 따지는 걸 보니 상당히 불만인 모양이다. 뭐, 사랑한다고 해놓고 골치 아파지니까 쳐냈다고 볼 수도 있으니까. 여자 입장에서 보면 불만이겠지.

하지만 이 문제는 두 사람만의 문제가 아니다.

나는 서류를 정리하면서 설명했다.

"베르츠 백작의 전 부인, 베티나의 친가는 남부의 귀족인 다움 백작 가문이야. 이 다움 백작 가문은 남부 최대의 귀족인 크류거 공작 가문의 친척이고. 이름을 들어본 적 있나?"
"물론이죠. 황제 폐하의 비 중 한 분도 크류거 공작 가문 출신이셨죠?"
"그래, 제5비는 현재 크류거 공작의 여동생이야. 다시 말해 황족과도 친분이 꽤 있는 공작 가문이라는 뜻이지. 자, 여기서 문제. 제5비의 아이가 누굴까요?"
내가 문제를 내자 피네는 잠시 생각한 다음 알겠다는 듯이 손뼉을 쳤다.
하지만 곧바로 자신이 없다는 듯이 대답했다.
"잔드라 황녀 전하하고……."
"제9황자야. 지금은 동생 쪽은 상관없고. 중요한 건 베티나가 잔드라와 연결고리가 있다는 점이지."
"연결고리요……? 하지만 모친 쪽 친가의 친척이라면 그렇게까지 깊은 관계는 아닐 것 같은데요?"
"보통은 그렇지. 하지만 이번에는 조금 달라. 그런데, 피네는 우리 라이벌들이 어떤 지지기반을 가지고 있는지 알고 있어?"
"아, 네. 에리크 황자 전하께서는 문관, 고든 황자 전하께서는 무관, 잔드라 황녀 전하께서는 마도사죠?"
알고 있긴 하네.
뭐, 그 정도는 당연히 알고 있어야 하는 거지만.
정답이라고 말하자 피네는 해냈다며 매우 기뻐했다. 허들이 낮은 아이구나, 나는 그렇게 생각하며 계속 말했다.

"그럼 그중에 '제도'에서 가장 지지기반이 약한 세력이 어디일 것 같아?"
"제도요? 제국이 아니라?"
"그래, 제도 말이야."
"음……, 제일 강하신 건 아무리 봐도 에리크 전하시죠. 그러니까 고든 전하나 잔드라 전하일 텐데……, 음~, 알겠어요! 고든 전하세요!"
"이유는?"
"무관은 전선에 있으니까 제도에서는 약할 것 같아서요."
"유추하는 방식은 괜찮은데, 정답은 아니야. 전선에 나가지 않는 무관도 있으니까. 정답은 잔드라다."
"아으, 틀렸네요……. 어째서 잔드라 전하가 약하신 건가요?"
어떻게 하면 알아듣기 쉽게 설명할 수 있을지 생각한 다음, 나는 탁자 위에 올려두었던 과자를 들었다. 크리스타가 좋아해서 그런지 오늘 과자는 동물 모양 쿠키였다.
사자와 새, 그리고 늑대 쿠키를 든 다음 사자와 새는 내 근처에 있던 접시 위에 내려놓고, 늑대 쿠키는 부숴서 그 주위에 뿌렸다.
"아아아……, 잘 만들어진 건데……."
"미안하네. 자, 이 접시에 있는 두 개가 에리크와 고든이고, 흩어진 게 잔드라야. 무슨 말인지 알겠어?"
"???"
"모르는 것 같구나. 오케이, 문관이나 무관은 직책상 제도에 있는 경우가 많아. 하지만 마도사는 나라의 직책이 아니지. 물론 직책을 가지고 있는 사람도 있긴 하지만, 지방의 귀족이거나 국경의 무관이거나, 이곳저곳에 너무 많이 흩어져 있거든."

"그렇군요! 다시 말해서 잔드라 전하의 지지자는 제도에 별로 없다는 뜻이네요?"

"뭐, 그런 뜻이지. 그리고 지금부터가 본론이야."

"네……? 방금 그게 본론 아니었나요……?"

또 어려워지나, 피네가 그렇게 생각했는지 한 발짝 물러서며 겁을 먹었다.

나는 그런 피네를 보고 쓴웃음을 지으면서 최대한 알아듣기 쉽게 설명할 수 있게끔 신경 썼다.

"간단하게 말해 줄게. 잔드라는 지지기반의 특성상 두 사람에 비하면 나라의 중요 직책을 맡은 지지자가 별로 없어. 고든은 무관, 에리크는 문관을 통해 자신의 생각을 황제에게 전할 수 있는데, 잔드라는 그런 파이프가 없다는 거지. 그러면 잔드라도 곤란할 거 아냐?"

"그렇죠. 중신 회의에 참가할 수 있는 지지자가 있고 없고 차이는 하늘과 땅 차이일 것 같아요."

"그렇지. 그래서 잔드라는 계속 자신의 지지자를 대신으로 만들려는 꿍꿍이를 품고 있었어."

"그런 게 가능한가요? 대신을 임명하는 건 황제 폐하께서 하시는 일이잖아요?"

"뭐, 방법이 있지."

나는 그렇게 말한 다음 접시로 옮긴 과자를 이번에는 세로로 겹쳤다.

그 모습을 본 피네가 고개를 갸웃거렸다. 익숙하지 않은 사람이 보면 그것만으로도 마음을 빼앗겨버릴 정도로 사랑스러운 모습이다. 베르츠 백작에게는 보여줄 수가 없겠는데. 아마 피네에게 결혼하자고 할 테니까.

하지만 나는 그런 모습에 휘둘리지 않고 위에 놓아둔 사자 쿠키를 부쉈다.

"아앗?! 또?!"

"어차피 먹을 거니까 괜찮잖아? 이게 자기가 원하는 사람을 대신으로 만드는 방법이야."

"무슨 뜻이죠?"

"그럼 다른 식으로 설명할게. 방금 부순 사자가 현직 대신. 아래쪽에 있던 새가 대신 후보야. 위쪽에 있던 사자가 부숴지면 새 쪽으로 대신 직책이 굴러들어오지."

"그렇군요! 대신 후보를 끌어들인 다음에 지금 대신을 쫓아낸다는 거네요!"

눈치가 꽤 빨라졌다. 애초에 이런 모략 계열 이야기를 껄끄러워할 뿐이고, 머리가 나쁜 건 아니니까. 가끔은 너무 단순해서 겁이 나지만.

"그래. 부대신이나 비슷한 직책에 지지자를 넣는다, 또는 지지자로 끌어들인다. 그리고 위에 있는 대신을 쫓아내면 대신을 세력으로 끌어들일 수 있는 거지."

"그렇군요……, 그런데 그게 베르츠 백작하고 무슨 관계가 있는 거죠?"

"에휴……, 베르츠 백작의 직책이 뭐지?"

"부공무대신……, 어?!"

이제야 흩어진 내용의 연결점을 알아챈 모양이다.

뭐, 꽤 복잡하니까 어쩔 수 없지만.

"잔드라는 어머니 쪽 친가를 통해서 베티나를 조종하고 있었던 거야. 베티나도 호화롭게 놀라는 지시를 받았으니 기뻐하며 받아들였겠지. 그리고 잔드라는 최근에 베티나에게 새로운 지시를 내렸어."

"아직 남았나요……."

"이게 중요하거든. 베티나는 현직 공무대신과 불륜 관계였어. 상대방이 제안한 관계인 것 같은데, 뭐, 유혹한 건 베티나겠지. 그리고 공무대신의 부인은 황제의 친구의 딸이야. 두 사람을 만나게 해준 것도 황제인 것 같고. 불륜을 저질렀다는 걸 알면 크게 분노할 건 뻔하지."

"……설마, 처음부터 전부?"

"그래, 잔드라의 계획이야. 여자들이 거들떠보지도 않는 베르츠 백작에게 미녀를 붙여주고, 그 미녀로 괴롭힌다. 그와 동시에 공무대신에게 손을 써서 쫓아낼 준비를 한다. 그리고 때를 봐서 베르츠 백작을 구해주고 공무대신의 불륜을 황제에게 알린다. 그렇게 하면, 어머나 신기해라. 자기 지지자가 대신이 되지."

"자, 잠깐만요! 그, 그러면……."

설마, 그렇게 말하고 싶어 하는 표정을 짓고 있는 피네를 보고 나는 씨익 웃었다.

몇 년 동안 계획을 진행 시키느라 고생했겠어. 아마 황태자가 죽은 시점에서 움직이기 시작했겠지만, 얼마 안 남은 상황에서 마무리가 어설펐군.

"그래, 잔드라의 계획을 통째로 빼앗았지. 지금쯤 마구 화를 내고 있을 거야."

"그럴 수가?! 이제부터 아르 님하고 레오 님께서 제도를 떠나실 텐데, 잔드라 전하를 화나게 하면 어떻게 하시려고요?!"

"우리가 제도를 떠나기 때문에 잔드라를 공격할 필요가 있었던 거야. 제도를 떠나는 이상 공격당하는 건 피할 수 없어. 아직 우린 셋에게 동시에 공격당하면 버틸 수가 없어. 그런데 세 세력의 균형이 무너진다면 어떨까? 우리에게 한 방 먹은 잔드라는 중요한 계획을 잃었어. 세력이 동요하겠지. 에리크와 고든은 그걸 놓치지 않을 거야. 우리는 언제든 해치울 수 있지만, 잔드라는 약해진 지금밖에 공격할 수가 없으니까. 나라면 잔드라의 세력을 깎아내려 하겠지."

"거기까지 생각하신 건가요……?"

"전부 세바스 덕분이야. 암살자에게서 중요한 정보를 알아내

줬고, 베르츠 백작의 주변도 세바스가 조사해 줬거든."

잔드라도 참 바보 같은 짓을 했다.

베르츠 백작 쪽 일을 처리하러 보냈던 암살자를 내게 보내다니. 그 덕분에 상대방의 계획을 훤히 알 수 있게 되었다. 뭐, 입을 열 거라 생각하진 않았겠지만, 우리를 너무 얕봤군.

"저기……, 전부터 신경 쓰였던 건데요. 세바스 씨는 대체 정체가 뭔가요?"

"응? 말 안했던가? 세바스는 전 암살자야. 그것도 '사신'이라는 별명으로 대륙 전토에 이름을 떨칠 정도로 엄청난 실력을 가지고 있지."

"?! 어째서 그런 사람이 아르 님의 집사를 맡고 있는 건가요?!"

"그건 나중에 말해줄게. 너무 길어지거든. 자, 이렇게 이야기를 듣고도 아직 베르츠 공작을 도와준 게 불만이야?"

"아, 아뇨……."

"그렇겠지. 아마 여자들이 거들떠보지도 않았던 것부터 잔드라가 손을 썼을 테고. 3년 전부터 그 사람은 부대신이었으니까. 보통은 여자들이 먼저 다가오기 마련이지."

"왠지 정말 가엾다는 생각이 드네요……."

"그래, 결혼이고 뭐고, 몇 년 단위로 놓아난 거니까. 그렇게 너무 가엾은 베르츠 백작을 구해준 거야. 뭐, 이용한다는 점만 놓고 보면 우리도 마찬가지지만."

나는 그렇게 말하고 서류를 정리했다.

공무대신의 불륜 내용이 담긴 서류다. 이걸 베르츠 백작을 통해 아버님께 제출할 것이다.

이제 한동안은 잔드라와 암투를 벌이게 된다. 고든은 이 기회를 놓치지 않고 확실하게 움직일 테니 제위 쟁탈전은 더욱 거칠어질 것이다.

하지만, 그러면 된다. 고든은 잔드라를 눈엣가시로 여기고 있고, 잔드라의 성격상 고든에게 당하는 것만은 싫어할 것이다.

두 사람이 서로 싸우면 우리에게 이득이다. 게다가 그런 상황인 이상 에리크도 적극적으로 움직이지는 않겠지.

우리가 제도를 비운 동안, 두 사람의 세력은 피폐해져야 한다.

나는 그런 생각을 하며 부쉈던 쿠키를 입에 넣었다.

4

"이게 사실인가?!"

황제 요하네스는 베르츠 백작이 제출한 자료를 공무대신에게 들이댔다.

그 눈동자에는 분노의 불꽃이 소용돌이치고 있었다.

불륜을 저질렀다는 사실을 황제에게 들킨 공무대신은 곧바로 무릎을 꿇으며 사죄했다.

"용서해 주시옵소서! 잠깐 실수한 것이옵니다!"

"남의 부인에게 손을 대는 건 무거운 죄다! 대신이면서 그 사실을 모르진 않겠지?! 게다가 자기 부하의 부인을?! 대체 무슨 생각이냐?!"

"그, 그게……. 베, 베티나가 제게 먼저 다가왔습니다! 용서해 주시옵소서! 그 여자가 저를 유혹한 것입니다! 저는 함정에 빠진 것입니다!"

"유혹하면 부하의 부인과 관계를 맺는다는 게냐?! 그럼 내 비들이 유혹하면 그녀들하고도 관계를 맺겠구나?!"

"그, 그렇지는……."

"마찬가지다! 유혹한 여자가 잘못한 거라니, 그런 말이 잘도 나오는구나?!"

요하네스의 분노는 사그라들지 않았다.

공무대신에게는 오랫동안 일을 맡겨 왔다. 친구의 딸을 소개시켜 줬는데도 불구하고 이렇게 은혜를 원수로 갚자 속이 뒤집어질 것만 같았다.

분노가 사그라들지 않은 이유는 그것뿐만이 아니었다. 불륜을 저지른 상대가 자신이 신뢰하고 눈여겨보던 베르츠 백작을 괴롭힌 부인이라는 것 때문이기도 했다.

베르츠 백작에게 부인을 조사하라고 명령한 것도 황제였다. 망설이던 베르츠 백작에게 문제가 있다면 자신이 벌하겠다고 말한 것은 그만큼 요하네스가 베르츠 백작을 높게 사고 있었기 때문이었다.

잔드라가 짠 계획의 대전제로 요하네스가 베르츠 백작을 신뢰한다는 것이 있었다. 베르츠 백작이 모략을 이용해 상사를 내쫓을 남자가 아니라는 사실을 요하네스는 잘 알고 있었다.

그렇기 때문에 요하네스의 눈에는 '공무대신'이 자신의 입장을 지키기 위해 유능한 부하의 부인을 이용해 궁지에 처하게 한 것처럼 보였다.

잔드라도 그렇게 생각하리라 예상했다. 원래는 부인을 이용해 공무대신을 내쫓은 거 아닌가? 그렇게 의심을 살 상황이지만, 황제가 가진 배르츠 백작에 대한 신뢰, 그리고 오랜 기간 봐온 베르츠 백작의 성격이 의심을 불식시켰다.

이미 부인 때문에 고생했다는 이야기를 들었던 요하네스가 베르츠 백작을 동정하고 있었던 점까지. 그렇기 때문에 요하네스는 빠르게 결단했다.

"네놈은 공무대신에서 물러나거라! 자택에서 근신하며 처벌을 기다리도록!"

"요, 용서해 주시옵소서! 용서해 주시옵소서! 황제 폐하!!"

"베르츠 백작을 불러라!"

요하네스는 화가 사그라들지 않는다는 듯이 말했다.

잠시 후 겁을 먹은 베르츠 백작이 요하네스 앞으로 다가왔다.

그리고 베르츠 백작은 입을 열자마자 사죄했다.

"송구하옵니다! 전 부인의 잘못은 제가 미처 감독하지 못한 탓이옵니다!"

"베르츠……, 무슨 말을 하는 게지? 네가 그런 것까지 책임을 느낄 필요는 없다만."

"허, 허나……."

"나는 너를 믿고 있다. 나쁜 여자에게 속아버리는 그 순박함을 단점이라고 말하는 자들도 있겠다만, 나는 그런 부분이 마음에 드는구나. 너는 성실하고 일도 열심히 하지. 전부터 너 같은 자에게 대신 직책을 맡겨보고 싶었다. 부디 공무대신을 맡아줄 수 있겠는가?"

"그, 그렇게 대단한 일은 맡을 수가 없사옵니다! 제 부인이 죄를 저지른 탓이니! 저를 벌해 주시옵소서!"

"이제 부인은 아닐 텐데. 그리고 이번에는 공무대신이 잘못한 것이다. 유혹당했다고 해서 불륜을 저지르다니, 용서받을 수 없는 짓이지. 그것으로 너를 벌할 생각은 없고, 너를 비방하는 자들이 있다면 내가 벌하마."

"폐, 폐하……."

"다시 명하노라. 베르츠 백작을 공무대신으로 임명한다. 지금까지보다 더 나라를 위해 힘쓰거라."

"……이 성은은 잊지 않겠사옵니다. 베르츠 가문의 이름을 걸고 맡겨주신 역할을 다하겠사옵니다."

베르츠 백작은 그렇게 말하며 공무대신 직책을 받아들였다.

요하네스는 베르츠 백작에게 몇 마디 말을 더 한 다음 물러가게 했다.

그런 다음, 옥좌에 몸을 기대며 한숨을 쉬었다.

"더욱 거칠어지기 시작했군요."

"프란츠냐……."

허락도 없이 나타난 사람은 요하네스와 비슷한 나이인 남자였다.

머리카락이 연한 은색인 그 남자는 하얀 문관용 옷을 입고 있었다. 그 옷을 입을 수 있는 직책은 이 제국에서 단 하나.

문관의 우두머리, 재상뿐이다.

그 남자의 이름은 프란츠 제벡. 이름에 폰이 들어가지 않은 것을 보면 알 수 있듯이 귀족 출신이 아니다. 재능만으로 여관집 아들에서 재상 지위까지 올랐을 정도로 제국에서 제일 출세한 사람이다.

그런 프란츠에게 요하네스가 말했다.

"대신을 두고 싸우는 것은 제위 쟁탈전에서 항상 있었던 일이지. 그 사실은 현직 대신들도 알고 있을 것이다. 그렇기에 주위에 신경을 써야만 하지. 유혹당했다고 부하의 부인과 관계를 가지다니, 말도 안 되는 일이야. 언젠가 제국에게 해를 끼치게 될 것이다. 곧바로 바꿔두지 않으면 나까지 피해를 입을지 모른다."

"그 결정에는 불만이 없습니다. 그런데 베르츠 백작을 그대로 대신 자리에 앉혀도 될까요. 이번에는 책략의 냄새가 납니다만."

요하네스가 황자였을 때부터 참모로 함께 해온 프란츠의 눈에는 베르츠 백작을 둘러싸고 벌어진 일들이 수상쩍게만 보였다.

일부러 자세히 조사하지 않는 건 제위 쟁탈전에 간섭하는 것이 금지되어 있기 때문이다. 그렇지 않았다면 철저하게 조사했을 것이다.

"책략이라도 상관없다. 베르츠에게는 능력이 있고, 베르츠가 직접 책략을 생각하진 않았을 터이니 맡겨도 문제없겠지. 그리고 책략 하나도 제대로 쓰지 못하는 자는 황제가 될 수 없다."

"기묘한 말씀을 하시네요? 폐하께서 황자셨을 때는 제가 책략을 담당했을 텐데요?"

"그것도 황제에게 필요한 자질이다. 다른 사람의 재능을 꿰뚫어 보는 힘, 다른 사람에게 맡길 수 있는 힘. 양쪽 다 황제에게는 필요하지. 나는 일찌감치 네 자질을 꿰뚫어 보았다. 그러니 책략은 네게 일임한 것이지. 덕분에 여기에 앉아있고."

"농담이 심하시군요. 제가 없었더라도 폐하께서는 옥좌를 손에 넣으셨을 것입니다. 그만큼 폐하께서는 교묘하셨죠."

프란츠는 그렇게 말한 다음 잠시 과거를 떠올렸다. 그건 요하네스도 마찬가지였다.

예전에 자신들이 지나온 길을 아이들이 지나려 하고 있다. 그 길은 분명 피로 물들 수밖에 없는 길이다. 그 사실을 알면서도 요하네스는 막을 수가 없었다.

그 제위 쟁탈전이 있었기 때문에 지금의 요하네스가 있다. 그리고 황제가 되었을 때, 그 경험을 살려낼 수 있었다.

제국은 강국이긴 하지만, 패권 국가는 아니다. 라이벌이 있고, 그 나라와 싸워나가야 한다. 그렇기에 항상 우수하고 강한 황제가 필요하다. 제위 쟁탈전은 그런 황제를 선발하기 위해 벌어지는, 황제가 되기 위한 연습인 것이다.

그것조차 돌파하지 못한다면 황제가 될 자격이 없다. 그것은 황족에게 대대로 전해져 내려오는 전통 같은 것이었다.

"예전에 폐하께서는 어리숙한 척 연기하셨죠. 큰형이면서도 방탕한 황자라 불리셨고요."

"제위 쟁탈전에서 선두를 달리는 건 위험하니까. 그만큼 암살당할 위험이 있지. 내 아들이 그랬어……."

"황태자 전하께서 암살당하셨다는 증거는 찾아낼 수가 없었습니다. 저와 폐하께서 온 힘을 다해 조사했죠. 그런데도 암살을 의심하시는 겁니까?"

"그래, 확신한다. 황태자는 암살당했어. 우수하긴 했지만, 너무 착했지. 그 빈틈을 파고들었을 게야. 적어도 그걸 보완해 줄 수 있는 인재가 곁에 있었다면 좋았겠다만."

"그건 운에 달려있으니 말이죠. 그런 점으로 따지면 제4세력은 흥미로운 것 같더군요."

프란츠가 그렇게 말하자 요하네스는 씨익 웃었다.

요하네스도 같은 의견이었기 때문이다.

"역시 너도 그렇게 생각하나? 그 세력은 척 보기에 레오나르트가 카리스마로 한데 뭉치게 한 세력처럼 보이지. 허나 확실하게 뒤에서 암약하고 있는 자가 있다. 그러지 않았다면 이렇게까지 급속도로 세력을 확대할 수 없었을 게야."

"그 사람이 아르노르트 황자라고 생각하시는 거지요?"

"그래, 그 녀석은 나와 닮았다. 무능한 척 연기하고 있는 것 같으니."

"동감입니다만, 폐하와는 달리 제위에 대한 야심이 느껴지지 않습니다. 그리고 일부러 오명을 뒤집어쓰시려는 것 같기도 하고요. 실제로 무슨 짓을 당해도 반격하지 않으신다고 하니 요즘은 귀족들도 진심으로 얕보고 있다더군요."

"무슨 생각을 하는 건지는 모르겠다. 허나 그 녀석은 저번 소동이 벌어졌을 때 가장 먼저 에르나를 보냈다. 게다가 에르나와 기사들에게 책임이 가지 않게끔 자신의 팔찌를 부숴가면서 말이지. 만에 하나 키르가 함락되었을 때를 고려했다는 증거다. 적어도 항간에서 말하는 것처럼 무능하지는 않을 게야. 물론 내가 과대평가하는 건지도 모르겠다만."

"그걸 알아보시기 위해 보좌관으로 삼으신 겁니까? 그건 좀 곤란하지요. 이제 레오나르트 전하의 세력은 지휘를 맡을 사람이 없어졌으니까요."

"뭐, 그런 의도가 있기도 했고, 조금 감정적이었다는 것도 인정하마. 아르노르트가 그렇게 여유로운 표정을 짓던 게 마음에 들지 않았으니. 자기 마음대로 다 된다는 듯한 표정을 짓기는. 그런 표정은 마음에 들지 않아."

그건 동족 혐오로군요, 프란츠는 그런 말이 목까지 넘어왔지만 참았다.

그렇게 말해봤자 부정할 게 뻔했기 때문이다.

하지만 프란츠는 잘 알고 있었다.

아르노르트는 요하네스가 생각하는 것 이상으로 요하네스를 닮았다.

단, 요하네스에게는 목적이 있었다. 자신이 황제가 된다는 목적이. 하지만 아르노르트에게서는 그것이 느껴지지 않는다.

목적이나 강한 신념이 없는 자는 혼란을 불러일으킨다. 힘이 있다면 그 혼란은 더욱 커진다.

만약 아르노르트에게 강한 마음이 있다면 온갖 수단을 써서 이 위기를 뛰어넘을 것이다. 요하네스는 그 모습을 보고자 하는 것이고.

그리고 그 위기를 뛰어넘고 나서야 비로소 아르노르트와 레오나르트는 요하네스에게 인정받게 된다.

"한동안 쌍흑(雙黑)의 황자의 실력을 보도록 할까요."

"쌍흑이라……, 괜찮은 이름이군. 그 두 사람은 둘이서 한 명. 정도를 걸어가는 레오나르트에게서는 황태자의 분위기가 느껴진다. 그리고 아르노르트가 음지에서 보좌할 수 있다면 그 두 사람이 제위를 낚아챌지도 모르지."

"과연 그럴까요. 앞서가는 전하들께서도 모두들 뛰어나시니까요. 다른 시대였다면 모두 황제가 되더라도 이상하지 않을 겁니다. 아직 승산은 별로 없는 것 같습니다만."

"그거 잘됐군. 우수한 자들이 제위를 두고 싸우면 현명한 황제가 생겨나지. 제국은 안정적이겠어."

항상 제국을 생각하는 요하네스에게는 무엇보다 좋은 소식이었다.

하지만 요하네스는 마음속으로 생각했다.

부디 아이들이 흘리는 피가 얼마 되지 않기를.

황제로서 결코 입 밖에 낼 수 없는 생각을 하며 요하네스는 다음 정무를 보기 시작했다.

5

"보고! 헤르멜 자작을 설득하려는 움직임이 있는 것 같습니다!"

"사람을 보내서 설득해라! 절대로 다른 세력에게 넘어가게 두지 마!"

"보고! 제도 수비대 레마 대장이 잔드라 전하에게 포섭되었습니다!"

"뭐라고?! 큭! 더 이상 이탈하는 자를 만들지 말라! 움직일 수 있는 자들을 모두 써서 지지자를 유지한다! 나도 나가지!"

밤. 제도에서는 포섭 대결이 벌어지고 있었다.

잔드라의 계획을 가로채기는 했지만, 잔드라는 보복하려는 듯이 레오의 지지자를 팍팍 빼앗고 있었다.

레오는 그것에 대처하느라 매우 바빴다.

"힘들겠네."

"형도 좀 도와줘! 애초에 싸움을 건 사람은 형이잖아?!"

"아니, 아니, 불쌍한 베르츠 백작을 도와주자고 제안한 건 나지만, 너도 동의한 거 아냐? 결과적으로 싸우게 된 건 사과하겠지만 어차피 가만히 있었더라도 상대방이 먼저 덤볐을 거야. 마침 잘된 거지."

"그럼 도와줘……."

"치고 받는 싸움은 내 역할이 아니니 네게 맡길게. 내가 할 수 있는 일도 없고."

"형이 할 수 있는 일이 없다면, 나도 없어."

"이봐, 이봐, 겸손도 너무 지나치면 기분 나쁘다고. 네가 나서면 많은 지지자들이 마음을 고쳐먹을 거야. 그렇게 남은 녀석이 네 진짜 지지자인 거고. 힘내라."

"남 일 같네, 정말. 전권 대사 일은 꼭 도와줘야 해?"

레오는 그렇게 말하고 겉옷을 걸친 다음 방에서 나갔다.

나는 레오를 보내며 크게 한숨을 쉬었다.

잔드라가 공세를 가하고 있긴 하지만, 세력의 중심 인물은 아직 포섭되지 않았다. 지금 포섭하려 나선 사람들은 비교적 얼마 안 된 지지자다. 그들이 포섭당한다 해도 큰 타격은 아니다.

문제는 세력의 뿌리를 이루고 있는 사람들을 어떻게 잡아둘까인데, 뭐, 그런 걸 생각하는 건 레오의 역할이다.

내가 생각해야 할 것은 적의 행동의 뒤에 숨겨진 음모다.

"세바스."

"네, 무슨 일이신지요?"

"네가 잔드라라면 어떻게 하겠어? 누굴 노릴 거야?"

"저라면 공격을 가하지 않았을 겁니다. 선부르게 공격했다가는 허를 찔릴 것이 뻔하니까요. 만에 하나, 가한다 하더라도 좀 더 시기를 기다렸을 겁니다. 지금은 우선 자기 지지자들을 유지하는 것에 힘썼을 것 같습니다만."

"그런 건 알고 있긴 한데, 머리가 피가 쏠린 잔드라는 이렇게 공격을 가해왔어. 그럴 경우에는 어떨까?"

내가 질문하자 세바스는 잠시 생각한 다음 탁자 위에 있는 과자 봉투를 보고 정신이 번쩍 들었다는 듯이 중얼거렸다.

눈치챘구나. 그렇겠지. 누구든 잠시만이라도 생각해 보면 그런 생각이 들 테니까.

"피네 님이군요. 저라면 피네 님을 노리겠습니다."

"그렇겠지. 우리가 떠난 뒤에 상징이 될 만한 사람은 피네뿐이야. 그러니 노릴 거라면 피네겠지."

"그렇지요. 하지만 피네 님을 습격한다면 문제가 생깁니다."

"그래, 아버님이 잠자코 있지 않을 테니까. 하지만, 예를 들어서 피네가 지지자들을 유지하기 위해서 돌아다니던 와중에 불량배들에게 습격당한다면? 아버님의 분노는 우리에게 돌아올 거야."

"그러면 피네 님은 성에 남겨두실 겁니까? 안 보이시는데요."

"아니, 안전한 곳으로 보냈어. 이곳도 완벽하게 안전하다고는 할 수가 없고, 성에 있던 사람을 써서 바깥으로 데리고 나가기라도 하면 곤란하니까."

제검성의 경비는 완벽하다. 하지만 그것은 외부에 대한 것뿐이다. 안에서 손을 쓰면 완벽하다고 할 수가 없다. 뭐, 황제가 있는 상층은 경비가 완벽하겠지만, 위험하다고 해서 피네를 아버님에게 보낼 수도 없는 노릇이니까.

"안전한 곳 말씀이십니까? 제가 알고 있는 곳 중에서는 아르노르트 님 곁이 제일 안전할 것 같습니다만."

"아니, 베르츠 백작과 접촉한 게 나라는 사실은 이미 들켰을 테니까, 아마 잔드라는 지금 나를 제일 죽이고 싶을 거야. 곁에 둘 수는 없지."

"그렇군요. 역시 베르츠 백작을 끌어들인 게 실수 아니었을까요? 아마 잔드라 전하께서도 당신이 발톱을 숨기고 있었다는 것을 눈치채셨을 것 같습니다만. 그렇게까지 하실 가치가 있었던 것 같지는 않습니다."

"어차피 끝까지 무능한 척할 수도 없을 테고, 에르나를 아버님 곁으로 보낸 시점에서 대충 눈치는 채고 있었을 거야. 그리고 조금만 조사해 보면 네가 원래 실력이 대단한 암살자였다는 건 알 수 있어. 지금까지는 네 덕분이라고 착각하고 있을 거야."

"형제자매분들을 너무 얕보시면 안 됩니다. 낙관은 금물이지요. 당신과 마찬가지로 그 세 분께도 아버님의 피가 흐르고 있으니까요."

"나도 알아. 얕보는 건 아니니까 안심해. 오히려 나만큼 그 세 사람을 높게 평가하는 녀석은 없는 것 같은데."

최대한 경계하고 있기 때문에 내 곁에서 떼어놓았다.

이번 잔드라의 공세는 틀림없이 피네를 끌어내기 위한 것이다. 피네를 내주지만 않는다면, 지지자들이 어느 정도 떨어져 나가는 정도로 끝난다. 뭐, 우리 세력 쪽에서 보기에는 어느 정도 뼈아픈 손실이긴 하지만, 피네를 잃는 것보다는 낫다.

"평소와 달리 진지하신 것을 보니 얕보고 계신 건 아닌 모양이로군요. 피네 님께서 연관되어 있기 때문입니까?"

"뭐, 그렇지. 피네는 크라이네르트 공작의 딸이야. 여기서 잃으면 우리는 다시 일어설 수가 없다고."

"정말 그것뿐이신지? 평소 아르노르트 님이셨다면 상대방이 뭘 노리고 있는지 알고 있다면 반드시 카운터를 준비하십니다. 그런데 이번에는 그러지 않고 철저하게 방어에만 집중하셨죠. 피네 님이 위험하지 않게끔 하기 위해서가 아닌지?"

"무슨 말을 하고 싶은 거야?"

"아뇨, 바람직하다고 생각합니다. 미츠바 님께서도 기뻐하실 것 같군요."

뭔가 다 안다는 표정으로 말하는 세바스를 본 나는 따지려다가 바로 입을 다물었다.

이 집사에게 뭐라고 따져봤자 대충 받아친다는 걸 잘 알고 있기 때문이다.

그래서 나는 아무 말도 하지 않고 밖에 나갈 준비를 하기 시작했다.

"외출하십니까?"

"그래, 어디 사는 집사가 얕보지 말라고 하니까. 안전한지 좀 확인하러 갈 거야."

"그거 좋겠군요. 만나러 가셔서 걱정했다고 말씀하시면 완벽합니다."

"누가 그런 소릴 해."

"그거 아쉽군요. 그런데 피네 님을 어디에 숨기셨지요?"

"너도 잘 알고 있는 곳이야. 이 제도에서 가장 안전하고, 이 제도에서 가장 강한 녀석이 사는 곳이지."

"그렇군요. 암스베르그 용작 가문의 저택인가요? 하긴, 그곳에 있으면 손을 댈 수가 없겠군요."

정답이다.

나는 이해한 세바스를 데리고 암스베르그 용작 가문의 저택으로 향했다.

■ ■ ■

암스베르그 용작 가문의 저택은 성 근처에 있다.

그 거대한 저택을 방문한 나는 곧바로 들어갈 수 있었다. 아무리 황자라 해도 이렇게 쉽사리 들어갈 수 있는 건 나 정도밖에 없겠지.

에르나와 나, 그리고 레오는 소꿉친구지만, 어렸을 때 적극적으로 엮였던 건 압도적으로 내 쪽이었다.

에르나 때문에 울면서 저택으로 끌려갔던 게 몇 번인지 셀 수도 없다.

한동안 그렇게 지내다 보니 문지기 역할을 맡은 기사들이 내게도 어서 오라는 인사를 하게 되었다. 그 순간, 익숙해진다는 것에 두려움을 느꼈다.

이번에도 몇 년 만에 왔는데 문지기가 어서 오라고 인사했다. 이 가문 사람들에게 나는 귀여운 아가씨의 친구인 것이다.

"잘 생각해 보니까 울고 있는 아이에게 어서 오라고 인사하는 건 좀 이상하잖아……."

"어른들은 사이좋게 지내는 걸로 본 거겠지요."

"너는 어떻게 봤는데?"

"물론 아르노르트 님께서 싫어하신다는 건 알고 있었지요."

"……."

그럼 말리라는 말을 할 뻔 했지만, 집어삼켰다. 어차피 적당한 말을 하면서 흘릴 게 뻔하다. 이미 과거고, 그 과거 덕분에 피네를 간단히 맡길 수 있었다고 생각하니 헛수고는 아니었던 것 같다.

그런 생각을 하는 동안 입구에 도착했다. 그곳에는 머리카락 색이 에르나와 똑같은 여자가 있었다. 눈 색깔은 푸른색. 젊고 미인이다. 아무것도 모르는 사람이라면 다들 에르나의 언니라고 생각하겠지만…….

"오랜만이야. 아르."

"오랜만에 뵙네요. 안나 씨."

"세바스도 여전히 잘 지내고?"

"네. 암스베르그 부인."

이 사람은 안나 폰 암스베르그. 암스베르그 용작의 부인이자 에르나의 어머니다.

내 어머니도 그렇지만, 이 사람의 젊음은 완전히 마법이다. 나이라는 개념이 없는 것 같다. 예전부터 이 외모 때문에 아주머니라고 부르는 게 껄끄러워서 결국 안나 씨라고 부르고 있다.

안나 씨는 방긋방긋 웃으면서 나를 안으로 안내해 주었다.

"아쉽게도 남편은 자리를 비웠어. 아, 이제 어엿한 전하지. 이런 말투로 대하면 실례가 되려나?"

"아뇨, 그냥 그대로 말씀해주세요. 안나 씨가 존댓말을 쓰시면 껄끄러워서 견딜 수가 없을 것 같으니까요."

"어머, 어머. 그럼 호의를 받아들이도록 할게. 에르나하고 피네 양은 지금 목욕을 하고 있어. 원한다면 같이 할래?"

"죽고 싶진 않으니까 그만둘래요."

"살벌하긴. 예전에는 같이 했잖니."

"어렸을 때나 그랬고, 저는 이 집 목욕탕에서 에르나 때문에 익사할 뻔했거든요. 기억 못 하시나요?"

"그런 적도 있었지. 그러고 보니까 둘이서 울면서 집에 온 적도 있었지. 기억나니? 너는 괴롭히는 애한테 이기기 위해서라고 에르나에게 특훈을 받다가 울고, 에르나는 실력이 전혀 안 느는 너 때문에 짜증이 나서 울었는데."

"지금 들어봐도 부조리하네요."
역시 그 녀석은 천적이다.
심각한 트라우마가 남지 않은 게 신기하기만 하다.
마음이 약한 녀석이었다면 자살했을 거라고.
그런 이야기를 방긋방긋 웃으면서 하는 걸 보니 이 사람도 꽤 위험하다.
"일단 이쪽 제일 끝 객실에서 기다려 줄래?"
"알겠어요."
"세바스는 차를 내주는 걸 도와줄 수 있을까?"
"알겠습니다."
내가 자주 왔다는 건, 세바스도 자주 왔다는 뜻이다.
세바스는 마치 안나 씨의 집사처럼 따라갔다.
나는 그녀가 말한 대로 제일 끝에 있는 객실 쪽으로 가서 별다른 생각 없이 문 손잡이를 잡았다.
그런데 문을 조금 열어보니 인기척이 느껴졌다. 그리고 여자가 이야기하는 목소리도.
하지만 시녀가 잠자리 준비를 하고 있을 거라 생각한 나는 딱히 신경 쓰지 않고 그대로 문을 열었다.
그게 실수였다.
"……."
"에르나 님께서는 드레스도 잘 어울리시네요! 다음에는 이 하얀 드레스를."

"피, 피네……, 인형처럼 옷을 계속 갈아입히지 말아줘……."

방 안에는 속옷 차림 두 사람. 피네는 새하얀 속옷, 에르나는 분홍색 속옷을 입고 있었다. 뜻밖에도 에르나가 프릴이 달린 귀여운 속옷을 입고 있었다.

평소에는 누구에게도 보여줄 일이 없을 하얀 속살을 아낌없이 드러내고 있었다. 여자들끼리만 있다고 생각해서 그런지 둘 다 가릴 생각이 전혀 없었다. 피네는 평소에 헐렁한 옷을 입고 다녀서 눈에 띄지 않았지만, 예상했던 것보다 더 글래머였다. 에르나는 저번에 확인했던 대로 별다른 성장을 보이지 못하고 있지만, 그것도 나름대로 날씬하니 취향에 맞는다는 사람도 많을 것 같다.

그런 생각을 하고 있자니 두 사람이 내가 있다는 걸 눈치챘다.

두 사람은 한순간 당황한 표정을 짓다가 곧바로 얼굴을 새빨갛게 물들였다.

그리고 에르나가 재빠르게 근처에 있던 베개를 던질 자세를 취했다.

이미 저항하는 건 무의미하기에 나는 그저 후회하기만 했다.

깜빡 잊고 있었다. 제일 골치 아픈 사람은 안나 씨였다. 설마 시집도 안 간 딸이 옷을 갈아입는 모습을 엿보게 만들 줄이야. 완전히 범죄잖아.

"아르?! 이 녀석!"

"아르 님?!"

나는 속았다고 생각하며 터무니없는 속도로 날아온 베개를 얼

굴로 받아내게 되었다.

6

"크헉?!"

세차게 날아온 베개를 맞은 나는 그대로 데굴데굴 뒤쪽으로 굴러가 벽에 뒤통수를 세게 부딪혔다.

"으으윽?! 머리가아?!"

얼굴이 아프고, 머리도 아프다.

어째서 이런 꼴이 되었을까, 그렇게 생각하며 그 자리에 데굴데굴 구르며 끙끙댔다.

그동안 에르나는 방문을 닫았다.

그러고 있던 와중에 안나 씨와 세바스가 홍차와 과자를 들고 나타났다.

"왜 그러니? 아르. 창피한 과거라도 생각났어?"

"아니에요! 에르나하고 피네가 안에서 옷을 갈아입고 있어서 공격당했다고요!"

확신범 같은 행동을 해놓고 둘러대는 안나 씨에게 그렇게 말하자 어머나, 하는 뻔뻔한 대답이 돌아왔다.

이 사람은……! 대체 뭘 하고 싶은 거냐고…….

"목욕하러 간다고 했는데……. 뭐, 됐어. 그건 그렇고 에르나는 어땠니? 매력을 좀 느꼈니?"

"되긴 뭐가 돼요. 매력을 느끼기 전에 살기를 느꼈는데요……."
어째서 뭐, 됐어라고 넘어가려는 거야. 바본가?
날아온 게 베개가 아니었다면 죽었을 거라고.
아직 따끔따끔한 얼굴을 쓰다듬었다. 부드러운 배게에 맞았는데 이 정도다. 딱딱한 걸로 맞았으면 어떻게 되었을지.
벌벌 떨고 있자니 문이 세차게 열렸다.
나온 사람은 당연히 에르나였다.
"아르~? 용케도 도망치지 않았구나? 칭찬해 줄게. 그러니까 변명할 기회를 줄 거야. 자, 엿본 것에 대해 변명해 봐."
"이, 이봐! 그거 연습용 검이지?! 진검 아니지?! 진정해! 나는 안나 씨에게!"
"어머님 탓으로 돌리지 말고! 노크를 하지 않은 네 잘못이야!"
"너도 내 방에 들어올 때 노크 안 하잖아?!"
"나는 괜찮아!"
"부조리해?!"
에르나가 검을 휘두르자 나는 거의 구르며 피했다.
아무리 그래도 진검은 아니겠지만, 에르나가 들면 칼날이 없는 연습용 검이라 해도 충분히 흉기다. 맞으면 죽지 않더라도 기억이 날아갈 가능성은 충분히 있다.
"에르나. 꼴사납단다."
"어, 어머님! 그래도 아르가!"
"속옷 정도는 보여줘도 딱히 상관없잖니. 예전에는 자주 같이 목욕도 했고.”

“예, 예전 이야기죠! 지금은 둘 다 어른이에요!”

“어른이라면 좀 냉정해지렴.”

그 말을 듣고 에르나가 나를 노려보았다.

왜 나를 노려보는 건데…….

부조리라는 말이 아까부터 계속 머리를 맴돌고 있다. 그래. 어렸을 때도 이런 느낌이었다. 에르나와 함께 다니다 보면 항상 부조리하다고 생각했던 것 같다.

“일단 차를 마시자꾸나.”

안나 씨는 그렇게 말하고 방긋방긋 웃으며 객실로 들어갔다.

에르나도 따라 들어갔다. 왠지 모르겠지만 큰 소리를 내며 문을 닫아버렸다. 저 여자가…….

남겨진 건 나와 세바스.

“고생하셨군요.”

“이봐, 세바스…….”

“왜 그러시죠? 아, 일단 미리 말씀드립니다만, 저도 눈치채지 못했습니다. 설마 두 분께서 옷을 갈아입고 계실 줄은 상상도 못했지요. 뭔가 있을 것 같긴 했습니다만.”

뭔가 있을 것 같으면 알려달라고, 그런 마음의 소리는 집어삼켰다.

이것도 어렸을 때부터 겪었던 일이다. 세바스는 위험하지 않은 한, 쓸데없는 말을 하지 않고, 쓸데없는 행동도 하지 않는다.

"새삼 놀랍네……, 내가 용케도 올바르게 자랐어."

"올바르게? 재미있는 농담이로군요."

"계속 그런 식이지."

세바스를 살짝 째려보면서 나도 객실로 들어갔다. 이번에는 노크하는 것을 잊지 않았다.

■ ■ ■

"미안하구나, 아르. 설마 이 방에서 옷을 고르고 있을 줄은 몰랐거든."

"아뇨, 이제 됐어요……."

"죄송합니다……, 제가 쓸데없는 짓을 한 탓에."

"피네 때문에 그런 거 아니야. 전부 아르 때문이지."

사과하는 피네와 거만하게 구는 에르나. 성격이 드러나네.

이야기를 정리해 보니 이런 거였다.

여기에는 손님용 옷이 잔뜩 있기 때문에 피네가 입을 옷을 고르기 위해 에르나와 피네가 목욕을 하러 가기 전에 들렀다고 한다. 그런데 왠지 모르겠지만 시착회가 시작되었고, 뜻밖에도 시간이 오래 걸렸다고 한다.

당연히 이미 목욕하러 갔을 거라 생각한 안나 씨는 자연스럽게 나를 이 방으로 보내버렸다. 그리고 그 참극이 벌어진 것이다.

뭐, 위화감은 안 든다. 하지만 작위적인 느낌은 든다. 어째서 일부러 이 방으로 보낸 거지? 노렸다는 생각밖에 안 든다. 하지만 따져봤자 소용이 없다. 안나 씨에게 말싸움으로 이길 수 있을 리가 없다.

"뭐, 눈 보신한 대가를 치른 거니까 상관없잖니, 에르나."

"그 정도로 용서할 수는 없죠?! 시집도 안 간 처녀가 옷을 갈아입는 걸 엿봤는데요?! 그것도 용작 가문과 공작 가문 아가씨가!"

"그럼 책임지라고 할까? 상관없어, 나는."

"네?!"

"네에에에?!"

"에휴……."

아무렇지도 않게 폭탄 발언을 한 안나 씨를 보고 에르나는 얼굴을 새빨갛게 물들이며 넋이 나갔고, 피네는 깜짝 놀라며 수상쩍은 모습을 보였다.

정말, 이 사람은…….

"그이도 아르라면 상관없다고 할 것 같은데? 어때?"

"어, 어때라뇨……, 그, 그런 건……, 저, 저는 기사고, 그런 이야기는……."

"속옷을 보여준 걸 절대로 용서할 수 없다면 그런 이야기가 나올 수밖에 없잖니? 그런데 문제는 크라이네르트 공작 가문하고 쟁탈전을 벌이게 된다는 거지. 인기가 많구나. 아르."

"하긴, 피네 님의 친가 쪽에 연락을 할 수밖에 없겠군요."

"하으으으?! 아, 아버님께 연락을요?! 그, 그건……."

"재미로 제 인생을 정하려 하지 말아주세요. 죄송합니다만 아직은 누구와도 결혼할 생각이 없습니다."

"책임 안 질 거야?"

"안 져요."

"어머, 아쉽네."

안나 씨는 그렇게 말하고 과자를 입에 넣었다.

그제야 자기를 놀리는 거라고 깨달은 에르나는 얼굴을 새빨갛게 물들인 채 고개를 홱 돌렸다.

피네도 농담이라는 걸 눈치챘는지 얼굴을 새빨갛게 물들인 채 고개를 숙였다.

"아르, 슬슬 본론으로 들어가지 그러니? 놀러 온 건 아니지?"

역시 암스베르그 부인. 그런 건 눈치채는구나.

나는 생각을 다잡고 안나 씨를 돌아보았다.

"뻔뻔한 부탁일지도 모르겠지만, 한동안 피네가 여기 있게 해주실 수 없을까요? 그리고 최대한 에르나와 함께 있게 해주셨으면 하는데요."

"그건 제위 쟁탈전하고 관련이 있는 거지? 그렇다면 받아들일 수 없어. 우리 가문은 용작 가문. 제위 쟁탈전에는 관여하지 않을 거니까."

그야 그렇겠지.

예상했던 대답을 들은 나는 이해했다.

하루 피난시키는 정도라면 모를까, 피네가 한동안 머무르게 되면 용작 가문이 우리 쪽으로 붙었다고 간주하더라도 이상할 게 없다.

그런 행동은 할 수 없을 것이다.

하지만.

"창구희는 황제 폐하께서 마음에 들어하는 사람이에요. 무슨 일이 생기면 황제 폐하께서 진노하시겠죠. 그런 사람을 용작 가문이 지키는 건 부자연스럽지 않을 텐데요."

"어머? 그런 이야기로 끌고 가는 거니?"

"그런 이야기로 끌고 가지 않으면 받아들이지 않을 테니까요."

"굳이 그렇게 말하지 않더라도 제 얼굴을 봐서 그렇게 해달라고 하면 받아들였을 텐데. 여전히 정에 호소하는 게 서투르구나. 그러다 손해 본다?"

안나 씨는 아무렇지도 않게 말했다.

다시 말해 받아들이겠다는 뜻이다.

이제 잔드라의 공세가 멈출 때까지 피네의 안전은 보장됐다. 용작 가문이 있는 한, 만에 하나의 경우도 있을 수 없다.

"명심하겠습니다. 그리고 조력해 주셔서 감사합니다. 이 은혜는 언젠가 갚도록 하겠습니다."

"그래. 언젠가 갚으렴. 그런데……, 세월도 참 빠르구나. 그 아르가 제위 쟁탈전에 뛰어들다니……. 내 마음속에서는 언제까지나 울보 같은 어린애였는데. 이제 아닌가 보네."

"언제까지나 울고만 있을 수는 없으니까요. 그럼 피네. 한동안 여기 있어줘. 며칠 안으로 끝날 테니까 안심하고."

"네……, 저기, 아르 님께서는 위험하시지 않으신가요?"

"내 곁이 위험하니까 용작 가문에 있으라는 거야. 솔직히 머리에 피가 쏠린 잔드라라면 이익을 무시하고 나를 공격할 수도 있어. 지금 그 녀석은 나를 죽이고 싶어서 어쩔 줄 모를 테니까."

잔드라의 성격은 잔인하고, 참을성도 없다. 이번 공세로 보아 알 수 있듯이 그런 잔드라를 완벽하게 제어할 수 있는 사람은 상대 진영에 없다. 적어도 곁에는 없다.

그렇다면 우리도 계산대로 일을 진행할 수가 없다.

요 며칠간은 무시무시할 정도로 위험할 것이다. 며칠이 지나면 고든 같은 상대가 잔드라 진영을 공격할 것이다. 그 때부턴 우리 쪽에 가하는 공세도 약해지겠지만, 아무리 고든이라 해도 며칠 정도는 상황을 보며 기다리겠지.

그때까지 버틸 수 있을지 여부에 따라 승부가 갈리게 된다.

"그, 그렇다면 아르 님께서도 숨으시는 게……."

"내가 숨으면 레오를 노릴 거야. 잔드라의 눈길을 끌기 위해서라도 나는 숨을 수 없어. 뭐, 한 번 정도는 암살자를 보내겠지."

"그럴 수가?!"

"뭐, 안심하라고. 이쪽에는 세바스가 있고, 곤란할 때 도와줄 사람도 있어."

그렇게 말하자 피네는 그제야 물러났다.

걱정스러운 표정을 짓고 있어서 미안하긴 하지만, 내가 암살당할 일은 없다. 상대방은 세바스를 돌파하면 해치울 수 있을 거라 생각하겠지만, 그를 돌파해 봤자 나 자신의 방어가 있다.

내가 실버라는 사실을 알지 못하는 한, 나를 암살하는 것은 불가능하다.

7

용작 가문이 피네를 호위하기 때문에 우리는 안심하고 움직일 수 있게 되었다.

그로부터 이틀 동안, 잔드라가 노릴 만한 지지자들에게 다짐을 받으며 돌아다녔는데, 이틀째 밤에 드디어 잔드라가 공격에 나섰다.

"적이군요."

"왔나."

마차를 타고 달려가던 와중에 세바스가 그렇게 말했다.

예상하고 있긴 했지만, 나는 한숨을 쉬었다. 머리에 피가 상당히 많이 쏠린 모양이다. 지금 공격에 나선다는 건 어부지리를 고든과 에리크에게 넘기겠다는 뜻이다. 세바스가 있는 이상, 만약에 나를 암살하는 데 성공하더라도 전력은 줄어들게 된다. 그런 상태에서 나를 암살했다는 명분으로 인해, 두 세력에게 공격을 당하게 되겠지.

"앞날을 내다보지 못하는 여자로군."

"어떤 의미로는 내다보고 있다 할 수 있지요. 당신을 노리는 걸 보니 눈이 높다고 할 수 있겠습니다."

"그거 고맙네. 하지만 귀찮기만 하다고."

"그렇지요. 잔드라 전하의 참모들이 일을 좀 했으면 좋겠습니다만."

잔드라의 세력의 기반은 마도사다. 물론 마도사 말고 다른 사람도 세력에 있긴 하지만 우수한 문관이나 무관은 에리크나 고든 밑으로 들어간다. 그 때문에 잔드라 밑에는 정치적 센스가 뛰어난 참모가 별로 없다. 강력한 마도사들을 잔뜩 데리고 있으면서도 고든과 에리크를 뛰어넘지 못하는 이유가 바로 그것이다.

우수한 참모가 있고, 그 녀석의 의견을 잔드라가 받아들일 수 있다면 달라지겠지만.

"제가 정리하고 오지요."

"알았어. 나는 성으로 간다."

"조심하십시오. 복병이 있을지도 모릅니다."

"그건 그때 가서 생각하고."

그런 이야기를 나눈 다음, 세바스는 달리던 마차에서 뛰쳐나갔다.

뭐, 복병은 십중팔구 있을 것이다. 내 곁에는 마차를 몰고 있는 시종뿐이니, 적은 세바스를 잘 끌어냈다고 생각하겠지. 이번에도 나름대로 내부 정보를 알고 있는 암살자가 온다면, 이번 기회에 또 정보를 빼내야겠다.

그렇게 음모를 꾸미고 있자니 마차를 몰고 있던 시종이 비명을 질렀다.

"히이이익?! 화, 황자님! 눈앞에 사람이?!"
"상관없다. 그냥 가."
"무, 무슨 말씀을?! 저, 저는 죽고 싶지 않습니다!"
그래도 눈앞에 있는 사람이 암살자라는 건 알아본 모양이다.
젊은 시종은 마차를 세우고는 나를 두고 도망쳐 버렸다.
혼자 남은 나는 마차 안에서 한숨을 쉬었다. 예상했던 대로고, 이쪽이 더 편하긴 하지만 내가 인망이 없다는 걸 새삼 느끼게 되니 한숨이 나왔다. 타고 있던 사람이 레오였다면 그도 도망치지 않았을 텐데.
"내려오시오. 마차에서 끌어내긴 껄끄러우니."
"얼굴을 확인하겠다는 생각이면서, 말은."
나는 그럴싸한 말로 둘러대는 암살자에게 작은 목소리로 대답하며 순순히 마차에서 내렸다.
마차 앞에는 갈색 머리카락을 짧게 깎은 중년 남자가 서 있었다. 위엄이 넘치는 얼굴에서 역전의 강자 같은 느낌이 풍겼다. 잔드라도 꽤 진심인 모양인데. 아마 잔드라 부하 중에서도 다섯 손가락 안에 꼽히는 실력자를 보낸 것 같다.
척 보기에 A급 모험가 클래스 정도의 힘은 가지고 있다.
허를 찌르는 게 특기인 암살자가 그 정도 실력을 가지고 있다면 꽤 대단한 달인이라는 뜻이다. 갑자기 A급 모험가가 등 뒤에 나타난다면 비슷한 실력을 지니고 있는 사람도 쉽사리 목숨을 빼앗기게 될 것이다. 암살자는 모험가와 다르다. 사람을 죽이는 프로이기 때문이다.

"시종이 도망치다니, 가엾군."

"인망이 없는 건 어제오늘 일이 아니니까."

"그렇군. 그 정도로는 당황하지 않는 건가? 자기 집사를 신뢰하기 때문인가?"

"그래. 세바스가 금방 너를 처치하러 올 거다."

"아름다운 주종 간의 신뢰지만 그러진 못할 거다. 아무리 그 집사라 해도 암살자 열두 명을 재빠르게 처리하고 이쪽으로 달려오려면 시간이 걸릴 테니."

"과연 그럴까?"

나는 계속 여유 있는 모습을 보였다. 그걸 허세라고 본 건지, 남자는 쓴웃음을 지으며 내게 다가왔다.

그리고 손에 불꽃으로 이루어진 단검을 만들어 냈다.

"명령은 암살이지만, 죽이진 않겠다. 움직이지 못하게 만들어서 주인님께 데려가도록 하지."

"고문을 좋아하는 누님에게 가고 싶지는 않은데."

정말 눈치가 빠른 부하다. 지금 같은 경우에는 암살보다 납치하는 게 더 유리하다. 행방불명이라면 얼마든지 대처할 수 있기 때문이다. 에리크나 고든도 온 힘을 다해 나를 구출하려 하지는 않을 테고, 잘만 하면 나 대신 다른 보좌관을 밀어 넣을 수도 있다.

일단 나를 수색하기 전에 제도에서 데리고 나간 다음 고문을 하든 뭘 하든 하면 된다. 마음이 꺾이고 나면 그 이후로는 잔드라가 마음껏 이용할 수 있다. 구출되더라도 고문 때문에 마음이 꺾인 나는 잔드라에 대해 말하지 못하겠지, 아니면 정신을 망가뜨리는 것도 방법이다. 그쪽이 암살보다 더 강한 타격을 입힐 수 있고, 위험도 없다.

"가엾구나. 원망할 거라면 잘난 동생을 원망해라."

남자는 그렇게 말하고 불꽃에 휩싸인 단검을 던졌다.

하지만 내 주위에는 방어 결계가 쳐져 있다. 저 정도 마법으로는 돌파할 수 없다. 그렇기에 여유롭게 기다리고 있었는데, 그 단검은 옆에서 튀어나온 검에 부딪혀 사라졌다.

"?!"

"웬 놈이냐?"

"지나가던 모험가입니다."

깜짝 놀라 난입한 사람을 보았다.

거기 있던 사람은 갈색 머리카락을 포니테일로 묶은 소녀였다. 하지만 모자를 깊숙이 눌러쓰고 있고, 대충 차려입은 옷을 보니 소년 같기도 했다. 나는 그 소녀를 본 적이 있었다.

크라이네르트 공작 영지에서 토벌을 맡았던 A급 모험가다.

"모험가라면 물러나라. 의뢰를 받은 것도 아닐 텐데?"

"네, 의뢰를 받은 건 아닙니다. 물론 뒤에 있는 사람이 누구고, 어떤 이유 때문에 습격당하는 건지도 모르죠. 그리고 제게는 그런 사람을 구할 의리나 의무도 없습니다."

"그렇다면."

"하지만 눈앞에서 살인이 벌어지면 뒷맛이 씁쓸하죠. 게다가 시종에게까지 버림받았으니까요. 저 정도는 편을 들어줘야 불공평하지 않을 것 같은데요?"

"네놈……, 그쪽 편을 든다는 건 고귀하신 분을 적으로 만드는 것인데? 그래도 상관없나?"

"저버리고 후회하는 것보다는 구하고 후회하는 게 낫겠죠."

남자는 그 말을 듣고 소녀를 완전히 적이라고 판단한 모양이다.

양손으로 단검을 꺼낸 다음 소녀에게 던졌다. 방금 던졌던 것처럼 마법으로 만든 단검이 아니었다. 소녀는 그것을 검으로 튕겨냈지만, 그 바로 뒤에 얼음으로 만든 단검이 숨어 있었다. 피하면 뒤에 있는 내가 제대로 맞을 코스였다.

그 곡예 같은 기술에 소녀는 더욱 신기한 곡예로 맞섰다.

놀랍게도 검을 방패로 변화시켜서 얼음 단검을 막아낸 것이다.

"형태가 변하는 마검이라니, 신기한 무기를 가지고 있군……."

"어떤 유적에서 얻은 겁니다. 이런 것도 할 수 있죠."

그렇게 말한 다음, 이번에는 방패를 창으로 바꾸었다. 소녀는 그것을 붕붕 휘두른 다음 천천히 다가갔다.

그것은 척 보기에 별다른 특징이 없는 창이었지만, 곧바로 평범하지 않다는 사실이 드러났다.

"크윽……?!"

"잠들지 않다니, 대단하군요. 강력한 몬스터도 잠들어 버리는 음색인데요."

"소리인가……!"

대상을 잠들게 하는 소리를 내고 있는 건가? 이쪽에서 듣고 있자니 잘 모르겠지만, 저 남자에게는 휘두르는 창의 소리가 자장가로 들리는 모양이다.

골치 아픈 능력이다. 진지하게 싸우고 있다가 잠들다니, 말도 안 된다. 아무리 졸음을 이겨내더라도, 제대로 싸우기 힘들겠지. 그건 남자도 눈치챈 모양이었다.

곧바로 소녀에게서 거리를 벌렸다. 그리고 나를 힐끔 보고는 혀를 차고 도망쳤다.

그런 다음 곧바로 세바스가 왔다.

"이게 어떻게 된 상황이지요?"

"위험했는데 구해줬어. 고마워, 덕분에 살았어."

"아뇨, 살인을 그냥 넘길 수는 없으니까요. 그런데 마차를 보아하니 고귀하신 분 같은데요?"

"아, 미안해. 나는 아르노르트 렉스 아드라. 제국의 제7황자야."

"제7황자? 그렇군요, 말로만 듣던 제위 쟁탈전인가요? 사람도 구하고 볼 일이네요. 목적에 크게 다가갈 수 있게 되었어요."

소녀는 그렇게 말한 다음 모자를 벗고 그 자리에 무릎을 꿇었다.

약간 중성적이지만 단정한 얼굴이 나타났다. 나이는 나하고 비슷한 정도인가?

"황자님. 제 이름은 린피아라고 합니다. 목숨을 구한 보답이라고 하긴 좀 그렇지만, 제 부탁을 들어주실 수 없을까요?"

아니, 아니, 딱히 구해달라고 부탁한 적은 없는데. 오히려 적 암살자를 붙잡을 기회를 놓쳤는데.

그렇게 생각은 했지만, 이 아이는 내가 실버라는 사실을 모른다. 그리고 덕분에 살아난 형태가 된 아르노르트로서는 이 부탁을 거절할 수가 없다. 거절하게 되면 나나 레오를 도와줄 사람이 없어진다.

하지만 지금까지의 경험을 통해 알 수 있다. 이건 틀림없이 골치 아픈 일이다. 그래도.

"일단 성에서 이야기를 들어보지. 마차에 타. 힘이 되어줄 수 있을지는 모르겠지만."

나는 마지막으로 보험을 들어두고 린피아에게 마차에 타라고 권했다.

정말, 산 넘어 산이다. 문제가 끊이질 않네.

나는 살짝 한숨을 내쉬며, 한탄할 수밖에 없었다.

8

성으로 돌아온 나는 린피아를 방으로 초대했다.

그리고 린피아와 함께 소파에 마주 보고 앉았다.

"다시 고맙다는 인사를 할게, 린피아. 네가 없었다면 나는 죽었을 거야."

"과연 그럴까요. 그 암살자는 죽일 생각이 없었습니다. 그랬으니 뒤쪽에 계신 집사분께서 늦지 않게 도착하셨겠죠."

"그래도 덕분에 다치지 않았어. 고마워."

"저 자신을 위해서 그런 겁니다. 그리고 감사는 말이 아니라 다른 게 더 좋고요."

린피아는 표정도 변하지 않은 채 그렇게 말했다.

쿨한 아이네. 말투도 담담하고, 표정에도 드러나지 않는다. 솔로 모험가치고는 붙임성이 좀 부족한 거 아닌가? 뭐, 그래도 해 나가고 있다는 사실 자체로 실력은 있는 것 같다.

"그래. 그럼 이야기를 들어볼까?"

"감사합니다. 제가 태어난 마을은 제국 남부 국경 부근에 있습니다. 유민들의 마을이라고 하면 대충 짐작이 가실까요?"

유민(流民)들의 마을. 그 말을 듣고 나는 눈살을 찌푸렸다. 골치 아플 거라 생각하긴 했지만, 상상했던 것보다 골치가 아픈 일이었는데.

유민이란 말 그대로 흘러들어 온 백성들이다. 원래 제국의 백성들이 아니다. 전쟁이나 몬스터의 발생 등으로 인해 고향에서 쫓겨난 사람들. 그게 유민이다.

"물론 짐작은 되지. 내게는 허들이 높은 문제라는 게 말이야. 뭐, 계속 말해 봐."

"네. 아시는 대로 유민들의 마을은 각지에 있는데, 대부분은 제국에서 인지하지 못하고 있습니다. 당연하죠. 멋대로 들어와서 멋대로 마을을 만들었으니까요. 그걸 불평할 생각은 없습니다.

제 마을도 그중 한 곳이고요. 하지만……, 지금은 제국의 도움이 필요합니다."

"문제가 생겼다고?"

"그렇습니다. 저희 마을은 납치범의 표적이 되었습니다. 젊은 여자와 아이들이 납치당하고 있죠. 저희 마을이 여러 유민들로 구성된 마을이기 때문입니다. 저를 포함해서 많은 사람들이 혼혈이죠."

혼혈은 딱히 드문 게 아니다. 그렇게 따지자면 나도 혼혈이다.

제국에서 흑발은 드물지 않지만, 눈까지 까만 색은 꽤 드물다. 뭐, 동쪽 사람인가? 그 정도에 불과하지만.

다시 말해 그 정도로는 사람을 납치할 이유가 안 된다는 뜻이다.

"혼혈 결과로 너희 마을에 뭐가 발생한 거지?"

"……홍채 이색(오드아이)입니다."

그 말을 들은 순간, 역시나라는 말이 마음속에 생겨났다. 혼혈인데다 납치범의 표적이 된다니, 아인종과 맺어져 낳은 아이가 아니라면 그것밖에 없기 때문이다. 나도 모르게 혀를 차며 다리를 꼬았다.

구역질 나는 이야기다. 홍채 이색은 좌우 눈 색이 다른 특수한 현상이다. 문제는 그런 아이가 비싸게 팔린다는 것이다. 신기하기도 하고, 보통은 뛰어난 마력을 지니고 있기 때문이다.

"인신매매라면 내버려둘 수 없지. 그런데 남부 국경이라면 변경 정도가 아니야. 일부러 제도까지 오기보다는 근처에 있는 큰 도시에서 영주나 군 관계자에게 말하는 게 빠를 것 같은데?"

"그러기도 했습니다. 하지만 아무도 움직여 주지 않았죠. 증거가 없다고 했고, 그런 마을은 없다는 말까지 들었습니다……. 그래서 제도의 유력자들이 움직였으면 해서 제가 마을에서 나온 겁니다. 다행히 저는 홍채 이색이 아니었으니까요. 그러다 서부에서 의뢰를 받았을 때 실버와 접점이 생겼습니다. 그 실버가 황족과 연줄이 있다는 소문이 있었기에 실버를 만나기 위해 제도까지 온 겁니다. 결국 그 전에 접점이 생겼지만요."

"그거 신기한 우연이군. 그런데 움직이지 않는다고……."

최악의 상황이 머릿속을 스쳤다. 이 문제에서 제일 골치 아픈 상황.

그것은 현지의 영주나 군 관계자가 그 납치 조직과 내통하고 있는 것이다. 그렇게 되면 그냥 유민들의 마을 문제가 아니라 귀족과 군의 부패라는 문제가 된다.

그리고 그렇게 된다면 내게는 해결할 만한 시간이 없다.

"아르노르트 님, 아무리 생명의 은인이라 해도 안 되는 건 안 된다고 하셔야 합니다."

"세바스……."

"어째서죠?"

"아르노르트 님과 동생분이신 레오나르트 님께서는 조만간 전권 대사와 보좌관으로서 다른 나라로 가시게 됩니다. 적어도 2주, 오래 걸리게 되면 몇 달 동안은 돌아오지 못하시겠죠. 도와드리고 싶어도 시간이 없으니까요."

"그랬, 군요……. 그럼 자금 원조라도 부탁드릴 수 없을까요? 만난 모험가 중에서 신뢰할 수 있는 사람들에게 보수를 주고 마을 호위를 의뢰했습니다. 그러니 한동안 마을은 안전할 겁니다. 하지만 모험가들을 계속 고용할 만한 돈이 저희 마을에는 없습니다. 저도 번 돈을 선금으로 건네긴 했지만 마을에 계속 있어달라고 하기에는 부족하고요……."

그렇구나. 일부러 모험가가 된 이유가 그건가? 돈을 벌면서 신뢰할 수 있는 모험가를 찾는다. 그러기에는 함께 의뢰를 받는 게 제일 좋은 방법이다.

생각을 꽤 잘했네. 그럼 어떻게 할까.

저버리는 건 간단하다. 이렇게 골치 아픈 문제를 이렇게 바쁜 시기에 떠안을 필요는 없다.

생명의 은인이라고 해도 그건 명분에 불과하다. 딱히 진짜로 생명이 위험했던 건 아니다. 그리고 들어줄 수 있는 소원과 들어줄 수 없는 소원이 있다. 아무리 생각해도 이번에는 후자다.

하지만 여기서 저버리면 불평할 녀석들이 몇 명 있다. 불평 정도면 그나마 낫지만 멋대로 행동할 것 같다는 게 가장 골치 아프다. 어쩔 수 없지.

"린피아. 무슨 이야기인지는 알겠어. 일단 타협안을 제시해도 될까?"

"타협안요?"

"그래, 나와 레오는 다른 나라로 갈 거야. 그건 피할 수가 없어. 하지만 돌아오면 최대한 돕도록 하지. 그때까지 기다려 줬으면 하는데. 물론 그때까지 마을의 안전이 보장될 수 있게끔 신뢰할 수 있는 모험가에게 새로운 의뢰를 하지. 돈은 이쪽에서 내고. 이러면 어떨까?"

"그래도 될까요……?"

"아르노르트 님……, 너무 위험합니다. 지금은 제위 쟁탈전이 한창 벌어지고 있는 시기입니다. 다른 문제를 끌어안으면 빈틈이 생깁니다. 오늘 같은 일이 또 벌어질 수도 있습니다."

"그렇다면 저도 힘이 되어드리겠습니다. 그러면 어떨까요?"

린피아는 그렇게 말하고 자신의 검을 탁자 위에 올려놓았다.

보기에는 얇은 검이지만 좀 전에 봤듯이 이 검은 마검이다. 창이나 방패로 형태가 변한다. 창의 능력을 생각하면 각 형태에 따라 다른 능력이 있을 것이다.

그것을 보여준 린피아는 표정도 변하지 않고 말했다.

"마을을 지켜주신다면 제가 당신을 지키겠습니다. 당신이 지키고 싶은 것을 지키겠습니다. 그러면 거래가 안 될까요? 자랑하는 건 아닙니다만, 요인 경호는 특기입니다."

"고마운 제안이긴 한데, 마을은 괜찮겠어?"

"당신이 모험가를 파견해 주신다면 문제는 없겠죠. 납치 조직 중에 실력자는 없습니다. 제가 마을에 있을 때는 저 혼자서 마을을 지켜냈습니다. A급 클래스 모험가가 있으면 마을의 안전은 보장됩니다."

일부러 그런 말을 하는 걸 보니 의리가 있으면서도 신중한 아이구나.

린피아는 내가 말만 하고 행동하지 않을 가능성까지 고려하고 내 곁에 있겠다고 말했다.

실제로 나는 상황에 따라서는 그러는 것도 고려하고 있었다. 그래서 '최대한 돕겠다'고 얼마든지 다른 쪽으로 해석할 수 있는 말을 했다. 뜻밖에 괜찮은 걸 건졌나?

조금만 더 시험해볼까.

"린피아. 그렇게 하기로 했는데 만약 내가 약속을 어기면 어떻게 할 셈이지?"

"당신에게 불리해질 재료를 가지고 다른 진영으로 달려가겠습니다. 그걸 보수로 삼아 마을을 구해달라고 하죠."

나와 세바스는 동시에 얼굴을 마주 보았다.

A급 모험가이고, 다양한 상황에 대처할 수 있는 전투능력을 지니고 있으며 나름대로 흥정도 할 수 있다. 홀로 모험가로서 살아왔으니 다양한 지식도 있을 것이다.

피네의 호위를 언제까지나 에르나에게 맡겨 둘 수는 없다. 에르나도 임무가 있기 때문이다. 그렇게 생각하면 린피아는 그 구멍을 메꾸기에 딱 좋은 인재다.

솔직히 까놓고 말해서 성격으로 보나 능력으로 보나 에르나보다 훨씬 호위에 어울리는 것 같다.

"그럼 거래를 하지 않겠다면?"

"그래도 상관없습니다. 똑같은 이야기를 다른 제위 후보자에게 가져갈 뿐이죠. 당신이 거절했다는 이야기까지 하면 넘어올 테니까요."

"흐음……."

판도를 보는 힘도 있나. 이런 상황에서도 눈썹 하나 까딱하지 않는 냉정함도 평가 포인트다. 린피아에게 지금은 외줄을 타는 듯한 상황일 테니까.

지금 내가 거절하면 린피아는 틀림없이 궁지에 처하게 된다. 다른 제위 후보자들이 나와 같은 조건을 제시할 거라는 보장이 없다. 린피아는 넘어올 거라고 딱 잘라 말했지만, 그건 세게 나가는 듯한 태도를 보여줄 뿐, 허세다. 그럼에도 불구하고 린피아는 동요하지 않았고, 내게 아양을 떨려고도 하지 않는다. 시험받고 있다는 것을 알고 있기 때문이다.

"세바스. 어떻게 보나?"

"문제없을 것 같습니다. 협력해 주신다면 강력한 아군이 되겠지요. 단, 마을 문제는 해결해야 하겠지만 말입니다."

"저울에 달아봐야 하나……. 뭐, 어쩔 수 없지. 내게 선택지는 없으니까. 린피아, 네 거래를 받아들이마. 너는 내게 협력하고, 나는 네게 협력한다. 그러면 되겠지?"

"저는 상관없습니다만, 어째서 당신께 선택지가 없는 거죠?"

"내 동생은 사람이 좋거든. 우리 최대의 협력자인 공작의 딸도 마찬가지고. 너를 저버리면 두 사람이 화를 낼 테고, 멋대로 너를 도우려 할 거야. 그럴 거라면 처음부터 그냥 돕는 게 낫지."

"……솔직히 뜻밖입니다. 당신의 평판은 결코 좋지 못했어요. 무능하고 무기력하다. 놀기만 하는 방탕 황자. 동생에게 좋은 점을 전부 빼앗긴 찌꺼기 황자. 많은 백성들이 당신을 그렇게 평가했습니다. 하지만 이야기를 해보니 인상이 정반대군요. 당신은 무능하지도, 무기력하지도 않아요. 사실 레오나르트 황자인 것 아닙니까?"

린피아는 살짝 나를 의심하는 듯한 눈초리로 바라보았다. 그에 나는 쓴웃음을 지었다.

그러고 보니 너무 골치 아픈 문제라 무능한 척 연기하는 걸 깜빡 잊고 있었다. 더더욱 린피아를 놓칠 수가 없게 되었는데.

"안심해. 나는 아르노르트야. 뭐, 일단은 거래 성립이다. 잘 부탁할게, 린피아."

"……잘 부탁드립니다."

나와 린피아는 그렇게 말하며 악수를 나누었다.

9

출발할 준비가 착착 진행되던 어느날. 나는 용작가 저택에 와 있었다.

어째서 용작가에 왔는가 하면, 개인적으로 피네를 숨겨준 보답을 할까 싶어서이다.

"무슨 일이야? 아르? 지금은 바쁜 거 아니었어?"

"나는 별로 안 바빠. 전부 레오에게 떠넘겼으니까."

저택 입구에서 나를 맞이한 에르나는 내가 한 대답을 듣고 허리에 손을 댄 채 어이가 없다는 듯이 한숨을 쉬었다.

"또 그런 짓을 하고……, 레오에게 떠넘기기만 하면 레오가 지쳐버리잖아?"

"얼마나 떠넘겨도 되는지는 잘 알아. 그리고 그래도 되거든. 그 녀석은 일이 없으면 일부러 찾아서 하니까."

적당히 일을 넘겨두는 게 제일 낫다는 것이 지금까지 경험을 통해 얻은 최적의 답이다.

하지만 에르나는 불만스러운 표정이었다. 레오에게 떠넘겼다는 것보다는 내가 게으름을 피우고 있다는 게 불만인 거겠지.

"말은 그렇게 해도 자기가 편하게 지내고 싶은 거면서."

"동생은 형이 편하게 지내기 위해서 존재하는 거니까."

내가 혀를 내밀며 그렇게 말하자 에르나는 다시 한숨을 쉬었다.

항상 나누는 가벼운 대화. 나는 그걸 마치고 에르나를 똑바로 바라보며 본론으로 들어갔다.

"오늘 시간 있어?"

"뭐야? 데이트라도 하자고? 그럴 생각이라면 좀 준비를."

"응, 뭐, 그런 거지."

의기양양하게 나를 놀려대려던 에르나가 굳었다. 그리고 그렇게 굳은 채 얼굴이 점점 붉게 물들기 시작했다.

알아보기 쉬운 녀석이다. 정말.

"피네를 숨겨준 보답으로 식사나 할까 해서. 어때?"

"그, 그런 거구나! 보답이란 말이지! 그, 그런 거라면 이해되네!"

"무슨 생각을 한 건데……, 그래서? 일정 같은 거 없어?"

"그래……, 없어. 무슨 백작이 올 예정이긴 한데, 뭐, 안 만나도 돼."

그 백작도 참 불쌍하다. 겨우 용작 가문 아가씨를 만날 수 있겠다고 생각했는데 상대방이 사라져 버렸으니 마치 지옥 같은 심정이겠지.

"점심 식사만 하는 거야. 밤에 만나라고……."

"누구하고 만나고, 누구하고 함께 지낼지는 내가 정해. 마침 오랜만에 제도를 돌아보고 싶었거든. 같이 가자."

"아니, 점심 식사만……."

"보답한다면서? 준비하고 올 테니까 기다려."

에르나는 내가 한 말을 듣지 않고 미소를 지으며 저택 안쪽으로 들어가 버렸다. 불러 세우려고 어정쩡하게 내민 손을 쥐었다가 폈다가 한 다음, 크게 한숨을 쉬었다. 점심 식사만 할 예정이었는데, 아마 하루 종일 코스가 될 것 같다.

나는 그 이후로 30분 정도 멍하게 기다리게 되었다. 뭐, 여자가 오래 준비하는 건 당연한 거고, 딱히 기다리는 게 고통스럽지도 않다. 그런데 에르나치고는 신기하다. 항상 일찌감치 나오곤 하는데.

"기다렸지."

에르나가 그렇게 말하며 빠른 걸음으로 다가왔다.

하얀 블라우스에 붉은 미니 스커트. 그리고 머리에는 조그맣고 까만 모자. 어울리기도 하고, 예쁘기도 하다. 하지만 눈에 띄겠지.

그런 생각을 하고 있다가 나는 어떤 것을 눈치챘다. 에르나의 모자가 마도구였던 것이다.

"눈에 띄지 않을 대책은?"

"이 모자는 인식 저해 마법이 걸려 있으니까 용작 가문 사람이라고 들킬 일은 없을 거야."

역시 용작 가문. 그런 마도구도 확실하게 갖추고 있구나.

뭐, 인식 저해 마법이 걸려있다고 해도 에르나라는 사실을 눈치채지 못할 뿐, 눈에 띄는 건 마찬가지지만. 훌륭한 외모는 어떻게 해볼 수가 없다. 그런 건 눈치채지 못했다는 게 에르나답기도 하네. 뭐, 상관없지.

"그럼 갈까. 어디 가고 싶어?"

"정겨운 곳들을 돌아보고 싶어. 요즘은 제도를 느긋하게 돌아다닐 기회가 없었으니까."

"별로 변한 게 없을 것 같은데."

우리는 그렇게 이야기를 나누며 제도로 나섰다.

■ ■ ■

"여기는 변함이 없구나."

에르나가 그렇게 말하며 멈춰 선 곳은 큰길 옆에 있는 좁은 골목길이었다.

내가 보기에는 별로 좋은 추억이 없는 곳이지만, 왠지 에르나는 기쁜 듯이 그쪽으로 들어갔다.

"기억해? 여기에서 아르가 괴롭힘당했었지?"

"그래, 기억하지."

일고여덟 살 때였나. 고양이를 괴롭히던 아이들이 있길래 고양이를 구해서 도망치게 해주었지만, 반격할 수단이 없던 나는 네다섯 명에게 마구 걷어차였다. 땅바닥에 엎드려서 거북이처럼 버티고 있자니 어디선가 에르나가 나타났다. 그리고.

"아이들을 마구 두들겨 패는 너를 말리느라 힘들었지……."

"여러 명이서 한 명을 때린 그 애들이 잘못한 거지. 그것도 황자를."

"황자라고 밝히지도 않았으니까."

다들 나를 찌꺼기 황자라고 업신여기지만, 그럼에도 불구하고 백성들이 나를 때리는 일은 없다. 기껏 해봐야 야유를 하는 정도다. 황자라고 밝히면 그들도 멈췄을 것이다. 뭐, 거짓말 취급해버릴 가능성도 있었고, 그러기 전에 에르나가 온 거지만.

"그래도 용서할 수가 없었어. 아르가 울고 있었는걸."

에르나는 당시의 분노를 떠올렸는지 주먹을 쥐었지만, 나는 곧바로 끼어들었다.

"이봐, 잠깐. 기억을 바꾸지 마. 나는 울지 않았다고."

"어? 울었잖아."

"'그때'는 안 울었어. 그 이후로 네가 검술 대련이라고 하면서 나를 괴롭혔을 때 울었지."

"괴롭히다니, 그게 무슨 소리야?! 게다가 나하고 대련해서 울었다니, 무슨 소리냐고?!"

"그야 너 때문에 고생한 게 더 힘들었기 때문이지. 지금도 생각난다고. 부탁하지도 않았는데 검을 들게 하고, 마구 두들겨 맞았지. 쓰러지면 일어서라고 하고, 일어서면 마구 두들겨 맞고. 응, 역시 그건 괴롭히는 거였어."

"괴롭힌 게 아냐! 아르가 훌륭한 황자가 되었으면 했을 뿐이지! 애초에 힘이 없고 허약한 주제에 싸움에 끼어든 아르가 잘못한 거야! 걱정이 되니까 호신술 정도는 익혔으면 했던 거고!"

"그걸 호신술 대련이라고 생각했구나——. 아, 그래. 너한테서 몸을 지키라는 거, 크헉!"

"아니야!"

그녀가 옆에서 힘껏 옆구리를 때렸다. 늑골을 피해서 내장을 두들기는 그 쓸데없이 훌륭한 기술 때문에 나는 한동안 숨을 쉬지 못하고 끙끙대기만 했다.

"정말! 모처럼 좋은 추억에 젖어 있었는데."

"좋은 추억인 건 너뿐이지……."

겨우 숨을 쉴 수 있게 되자 에르나가 그렇게 부조리한 말을 했기에 나도 그렇게 대답했다. 구해주고 끝났으면 좋았겠지만, 그렇게 끝나지 않는 게 에르나다. 구해준 것만으로 끝내지 않고 다음에는 그 악질적인 꼬맹이들에게 이길 수 있게끔 해주겠다며 엄청나게 참견했다. 어렸을 때는 그런 일들만 있었다.

바깥으로 나갈 때, 아마 세바스가 호위로 따라오긴 했겠지만, 그가 내 앞에 나타난 적은 없다. 에르나가 온다는 걸 알고 있었기 때문이겠지.

"뭐야……, 나하고 만들었던 추억은 즐겁지 않았다는 거야?"

에르나가 삐진 듯한 표정을 지으며 다그쳤다. 신기하긴 했지만, 그렇다고 해서 마음에도 없는 대답을 해봤자 소용이 없다.

"뭐, 대부분 그렇지."

"아르~? 내가 잘못 들은 거지~?"

"협박에 굴하지 않을 거야. 너도 즐거웠던 추억은 별로 없잖아?"

"즐거웠다고! 대련하다가 시간을 내서 아르 같은 애들하고 바깥에서 놀면 기분 전환이 됐으니까……. 나는 슬퍼. 예전의 아르는 순하고 귀여웠는데……."

"미화하지 마……, 나는 예전부터 이런 느낌이었다고."

과거의 나를 멋대로 솔직한 아이였다며 미화하는 에르나를 보니 어이가 없었다. 예전에는 좀 더 얌전했을지도 모르겠지만, 본질은 변함이 없다. 에르나에게 하고 싶은 말은 했었을 텐데. 그럼에도 불구하고 순했다고 생각한다면, 아마 예전에 에르나가 내 말을 듣지 않았기 때문일 것이다.

역시 부조리한 녀석이다. 그런데 한 가지 마음에 걸리는 게 있다.

“이봐, 에르나. 생각해 보니까 어떻게 내가 바깥으로 나갈 때마다 매번 네가 나한테 온 거야?”

“세바스가 말해 줬거든.”

“그 집사……, 호위하는 게 귀찮았던 거 아닌가……?”

오랫동안 풀리지 않았던 수수께끼가 이제야 풀렸다. 마음 내키는 대로 성을 빠져나왔는데도 에르나가 나를 쫓아올 수 있는 이유를 어린 마음에 신기하게 생각했는데, 그런 뒷사정이 있었을 줄이야.

어렸을 때부터 에르나는 말도 안 되게 강했으니 에르나가 곁에 있으면 나를 호위할 필요는 없다. 비슷한 나이 애들끼리 있는 게 마음이 편할 거라고 배려해 줬을지도 모르겠지만, 기척을 지울 수 있는 세바스라면 애초에 그런 걱정을 할 필요가 없다. 그냥 귀찮았을 뿐인 것 같은데.

“아버님도 아르에게 간다고 하면 대련 중에도 보내 주셨어.”

“뭐, 용작은 황족을 존중하니까.”

“그래. 그것뿐만은 아니지만.”

에르나가 그렇게 의미심장한 말을 했다. 평소에는 딱 부러지게 말하는 에르나치고는 또 신기하다. 고개를 갸웃거리던 내게 에르나가 손을 내밀었다.

“언젠가 가르쳐 줄게. 일단 다음 장소로 가자!”

"다음이라니, 이런 식으로 제도를 돌아다닐 거야?"
"그래, 물론이지!"
에르나는 그렇게 말하고 즐겁다는 듯이 내 손을 끌어당겼다. 열한 살 나이에 근위기사가 된 에르나는 임무 때문에 각지를 돌아다녔다. 당시에는 아버님도 힘차게 제국을 돌아다녔고, 그렇지 않더라도 아버님 대신 황제의 눈으로서 제국을 돌아다니는 것도 근위기사가 할 일이다.
특히 에르나는 열두 살에 성검 소환을 해낸 암스베르그 가문의 신동이다. 국경 부근에 에르나가 있기만 해도 외교를 유리하게 진행할 수도 있다. 그런 이유 때문에 에르나가 제도로 돌아오는 건 1년에 한두 번 있을까 말까한 일이다.
기사 수렵제에서 황제가 위기에 처했기에 근위기사단 중 대부분은 지금 제도에 있지만, 조만간 임무를 받고 각지로 흩어질 것이다. 에르나에게는 지금이 제도를 돌아다닐 기회다.
사실 점심 식사만 하고 끝내고 싶긴 하지만……, 뭐, 보답이기도 하니까. 이대로 같이 다녀볼까.
"다음에는 어디로 갈 건데?"
"음~, 걸어가면서 정하자!"
"에휴, 확실하게 정하지도 않고."
우리는 그런 이야기를 나누며 정겨운 곳들을 돌아다니기 시작했다.

■ ■ ■

제도 곳곳을 돌아다니며 예전 추억에 잠긴 에르나와 나는 적당한 가게에서 점심 식사를 마쳤다. 사실 더 제대로 된 곳에서 점심 식사를 대접할 생각이었지만, 에르나는 시간이 너무 오래 걸린다며 거절했다.

에르나에게는 제도를 돌아다니는 게 더 중요한 모양이다.

“자, 팍팍 가보자!”

“기운도 좋네.”

나는 그렇게 중얼거리며 에르나를 쫓아갔다.

그런 다음, 에르나는 제도의 변두리로 가서 자신을 빈유라고 놀린 꼬맹이들과 놀아준다는 명분으로 벌을 줬고, 그들이 놀고 있던 광장을 빼앗기도 했고, 그 꼬맹이들이 예전에 나와 같이 있었던 여자가 더 거유였다는 정보를 듣고 분노하기도 했고, 정겨운 가게가 사라졌다며 불평하는 등, 마음껏 하고 싶은 대로 하면서 시간을 보냈다.

그리고 슬슬 내가 따라가는 게 힘들어졌을 무렵. 내 볼에 물방울이 떨어졌다.

“큰일이네.”

나는 작은 목소리로 중얼거리며 하늘을 올려다보았다. 맑았던 하늘이 갑자기 흐려지고 있었다. 천둥 소리도 들렸고, 비도 뚝뚝 떨어지기 시작했다.

어딘가에서 비를 피하는 게 낫겠는데.

에르나도 그 사실을 알고 있었는지 빠른 걸음으로 어딘가 가고 있었다. 한동안 조용히 따라가고 있었는데, 왠지 기분 나쁜 예감이 들어서 목적지를 물어보기로 했다.

"이봐, 에르나?"

"왜?"

"어디로 가고 있는 거야?"

"여관이야. 예전에는 자주 갔었잖아?"

그렇다, 기억하고 있다. 놀다가 돌아오는 길에 들렀던 여관이다. 왜 여관에 들렀는가 하면, 신기하게도 방마다 목욕탕이 있는 여관이었기 때문이다. 물론 고급이다. 아마 서민들은 평생 올 일이 없을 것이다. 방마다 목욕탕이 하나씩 있다는 건 물을 끓이는 마도구가 방마다 있다는 뜻이다. 그런 마도구는 가격이 비싸고, 쓸 때마다 마력을 소비한다. 비용이 많이 들 수밖에 없다.

하지만 그런 고급 여관을 에르나는 예전부터 샤워하기 위해 쓰곤 했다. 이유는 그 여관이 문을 열 때 선대 용작, 다시 말해 에르나의 할아버지가 마도구를 대량으로 제공했기 때문이다. 그래서 에르나는 얼굴만 보여줘도 여관을 쓸 수 있는 상태였다.

그때를 생각하면서 여관에 가려고 하는 거겠지만, 그건 큰 착각이다.

"이봐, 에르나. 너를 위해 하는 말이니까 그러지 말자."

"어머? 뭔가 문제라도 있어?"

"그런 건 아니지만, 그러지 마."

"수상하네……, 그 애들이 말했던 여자하고 갔던 거야?"

다그치려는 듯이 에르나가 눈을 가늘게 떴다. 정말, 이럴 때는 진짜로 눈치가 나쁜 여자네.

나는 한숨을 쉬면서 에르나에게 충격적인 사실을 말하려 했다. 하지만 그러기도 전에 에르나가 터무니없는 말을 했다.

"에르나, 저기……."

"내가 간다고 하면 가는 거야! 기사가 한 입으로 두말할 수는 없지!"

"……에휴."

어이가 없는 표정으로 크게 한숨을 쉬었다. 이 여자는 왜 툭하면 기사라는 말을 꺼내는 걸까.

"뭔데?"

"뭐, 됐어. 보는 게 더 빠르겠다."

나는 그렇게 말한 다음 앞장섰다. 그리고 금방 목적지 여관에 도착했다. 정겨운 여관이긴 했지만, 외관이 많이 바뀐 뒤였다. 제일 많이 바뀐 것은 간판이다. 그것을 보고 에르나는 얼굴을 새빨갛게 붉히며 말문이 막힌 상태였다.

"……어?"

"이제 알겠지?"

간판에 적혀 있던 것은 '사랑의 여관'. 다시 말해 남녀가 침대를 함께 쓰기 위해 마련된 고급 여관이라는 뜻이다. 제도에 몇 군데

밖에 없는 곳이기 때문에 서민 중에는 모르는 사람도 많다.

선대에게 이어받은 2대째 주인이 몇 년 전에 노선을 변경해서 고급 여관을 사랑의 여관으로 리뉴얼했다. 그게 대박이 나서 최근에 많은 귀족들에게 인기가 있는 사랑의 여관이 되었다.

애초에 설비는 갖추고 있는 상태기 때문에 귀족이 첩이나 애인을 데리고 오기에는 안성맞춤이다.

"여기는 커플들만 이용하는 그런 여관이야. 네가 신분을 밝히고 들어가면 큰 소동이 벌어질 거라고."

여관 자체의 입은 무겁지만, 손님은 그렇지 않다. 에르나가 들어가는 모습을 누군가가 본다면 제도 전체에 큰 소동이 벌어지게 된다. 에르나는 용작 가문의 후계자. 그녀의 결혼은 나라에 매우 중요한 행사다. 아마 아버님까지 끌어들이게 되는 큰 소동이 벌어질 것이다.

"자, 다른 곳으로 가자."

그래서 나는 에르나에게 목적지를 변경하자고 제안했다.

비에 젖는 건 싫지만, 어쩔 수 없다. 한때 비를 피하겠다고 사랑의 여관에 들어가는 건 문제가 있다. 상대가 에르나라면 더더욱. 에르나도 그럴 거라 생각하고 나는 왔던 길을 돌아가려 했다. 하지만.

"아니……, 드, 들어갈 거야……."

"뭐어?!"

예상하지 못한 상황이라 머리가 혼란스러워진 걸까. 에르나는 얼굴을 새빨갛게 물들이며 여관으로 들어가려 하고 있었다. 나는 급하게 그녀를 말리며 다시 말했다.

"여기는 사랑의 여관이거든?"

"사, 사, 상관없어……. 기, 기사가 한 입으로 두말할 수는 없으니까."

"못 들은 걸로 해줄 테니까……."

"아, 안 돼! 기사라는 말을 한 이상, 바, 반드시 들어가야 해! 괘, 괜찮아! 나라는 걸 들키지만 않으면 되니까!"

하긴, 에르나라는 걸 들키지만 않으면 문제는 없다. 내가 어디에 있든 크게 소문이 나진 않을 테니까.

그런데 이 녀석, 진짜 귀찮은 성격이네. 에르나는 스스로 정한 것을 바꾸려 하지 않는다. 아무리 사소한 거라 해도. 한 번이라도 정한 것을 바꾸게 되면 그 이후로도 계속 바꾸게 된다. 한 번이라도 규칙을 어기면 지금까지 노력해온 것들이 무의미하게 되어버린다. 그런 식으로 생각하는 모양이었다.

그럴 리가 없다고 생각하는데, 본인이 굳게 믿고 있으니 어쩔 수가 없다.

"드, 들어가자! 그냥 비를 피하는 거니, 바, 방은 따로 써야 해?!"

"멍청아, 이 여관에 와서 방을 따로 잡는 커플이 있을 리가 없잖아."

"어?!"

에르나의 표정이 매우 연약하게 변했다. 남자와 그런 방에 들어간다는 것은 에르나에게 매우 허들이 높았다. 물론 그런 행위를 하는 게 아니라는 사실은 알고 있을 테고, 상대방은 거의 친척이나 마찬가지인 나다. 다른 남자와 들어가는 것보다는 낫겠지만, 망설여질 것이다.

하지만 에르나가 좀 전에 한 말은 기사의 선서나 마찬가지였다. 물러설 수는 없을 것이다.

비가 점점 더 많이 오고 있다. 이미 나와 에르나의 옷은 젖어버렸다. 이대로 다른 곳에서 비를 피하게 되면 몸이 상한다. 자칫하다가는 감기에 걸릴 수도 있다. 주로 내가.

나는 살짝 한숨을 쉬고 재빨리 여관으로 들어갔다. 그리고 바로 방을 잡은 다음 에르나의 손을 잡고 2층에 있는 방으로 들어갔다.

"한동안 여기서 시간을 보내야겠네."

나는 그렇게 말하며 내 옷을 보았다. 여관 앞에서 이야기하다가 꽤 많이 젖어버렸다. 일단 벗어서 말려야겠는데.

"이봐, 에르나……."

"이, 이쪽 보지 마!"

에르나가 그렇게 말하며 자신의 몸을 감싸는 듯이 가렸다. 힐끔 보니 비 때문에 젖어서 옷이 다 비쳐 보였다. 흉갑이 없어서 평소보다 볼륨이 더 작은 가슴의 형태가 머릿속에 새겨졌다. 의식하지 않게끔 눈을 피한 다음, 나는 방 안에 있을 욕실을 찾아보았다. 그런데 바로 찾아본 것을 후회했다.

"말도 안 돼……."

나는 봐버렸다. 하얀 욕조가 놓여 있는 공간을. 바깥에서 훤히 들여다보이는 '유리로 둘러싸인' 변태 같은 욕실을.

이걸 욕실이라고 해도 될지조차 모르겠다. 어째서 이런 구조로 만든 건지 이해가 잘 안 된다.

"어쩔 수 없지……, 에르나. 나는 바깥에 나가 있을 테니까 먼저 씻어도 돼."

나는 그렇게 말하고 방 바깥으로 향했다. 몸이 싸늘해지긴 하겠지만, 그래도 감기에 걸리는 것보다는 낫다.

그런 생각을 하고 있자니 그녀가 내 옷을 잡았다.

"괜찮아……, 내가 바깥으로 나갈 테니까……. 기사거든."

"여자에게 그런 짓을 어떻게 해. 통로에서 혼자 기다리고 있다가는 다른 손님이 보게 될 걸? 무슨 비웃음을 살지 모른다고."

같은 방에 있던 남자에게 내쫓긴 여자. 주위 사람들은 그렇게 볼 것이다. 그것은 분명히 에르나가 견디기 힘들 굴욕이다.

"그건 아르도 마찬가지잖아……? 나는 정체를 들키지 않았지만, 아르는 들켰어. 분명히 또 바보 취급당할 거야……."

"항상 그러던 건데?"

"나 때문에 아르가 바보 취급당하는 건 싫어……."

"너 말이야……, 그럼 둘이서 감기 걸릴까?"

"……한쪽이 씻고 있는 동안에 다른 한쪽이 안 보면 되잖아?"

에르나가 얼굴을 붉히며 터무니없는 제안을 했다.

"너……, 제정신이야?"

"제정신이야! 정말! 아르가 먼저 씻어!"

에르나는 그렇게 말하며 방구석 쪽으로 가서 의자에 앉아버렸다.

그러자 나는 한동안 움직이지 못하고 있었지만, 이대로 시간을 보내봤자 분명히 에르나는 씻으러 가지 않을 것이다. 그렇게 되면 분명 감기에 걸린다.

나는 어쩔 수 없이 수건을 들고 욕실로 들어가기로 했다.

■ ■ ■

"나왔다."

"빠르네."

"느긋하게 씻을 수 있겠냐고."

에르나에게 그렇게 말하며 나는 하얀 목욕 가운을 바로잡았다. 젖은 옷을 말리느라 입을 수 있는 게 이것밖에 없었기 때문이다. 왠지 에르나 앞에서 목욕 가운을 입고 있자니 엄청 위화감이 드는 걸 느끼며 나는 에르나가 앉아 있던 의자에 앉았다.

그러자 뒤에서 옷이 스치는 소리가 들리기 시작했다. 에르나가 옷을 벗고 있는 것이다. 내가 벗을 때는 신경 쓰이지 않았지만, 듣는 쪽이 되니 왠지 긴장하게 된다.

다른 생각을 하기 위해 이리저리 둘러보다 보니 침대 구석 쪽에 거울이 있다는 걸 눈치챘다. 눈치채 버렸다.

"으윽?!"

그곳에는 옷을 벗고 있는 에르나가 확실하게 비치고 있었다.

하얀 블라우스를 벗은 에르나는 붉은 치마에 손을 대고 스르륵 내리며 다리를 빼냈다. 위아래가 한 세트인 분홍색 속옷은 프릴이 달린 여자애 같은 디자인이라 평소 에르나를 알고 있는 사람이 보면 뜻밖이라는 생각이 들 것이다.

비에 젖어서 그런지 속옷도 살에 딱 달라붙어서 에르나는 불쾌하다는 듯이 인상을 찌푸리며 속옷에도 손을 가져갔다.

이대로 보고 싶다는 남자 특유의 색골 같은 본능과 아무리 그래도 그건 아니라는 이성이 맞부딪혔다. 뭐가 아니냐면, 엿보던 게 들키면 내 머리와 몸통이 영원히 작별하게 되기 때문이다.

그러던 동안 에르나가 브래지어를 벗고 같은 나이 또래 여자들과 비교하면 발육이 더딘 가슴을 드러냈다. 그리고 곧바로 팬티에 손가락을 가져다 댔다.

그제야 나는 있는 힘껏 고개를 반대쪽으로 돌렸다.

위험했다……. 색골 같은 마음에게 져서 이것저것 잃어버릴 뻔했다. 주로 목숨 같은 거.

곧바로 가만히 있자니 물소리가 들리기 시작했다. 몸을 씻는 소리도 들렸기에 나도 모르게 방금 본 광경이 떠올라서 상상을 하고 말았다.

어린애도 아니고, 망상도 적당히 하라고.

자신을 타이르며 잡념을 뿌리쳤다. 그리고 천국 같으면서도 지옥 같은 시간이 끝나자 에르나가 욕실에서 나왔다.

"이제 괜찮아……."

에르나가 작은 목소리로 말했다.

그쪽을 보자 에르나도 목욕 가운을 입고 있었다. 그런데 얼굴은 새빨갛게 물들어 있었다. 어떻게든 태연한 척하려는 모양인데, 내 시선을 견디지 못하고 이불 속으로 파고들어 버렸다.

"으으으……."

"그렇게 창피해할 거라면 처음부터 여관에 들어오려고 하질 말든가……."

"그래도오……."

아마 울상을 짓고 있겠지. 목소리는 평소와 달리 힘이 없었다. 아무리 그래도 이런 상황이라 마음에 큰 대미지를 입은 모양이었다.

"한 번이라도 기사로서 한 말을 어기면, 지금까지 한 말도 가볍게 떠들어 댄 말이 되잖아……, 맹세라든가, 각오 같은 거……."

"안 그래. 적어도 나는 그렇게 생각 안 한다고."

"내가 그렇게 생각한단 말이야……, 그래서 나는 기사로서 한 말을 어기지 않을 거야……."

"그러다가 울면 아무 소용 없지."

"안 울었어……."

그렇게 대답한 에르나의 목소리에는 울음소리가 섞여 있었다. 어이가 없어서 한숨을 쉬자 왠지 모르겠지만 에르나가 되려 성질을 냈다.

"아르가 잘못한 거야! 나를 부추기려는 듯이 말하니까!"
"나 때문이냐……."
"애초에 어떻게 여기가 사랑의 여관이 되었다는 걸 알고 있었던 거야?! 누구랑 왔어?! 아까 그 애들이 말했던 거유 여자?!"
"에휴……, 되려 성질낼 기운이 있다면 괜찮겠네."
"둘러대지 말고!"
에르나가 다그치자 나는 잠시 입을 다물었다. 에르나는 아까 꼬맹이들을 혼내줄 때 내가 다른 여자와 돌아다녔다는 정보를 들어버렸다. 알아버린 이상, 억지로 숨겨봤자 소용이 없겠지.
그렇게 판단하고 정직하게 털어놓기로 했다.
"내가 가끔 가는 창관에는 어렸을 때 부모님에게 팔려서 창부로 살아갈 수밖에 없는 여자가 잔뜩 있어."
"? 그거하고 무슨 상관이 있는데?"
"그런 창부를 하루 내내 사서 사랑의 여관에 데려간다는 명목으로 바깥에 데리고 나오곤 하거든. 애들이 본 건 그중 한 명일 거야. 창부 사절이라는 가게도 나와 함께 가면 들어갈 수 있으니까. 설마 황자가 창부를 데리고 돌아다닐 거라는 생각은 아무도 안 할 테고."
"그런 일도 했었어……?"
"창관에서도 그녀들에게 줄 수 있는 일은 창부 일밖에 없어. 어쩔 수 없지. 굶지 않는 것만으로도 다행인 거야. 하지만 그녀들도 바깥을 자유롭게 돌아다녀 보고 싶다는 생각을 하지. 다양한 가게에 가보며 놀고 싶다고 말이야. 그래서 데리고 나오곤 하는 거야. 그러면 뭔가 바뀔 거라는 생각은 안 하지만, 행동하지 않는 선보다는 행동하는 위선이 더 낫다고 생각하니까."

사랑의 여관에 도착한 창부들은 내게 안겨도 된다고 말한다. 하지만 나는 그 말을 받아들인 적이 없다. 그런 짓을 하면 그게 목적이었던 것 같은 생각이 드니까.

위선자 행세를 할 거면 끝까지 위선자로 있어야만 한다. 그래야 앞뒤가 들어맞을 테니까.

"……좀 더 많은 사람들이 알 수 있게끔 하면 좋을 텐데."

"알 수 있게끔 하면 말리겠지. 황족이 거리의 별 볼 일 없는 창관에 놀러갔다는 걸 알게 되면 큰 소동이 벌어질 거야. 이왕 안을 거라면 고급 창부를 안으라고 해대면 짜증 날 테고."

"그래도……, 아르의 평판은 계속 떨어지잖아? 사람들이 여자 놀음에 빠졌다고 생각하면……."

"딱히 상관없어. 여자 놀음인 건 마찬가지고, 그런 걸 해본 적이 전혀 없는 것도 아니고."

몸을 깨끗하게 간직하고 있는 건 아니다. 이미 더러워졌기 때문에 아무리 더러워져도 괜찮다. 이미 내 평판은 떨어질 곳이 없다.

"아르는……, 괴롭지 않아?"

"혼자였다면 괴로웠을지도 모르지. 하지만 나는 혼자가 아니야. 나를 확실하게 인정해 주는 사람들은 있어. 너도 그렇지?"

"……그런 식으로 말하는 건 치사해……."

에르나는 기어드는 목소리로 중얼거렸다. 약간 삐진 듯한 말투로 말한 건 착각이 아닐 것이다.

그런 다음, 우리는 잡담을 하면서 옷이 마를 때까지 기다렸다. 오랜만에 에르나와 느긋하게 이야기를 하면서 보낸 시간은 깜짝 놀랄 정도로 즐거웠다.

10

아르와 레오가 대사로서 제도를 출발하는 날. 두 사람은 정식 입장으로 출발하기 때문에 황제에게 이야기를 듣고, 제대로 호위를 받으며 항구로 향할 예정이었다.

그런 두 사람이 불안해하는 것은 단 하나. 자신들이 떠난 뒤에 남은 사람들이 무사히 난국을 헤쳐나갈 수 있을지 여부였다.

"그럼 뒷일은 맡길게. 마리."

"네. 맡겨주십시오."

아르는 미리 린피아라는 새로운 인재를 등용해서 절대적으로 믿을 수 있는 세바스와 함께 피네를 보좌하는 역할에 임명했다. 그리고 레오는 자신의 메이드이자 비서 같은 역할을 맡고 있던 마리에게 자신의 세력을 맡기기로 결심했다.

"우리가 없는 동안에 분명 다른 세력이 공격을 가해올 거야. 피네 양하고 협력하면서 헤쳐나갔으면 해."

"이쪽은 괜찮습니다. 레오나르트 님의 측근은 모두 남는 형태가 되었고, 세력의 상징으로서 피네 님도 계시죠. 제가 걱정하는 건 오히려 레오나르트 님입니다."

마리가 걱정하자 레오는 쓴웃음을 지었다. 마리가 무슨 말을 하려는 건지 이해했기 때문이다.

"내 주위가 허술하다는 말을 하고 싶은 거야?"

"솔직하게 말씀드리자면 그렇습니다. 에르나 님께서 계시니 호위라는 점에서는 걱정할 필요가 없겠죠. 하지만 다른 부분에서는 인재가 부족한 것 같습니다."

"괜찮아. 형이 있으니까."

"그게 제일 걱정되는 부분입니다."

마리는 딱 잘라 말했다. 그렇게 사정없이 말하니 레오는 쓴웃음을 지었다. 마리는 표정도 변하지 않고, 목소리 톤도 변하지 않고 쓴소리를 한다. 아르가 아니었다면 화를 냈더라도 이상할 게 없을 것이다. 하지만 아르는 화를 내지 않는다. 마리는 그게 오히려 더 답답했다. 황제를 목표로 삼고 있는 레오의 형. 바보 취급당하면 레오를 업신여기는 거나 마찬가지다. 그렇다면 화를 내는 반응 정도는 보여줘야 한다, 마리는 그렇게 생각하고 있었다.

하지만 레오는 그런 마리를 타이르는 듯이 말했다.

"알겠어? 마리. 너는 모르겠지만 형은 정말 대단한 사람이야."

"레오나르트 님께서는 아르노르트 님을 너무 미화하십니다. 어렸을 때 어떤 추억이 있든, 지금은 상관이 없습니다."

"그렇지 않아. 언젠가 너도 알게 될 거야. 모두가 형을 찌꺼기 황자라고 부르지만……, 그렇지 않거든. 잘난 척하는 건 아닌데, 나는 어지간한 건 노력하면 할 수 있어. 하지만 형은 달라……, 마음만 먹으면 형은 어지간한 건 노력하지 않고도 할 수 있거든. 그러니까 걱정하지 않아도 돼. 내 곁에는 그런 형이 있으니까."

망설임 없이 그렇게 말한 레오를 보고 마리의 표정이 조금 어두워졌다. 레오가 한 말이 사실이라면 그렇게까지 우수한 형은 언젠가 레오의 장애물이 될지도 모른다. 그리고 레오가 지나치게 아르를 높게 사고 있다면 그것도 나름대로 다른 사람들이 파고들 빈틈이 될지도 모른다.

하지만 마리는 그 생각을 억눌렀다. 모시기로 결심했을 때, 레오를 받쳐주기로 맹세했기 때문이다. 어떤 길이라 해도 레오가 나아가겠다고 결심했다면 도울 뿐이다.

"레오나르트 님께서 그렇게 말씀하신다면, 저는 더 이상 아무 말도 하지 않겠습니다. 무운을 빌겠습니다."

"응. 고생만 하게 해서 미안해. 임무는 제대로 해낼 거야."

그런 이야기를 나눈 다음, 레오는 마차에 탔다.

그렇게 제국 사절단이 제도를 출발하게 되었다. 목적지는 대륙 남부.

두 나라가 서로 으르렁거리는 불안정한 지역이었다.

제2장 다른 나라로

1

포겔 대륙은 날개를 펼친 새라고 불리는 경우가 있다.

좌우로 펼쳐진 대지와 상하로 조금 튀어나온 대지가 날개와 머리, 꼬리로 보이기도 하기 때문이다. 그런 포겔 대륙의 한가운데, 다시 말해 몸통 부분을 영토로 삼고 있는 곳이 우리 아드라시아 제국이다. 그리고 그곳에서 나와 레오가 파견되어 가는 곳은 꼬리 부분.

대륙 남쪽에 있는 그 나라의 이름은 론디네 공국. 꼬리 부분에 있는 두 나라 중 한 곳이다.

"남부 전국시대에서 이겨서 살아남은 나라 중 한 곳인가……."

지금부터 갈 나라의 자료를 읽던 나는 배 위에 있었다. 전권 대사인 레오가 거느린 제국 사절선단이다. 두 척이 각각 론디네로 보내는 선물을 싣고 있다. 일단 한쪽에는 레오가 탔고, 다른 한쪽에 내가 탔다. 만에 하나 사고가 일어났을 때를 대비하기 위해서다. 하지만 나름대로 평온한 바다라서 만에 하나 사고가 일어날 리는 없지만.

내가 타고 있는 배에 단 한 명, 엄청나게 겁을 먹은 녀석이 있었다.

"이렇게 평온한 바다에서 겁을 먹으면 다른 바다에는 못 가겠는데?"

"아, 안 가도 된다고……."

침대 위에서 부들부들 떨면서 겁을 먹은 사람은 에르나였다. 어째서 이 녀석이 여기 있는 건지, 그리고 겁을 먹은 건지. 뭐, 그렇게까지 복잡한 이야기는 아니다.

그냥 관례상 근위기사가 전권 대사 호위 임무를 맡게 되는데, 형제자매들이 그 자리에 에르나를 추천했다.

우리에게 협력적인 사람을 한 명이라도 제도에서 멀리 보내고 싶었겠지. 뭐, 그 정도는 예상하고 있었고, 그에 대비해서 피네 곁에는 린피아를 두고 왔다. 괜찮을 것이다.

성검을 다룰 수 있는 용작 가문 사람을 나라 밖으로 파견하는 건 꽤 문제가 될 수도 있지만, 그것도 나름대로 이번 친선 파견이 진심이라는 것을 알려줄 수 있다는 장점도 있다.

결국 아버님도 세 사람의 추천을 받아들였다. 아버님도 방법 중 하나로 고려하고 있었을 것이다.

참고로 문제란 애초에 성검을 다룰 수 있는 용작 가문 사람은 제국의 최중요 전력 중 일부를 맡고 있기에 그게 파견된다면 다른 나라에서는 막을 수 있는 방법이 없다는 것. 이게 용작 가문 사람이 파견되는 나라 쪽 문제다. 그리고 용작 가문에서는 나라 바깥에서 황제의 허가 없이 성검을 쓸 수 없다는 문제가 있다. 이건 용작 가문 사람이 배신하거나 해서 다른 나라로 넘어갔을 때를 위해 초대 용작이 달아둔 안전장치다. 이것에 대해서는 별로 알려지지 않았다. 애초에 용작 가문 사람이 나라 밖으로 나가는 경우가 드물기 때문이다.

"저주할 거야……! 원망하겠어……! 그 세 사람, 절대로 용서 못 해……!"

"부들부들 떨면서 그렇게 말해봤자 설득력이 없는데."

그리고 이 녀석이 왜 떨고 있냐 하면, 그냥 바다를 무서워하기 때문이다.

에르나는 목욕하는 건 괜찮지만, 강이나 바다 같은 건 질색인 쪽 사람이다. 물 공포증이라고 할 수 있겠지. 완벽에 가까운 에르나의 유일한 약점이라고 할 수도 있다. 정확히 말하자면 지는 걸 싫어하는 에르나가 극복하지 못했던 약점이라고 해야 하나.

바다를 보면 불안해져서 구역질, 현기증, 과호흡 증상이 생기고, 배를 타면 이상한 공포 때문에 몸이 떨리는 걸 막을 수가 없게 된다. 만약 바깥으로 나가서 넓은 바다를 본다면 아마 충격 때문에 기절할 것이다.

"그래도 뭐, 용케 지금까지 안 들켰구나? 나는 분명히 들켰을 줄 알았는데."

"서, 성검을 지닌 용작 가문 사람은 좀처럼 나라 밖으로 안 나가니까……, 제국에는 육지가 많고, 나도 그 사실을 알고 있었으니까 열두 살 때 죽을힘을 다해서 성검을 소환할 수 있게끔 노력한 거야……. 배를 타고 싶지 않았으니까……."

에르나는 힘없이 눈물을 흘렸다. 그렇게 사소한 이유로 성검을 소환한 건 에르나가 처음이겠지. 게다가 그 노력이 물거품이 되다니, 웃음이 나온다.

"바, 방금 웃었지?! 소꿉친구가 겁먹었는데 너무하잖아……?!"

"그렇게 물 공포증에 걸린 이유를 떠올리면 웃을 만도 하지. 특히 나는."

"아, 아르에게도 책임이 일부분 있거든……?! 내가 물을 무서워하게 된 건 아르가 물에 빠진 걸 봤기 때문이니까……!"

그렇다. 여덟 살 때쯤, 나는 에르나와 함께 목욕을 하고 있었다. 그때, 뭔가 에르나의 기분을 상할만 한 말을 했는지 나는 에르나의 보디 블로를 맞았었다. 그리고 그대로 기절해서 목욕탕 속으로 가라앉아서 익사할 뻔한 것이다.

그리고 뭐가 잘못된 건지, 이 녀석은 그 모습을 보고 물이 무섭다고 생각했는지, 물 공포증에 걸렸다. 역대 최고로 부조리하기 짝이 없는 이유다. 어떤 폭군이라도 이렇게까지 부조리하진 않을 것이다.

"자업자득이지. 오히려 내가 물 공포증에 걸리더라도 이상할 게 없었어. 천벌이라고, 천벌."

"으으……, 너무해……."

에르라는 평소와는 달리 허약한 느낌으로 울상을 지었다.

정말, 그렇게 무서우면 물러나지. 왜 따라온 건지.

"아버님에게 말하면 고려해 줬을 텐데."

"요, 용작 가문의 후계자가 바다를 무서워한다는 게 알려지면 추문이잖아……! 그, 그리고 바다가 무섭다고 하면 왠지 진 것 같고……."

"너는 대체 뭐하고 승부하려는 거야……."

어이없어하고 있자니 배가 조금 흔들렸다.

크게 흔들리진 않았지만, 에르나에게는 충격적이었던 모양이었다.

"꺄아아아아악?! 아파?!"

침대 위에서 살짝 구르더니 머리를 부딪힌 뒤 몸을 웅크리고 있었다.

그 모습은 육지에서는 있을 수 없는 일이었기에 신선해서 기분이 좋았다.

"너, 물 위에서는 진짜 도움이 안 되는구나. 만약 지금 해적에게 습격당한다면 끝장나겠는데."

"바, 바보 취급하지 마……! 여차하면……! 꺄아아악?! 방금 엄청 흔들렸어?! 배 바닥에 구멍이 뚫린 거 아닐까?!"

"여차해도 도움이 안 될 것 같은데. 뚫릴 리가 없잖아. 해룡이라도 나오면 모를까."

바다 위에서 가장 무서운 건 바다의 왕인 해룡이다.

해룡은 바다에 적응한 용으로, 안 그래도 최상급 몬스터인 용이 바다에서 마구 날뛰면 육지보다 더 무서울 수밖에 없다. 배가 가라앉아서 죽어간 뱃사람은 셀 수 없이 많다.

해전을 벌이던 두 나라의 함대가 한꺼번에 침몰한 적도 있다.

당연히 에르나도 그 무시무시한 이야기는 알고 있을 것이다.

해룡 이야기가 나오자마자 완전히 마음이 꺾인 듯한 표정을 보였다.

"나……, 여기서 죽는 거야……?"

"죽을 리가 없잖아, 멍청아. 완전히 다른 사람이네. 근위기사로서 그건 좀 아닌 것 같은데? 임무에 지장이 생길 텐데 받아들이면 안 되는 것 아냐."

"그래도오……."

"에휴……."

뭐, 약한 모습을 보이고 싶지 않다는 마음은 이해가 된다. 그리고 바다 위에서 전투를 벌이는 것도 아니고, 일부러 호위가 엄중한 사절선을 습격할 해적도 없다.

육지로 돌아가면 평소 같은 에르나로 돌아올 테니 이 정도만 괴롭히도록 할까.

평소에 당한 복수를 해서 마음이 시원해진 나는 에르나 몰래 결계를 쳤다. 외부의 영향을 어느 정도 차단시켜 주는 결계다. 이제 흔들리는 것도 좀 나아질 것이다. 평소였다면 쓸 수가 없었겠지만, 지금 에르나 상태로는 눈치챌 수 없을 테니 상관없다.

"조, 조금 흔들리던 게 잠잠해진 것 같아……."

"애초에 별로 흔들리지도 않았거든."

"아, 아르가 너무 둔감한 거야……. 만약에 배가 가라앉으면 어떻게 될지 생각도 안 해?"

"제국의 사절선이 가라앉았던 건 기나긴 역사 중에서도 두 번밖에 없다고."

"그 세 번째가 오늘이 아니라는 보장은 아무도 못 하잖아……?"

평소와 달리 귀찮을 정도로 부정적이네. 왜 안심시켜 주려고 말한 것 때문에 더 겁을 먹는 거야?

이제 무슨 말을 해도 소용이 없겠다. 마음껏 겁먹으라지.

그런 생각을 하고 있자니 소심한 노크 소리가 들렸다.

에르나는 그 노크 소리에도 움찔거리며 반응했다. 대답할 수 없는 상태였기에 내가 대신 대답했다. 그러자 에르나의 부하인 중년 기사가 들어왔다.

"들어오세요."

"실례합니다……. 저기, 대장은?"

"사, 살아 있어……."

"갑판으로 올라오실 수 있습니까?"

"나한테 죽으라는 거야?! 바람에 날아가면 물에 빠지잖아……!"

"네 머릿속에서는 바깥에 태풍이 몰아치고 있는 거야? 오늘 날씨는 맑다고. 정말……, 보면 알겠지?"

어이가 없어서 부하를 보니 그도 쓴웃음을 짓고 있었다. 그래도 직속 부하라 알고 있었던 모양이다. 뭐, 끝까지 숨길 수는 없을 테니까.

"그럼 보고만 드리죠. 알바트로 공국의 배에서 회담을 요청하고 있습니다. 일단 이쪽 배와 레오나르트 황자님의 배가 닻을 내렸습니다만, 어떻게 할까요?"

"알바트로 공국이라. 벌써 그 나라 해역에 들어섰구나."

알바트로 공국은 론디네 공국 옆에 있는 나라다. 해양 국가이자 폭넓게 해양 무역을 하는 나라이기도 하다. 전에 제국이 다른 나라와 전쟁을 벌일 때 그쪽에 협력했기에 제국과는 소원해졌다.

이런 타이밍에 회담이라니. 론디네에 가지 않았으면 하는 거겠지. 회담이라고 하면서 실질적으로는 불심 검문이나 마찬가지지다.

"기, 기사들은 모두 방 안으로 들어가 있어……, 자극하는 건 바람직하지 못해……."

"나도 찬성이야. 레오는 뭐라고 하나?"

"그게……, 레오나르트 황자님께서도 몸이 안 좋으신지……, 그래서 대장에게 의견을 들을까 해서요."

"에휴……, 어쩔 수 없지. 내가 레오인 척하면서 대처하마."

나는 그렇게 말하고 방을 나섰다. 옆에는 레오가 탄 배가 있다. 이대로 회담을 받아들이겠다는 사인을 보내면 알바트로 공국이 넘어올 것이다.

아무리 그래도 제국의 사절선을 구석구석 조사하지는 못할 테니 괜찮겠지만.

옆에 있던 배로 넘어간 나는 레오의 방으로 향했다.

그곳에는 얼굴이 조금 파래진 레오가 있었다. 이런 얼굴로 회담을 할 수는 없겠지.

레오가 입고 있는 옷은 나와 똑같은 옷이다. 검은 셔츠에 선명한 푸른색 겉옷. 제국의 대사복이다. 원래 대사만 입는 옷이지만, 이번에는 보좌관인 나도 입고 있다. 나도 대사에 준하는 입장이라는 뜻이다.

처음에는 귀찮다고 생각했지만, 덕분에 간단히 레오 행세를 할 수 있겠다.

"여어, 몸이 안 좋다면서? 뱃멀미냐?"

"응……, 그런 것 같아……."

"에르나도 아니고, 정신 차리라고."

"미안해……."

"이번에는 내가 너인 척해줄게. 너는 적당히 옆에 있는 배에서 쉬고 있어."

"그래도……."

"됐으니까. 아르노르트 황자가 몸이 안 좋아졌다고 전해 줘."

"허나, 그런 말을 하면 또 전하의 평판이……."

"됐다니까. 이제 와서 바뀔 것도 없고."

에르나의 부하에게 그렇게 말한 다음, 나는 레오를 옆쪽 배로 옮겼다. 물론 주위 사람들에게는 아르노르트 황자라고 하면서.

혼자 남은 나는 머리카락과 복장을 다듬고 굳은 표정을 지으며 방 밖으로 나왔다.

"회담 신청을 받아들인다. 준비해 줘."

"네."

그렇게 나는 바다 위에서 레오와 뒤바뀌게 되었다.

2

다가온 알바트로 공국의 배는 군함이었다. 숫자는 세 척.

마력으로 탄을 발사하는 마도포를 갖춘 범선이었다. 현재 군함 중에서는 최신형에 해당된다. 파고들어서 백병전을 벌인다면 모를까, 거리를 벌리게 되면 우리는 아무것도 할 수가 없겠지.

"역시 공격을 하진 않는군."

"공격하면 우리 제국과 전쟁을 하게 될 테니까요."

"옮기느라 수고했어. 저쪽 두 사람은?"

"그로기 상태입니다. 시합이었다면 바로 심판이 중지시켰겠죠."

레오를 데려다주고 온 중년 기사가 내 곁으로 돌아왔다. 이 기사만 유일하게 뒤바뀐 사실을 알고 있으니까. 곁에 있어주면 도움이 된다.

"그렇다면 대역을 쓴 나는 실격인가?"

"들키지만 않으면 됩니다. 들키지만 않으면."

내 말에 그런 식으로 대답했다.

에르나의 부하가 맞나 싶을 정도로 생각이 유연하다. 솔직히 말해서 내 부하로 들어왔으면 할 정도다.

"그런가. 그렇다면 철저하게 연기해야겠군."

"함께 가겠습니다."

나와 그 기사는 그렇게 말하며 다가온 알바트로 공국의 배를 맞이하러 나섰다.

■ ■ ■

“회담에 응해주셔서 감사합니다. 대사님.”

그렇게 말하며 우리 배로 올라선 사람은 색소가 연한 갈색 머리카락 소녀였다. 어깨까지 닿는 머리카락이 바람에 살짝 흔들렸다.

나이는 열넷, 열다섯 살 정도인가. 녹색 눈동자가 흥미롭다는 듯이 나를 들여다보고 있었다.

설마 연하로 보이는 사람이 나올 줄은 몰랐기에 나도 조금 놀랐다.

그걸 눈치챘는지 소녀는 곧바로 고개를 숙였다.

“무례를 저질렀군요. 저는 에반젤리나 디 알바트로. 알바트로 공국의 공녀입니다. 이름이 기니까 에바라고 불러주세요.”

“누, 누님, 기다려어~…….”

“그리고 여기 있는 느림보가 줄리오 디 알바트로. 제 남동생입니다.”

그렇게 말하며 나타난 줄리오는 에바와 똑같이 생겼다. 에바가 남자처럼 생긴 게 아니라 줄리오가 여자처럼 생긴 것이다. 나란히 놓고 보면 자매라고 해도 이해가 될 것 같았다.

에바는 예쁜 소녀였지만 눈에서는 강한 의지가 느껴졌다. 한편, 줄리오는 기가 약해 보이고 어쩔 줄 몰라 하고 있었다. 누가 더 여자 같냐고 하면 실례겠지만, 줄리오가 더 여자 같았다. 설마 알바트로의 공녀와 공자가 쌍둥이였을 줄이야. 그것도 우리 배로 오다니, 대체 무슨 일이지?

몸이 안 좋은 레오를 억지로 참가하게 하지 않아서 다행이라고 생각하며 나는 레오처럼 우아하게 인사를 했다.

"제 이름은 레오나르트 렉스 아드라. 제국의 제8황자입니다. 이번에 론디네 공국에 파견된 제국의 전권 대사로, 지금은 그쪽으로 가는 중입니다. 알바트로 공국의 공녀 전하와 공자 전하, 그리고 해양 국가로 이름난 알바트로 공국의 군함을 볼 수 있게 되어 영광이군요."

출발하기 전에 알바트로에는 레오를 전권 대사로 론디네에 파견한다는 사실을 전해두었다. 당연히 그들도 그 사실을 알고 있을 것이다.

즉, 그들의 목적은 저지가 아니다. 저지하고 싶었다면 알바트로 공국의 해역을 지나가는 것을 금지하기만 하면 된다. 자국의 해역을 지나가는 것을 허락해 놓고 들어온 순간에 가지 말라고 하면 알바트로는 다른 나라의 신뢰를 잃게 된다.

그러니 이번에 에바와 줄리오가 온 것은 다른 목적 때문일 것이다.

"저도 레오나르트 황자님의 소문은 들었습니다. 제국 동부에서 해일이 일어났을 때 많은 기사들을 이끌고 돌격하셨다고요. 역시 제국의 황자님은 용맹하시고 군사적 재능도 갖추신 모양이에요."

“그렇지는 않습니다. 기사들이 열심히 싸워줬을 뿐이죠. 그리고 군사적 재능이라면 두 분께서도 갖추고 계시지 않나요? 일부러 공국의 전하께서 저를 만나러 오실 때 군함을 타고 오시지는 않으셨을 테니까요.”

그렇게 대답하자 에바의 눈초리가 약간 날카로워졌고, 줄리오가 깜짝 놀란 표정을 지었다.

역시 다른 목적이 있었다.

우리에게 뭔가 액션을 취하려는 게 아니라 다른 목적이 있었는데 마침 우리가 지나가던 참이었겠지. 문제는 공녀와 공자가 나올 목적이라는 게 대체 뭔지에 달려있다. 두 사람의 몸가짐을 보아하니 전투 실력이 뛰어난 것 같지는 않았다.

에바는 어느 정도 실력이 있는 것 같긴 하지만, 줄리오는 전혀 그런 분위기가 없었다. 아마 검을 들려주면 나보다 더 못할 것 같은데. 그런 아이를 왜 데리고 온 걸까.

속을 좀 떠볼까 생각하고 있자니 에바가 곧바로 답을 밝혔다.

“얼굴에 너무 드러났잖아! 바보 같다니까! 정말…….”

“미, 미안해, 누님…….”

“에휴……, 레오나르트 전하. 이렇게 되었으니 솔직하게 말씀드리겠습니다. 진로를 변경해 주셨으면 합니다. 론디네로 가는 건 말리지 않겠습니다만, 최대한 멀리 돌아서 가시길 부탁드립니다.”

“이유를 말씀해 주실 수 있을까요?”

“……될 수 있으면 말씀드리고 싶지 않습니다. 당신이나 제국을 믿을 수가 없으니까요."
"그렇군요."
이렇게까지 당당하게 제국을 믿을 수가 없다고 하다니, 꽤 담이 큰 것 같다. 알바트로 공국은 제국과 비교하면 약소국이다. 해상무역이 활발하고, 공격하면 다른 나라가 적이 되기 때문에 제국에서 굳이 손을 대지는 않지만, 제국이 마음만 먹으면 짓밟을 수 있을 정도의 힘.
그 사실은 알바트로 공국에서도 알고 있을 텐데. 그럼에도 불구하고 그렇게 말하는 걸 보니 알려지면 곤란한 문제인 모양이다. 나는 주위를 둘러보았다. 그런 다음 말했다.
"진로를 변경한다. 예정보다 멀리 돌아서 론디네로 들어간다."
"저, 전하?! 그러면 예정보다 더 오래 걸리게 됩니다!"
"상관없다. 식량이나 물은 충분히 여유 있게 가지고 왔고, 어느 정도 늦는 건 론디네도 눈감아줄 테니."
"허나!"
"이미 결정했다. 이러면 됩니까? 에바 전하."
멍한 표정을 짓고 있던 에바를 보고 나는 마음속으로 웃고 있었다.
그렇구나. 레오처럼 행동하면 이런 반응을 보이게 되는구나. 혹시 레오는 이렇게 상대방이 멍해진 표정을 보고 싶어서 그러는 건가?
그 정도로 에바의 반응은 재미있었다.

"……역시 제위를 두고 쟁탈전을 벌이시는 분이시군요. 그릇이 크세요. 현명한 판단에 감사드립니다. 레오나르트 전하."

"가, 감사합니다."

"그럼 저희는 이만 실례하겠습니다."

"시, 실례하겠습니다."

에바와 줄리오는 그렇게 말한 다음, 볼일이 끝났기에 돌아갔다.

그에 맞춰 우리도 출발할 준비를 시작했다. 최대한 레오 행세를 그만두고 싶었지만, 상대방이 우리가 진짜로 진로를 바꾸는 건지 감시하고 있었기에 수상쩍은 행동은 할 수가 없다. 결국 나와 레오가 뒤바뀐 채 배를 출발시키게 되었다.

뭐, 그건 딱히 문제가 안 된다. 방에 있으면 눈에 띄지 않을 테고, 육지에 도착할 때까지는 솔직히 말해 나나 레오가 할 일이 없다. 문제는 알바트로의 목적이다.

"무슨 일일까요?"

"무슨 일일까."

중년 기사가 묻자 나도 고개를 갸웃거렸다.

솔직히 짐작도 안 된다. 일부러 군함을 세 척이나 끌고 왔는데도 공녀와 공자가 타고 있었다. 싸울 거라면 공녀와 공자가 필요 없고, 싸우지 않을 거라면 군함 세 척은 너무 지나치다.

그런 점에서 생각해 볼 만한 건 위력정찰 정도? 그 두 사람이 정찰에 적합한 능력을 가지고 있다면 이해가 된다. 그런데 어디를 정찰하지?

이곳은 알바트로 공국의 해역이고, 대규모 해적단이 있다는 이야기도 못 들었다.

한동안 생각에 잠겨 있자니 갑자기 배가 크게 흔들렸다.

"뭐지?!"

"보고! 폭풍입니다!"

"뭐라고?!"

무슨 말도 안 되는 소릴. 좀 전까지 맑은 날씨였는데 갑자기 폭풍이라니.

나는 그렇게 생각하며 갑판으로 올라갔다. 그러자 그곳에서는 폭풍과 높은 파도가 배를 덮치고 있었다. 옆을 보니 더 골치 아픈 일이 발생한 상태였다.

"선장! 형의 배와 떨어졌는데!"

"용서해 주십시오! 이쪽 배가 뒤집어지지 않게 하는 것만으로도 벅찹니다! 저쪽도 따라붙기 힘들 겁니다!"

"어떻게 안 됩니까?!"

"힘듭니다! 이건 자연적인 폭풍이 아닙니다! 갑자기 징조도 없이 나타났습니다! 틀림없이 바다에 있는 몬스터의 소행일 겁니다!"

선장이 그렇게 소리친 걸 듣고 나는 에르나에게 했던 이야기를 떠올렸다.

나는 에르나에게 해룡 이야기를 했다. 자주 듣곤 하는 해룡 이야기는 갑자기 폭풍을 일으켜서 배를 가라앉힌다는 거였다. 지금 완전히 그런 상황이었다. 그리고 그것을 뒷받침하는 것이 알바트로 공국의 태도. 공녀와 공자가 군함을 세 척이나 끌고 왔다.

그리고 우리에게 진로를 바꾸라고 했다. 혹시 알바트로 공국에서 해룡이 자기 해역 부근에 있다는 걸 알고 그것을 조사하러 왔다면?

우리에게 말할 수 있을 리가 없다. 알바트로 공국은 해상무역으로 유지되고 있다. 하지만 어떤 나라의 뱃사람도 해룡이 있다는 이야기를 들으면 알바트로 공국으로 배를 보내지 않을 것이다. 자살행위이기 때문이다.

나는 그렇게 생각하고 재빨리 탐지마법을 사용했다. 조사한 것은 폭풍의 규모다.

얼마나 강한 바람이 불고 있는지. 그것을 조사한 순간, 나는 무심코 혀를 찼다. 폭풍은 거대했고, 우리는 끄트머리에 있었다. 다시 말해 발생 지점은 여기가 아니다.

아마 알바트로 공국 해역이 폭풍의 중심일 것이다. 더욱 골치 아픈 것은 배가 점점 그 발생 지점 쪽으로 흘러가고 있다는 것이다.

이대로 가다가는 최악의 경우, 바다 위에서 해룡과 싸우게 된다. 그런 건 사양이다.

"선장! 어떻게든 폭풍에서 이탈하도록!"

"지금 그러고 있습니다!"

그렇게 나는 레오 행세를 하며 폭풍에 휩쓸리게 되었다.

3

"선장, 지금은 어디쯤에 있지?"

레오인 척하며 나는 선장에게 지금 위치를 물었다. 폭풍은 겨우 잠잠해졌지만, 휩쓸린 우리는 레오가 타고 있던 배와 떨어졌고, 시간을 꽤 빼앗겨 버렸다. 벌써 해가 지기 시작하고 있다.

전복되더라도 이상할 게 없었을 정도로 강한 폭풍이었지만, 제국의 사절선이고 타고 있는 사람들은 제국 해군에서 단련된 군인들이다. 겨우 위기를 넘어설 수 있었다.

"아마 알바트로 공국의 해역일 겁니다. 전복되지는 않았지만, 꽤 멀리 흘러와 버렸습니다. 아니, 흘러왔다기보다는 끌어당겨졌다고 하는 게 더 정확할지도 모르겠군요. 그 폭풍은 척 보기에도 이상했습니다."

"그렇다면 역시 몬스터와 관계가 있을까?"

"네, 틀림없을 겁니다. 저는 할아버지 대부터 뱃사람이었습니다만, 그건 이야기로 들었던 해룡의 폭풍과 똑같았습니다."

"해룡의 폭풍……, 대체 어떤 거지?"

"말 그대로 해룡이 일으키는 폭풍입니다. 그것도 배를 자기 방향으로 점점 끌어당긴다고 하죠. 폭풍을 넘어서더라도 끌려간 곳에는 해룡이 있는 겁니다. 뱃사람이라면 듣기만 해도 겁이 날 만한 이야기죠. 해룡은 바다에 사는 몬스터 중에서는 최상급이니까요. 그걸 만난다는 건 곧 죽는다는 이야기죠."

흐음, 이야기로 들은 폭풍과 방금 겪은 폭풍. 특징은 일치한다.

이 해역에 해룡이 있다고 해도 되려나?

그렇다면 문제가 커지는데. 애초에 용이라는 건 활동기와 휴면기가 반복되는 몬스터다. 그리고 그 사이클은 휴면기가 압도적으로 길다. 100년이나 휴면한 용이 있다는 보고도 있다. 오랫동안 휴면하고 짧은 기간 동안 활동한다. 그것이 용이라는 생물이다. 그것은 해룡도 마찬가지다.

기록을 조사해 봐야겠지만, 이 근처에서 휴면기였던 해룡이 활동기에 들어간 모양이다. 문제는 알바트로 공국의 해양 무역이 활발하다는 점이다. 제국과는 거리가 멀지만, 그래도 다른 나라와 폭넓게 무역하고 있다. 그런 해역에 해룡이 나타난다면 얼마나 피해가 클지.

그 사실을 알고 있었기에 알바트로 공국에서 극비리에 조사하고 있었겠지만, 느낌으로 보아하니 제대로 용의 역린을 건드려 버린 것 같다. 아마 폭풍이 발생한 원인은 에바 일행이겠지. 그런 폭풍이었으니 이미 살아있진 못할 테고. 가엾기도 하지.

"그런가……, 그럼 오래 머무를 필요는 없겠군. 형 쪽도 걱정이야. 바로 론디네로 진로를 잡도록."

"이, 이봐! 저걸 봐!!"

지시를 내리려 했을 때, 한 선원이 소리쳤다.

기분 나쁜 예감이 들어서 그쪽을 보자 예상했던 대로 배의 잔해가 흘러오고 있었다.

"공국의 배인가……."

"그렇겠죠. 저희와 마찬가지로 폭풍에 휘말린 것 같습니다."

"안타깝군……."

그렇게 끝내려 하던 내게 곁에 있던 중년 기사가 작은 목소리로 속삭였다.

"전하……, 레오나르트 황자님께서는 분명히 생존자를 수색하라고 명령하실 겁니다……!"

"그럴 시간은 없다. 여기에는 해룡이 있을지도 모르잖나? 재빠르게 이탈하는 게 제일일 텐데……?"

"그건 저도 알고 있습니다만, 당신은 레오나르트 황자님처럼 행동하셔야 합니다. 국가의 대표인 전권 대사가 쌍둥이라고는 해도 뒤바뀌었다는 사실이 알려지면 큰 문제가 됩니다……!"

"나도 알고 있긴 한데, 아까 그 폭풍 때문에 선원들도 동요하고 있어. 나를 보고 위화감이 들진 않을 거다……."

"동요하고 있기 때문에 레오나르트 황자님처럼 행동하셔야 하는 겁니다. 지금 뒤바뀐 사실을 들키게 되면 동요가 더욱 확대될 겁니다. 아마 입막음도 할 수 없을 테고, 론디네에서 뭐라고 따질지 모르는데요……?"

중년 기사의 의견은 그럴싸했다. 그래, 그럴싸하다. 하지만 레오처럼 행동한다는 것은 내가 제일 하고 싶지 않은 행동을 한다는 뜻이다. 이곳에서 해난 구조활동을 해봤자 얻을 건 없다. 애초에 알바트로 공국은 동맹국도 아니고 친분이 있는 나라도 아니다. 그런 나라를 위해서 해룡이 근처에 있을지도 모르는 해역에서 구조활동을 한다니, 바보 같은 짓이다.

우리는 한가하지 않다. 이미 시간이 많이 지체된 상황이다. 여기에서 구조활동을 하면 론디네에 꽤 늦게 도착하게 된다. 레오가 먼저 도착하더라도 의미는 없다. 지금 그 녀석은 아르노르트고, 아르노르트는 무능한 황자다. 멋대로 론디네와 친선교섭을 시작하면 의심을 사게 된다. 역시 빠르게 론디네로 가야 한다. 에르나가 곁에 있긴 하지만, 레오가 나라는 걸 들키지 않고 연기할 수 있을지도 걱정되니까.

그리고 구조활동을 해서 생존자가 많이 있다면 알바트로 공국에 들러야만 한다. 그게 제일 골치 아프다. 숨겨두고 싶은 비밀을 알게 된 제국의 황자를 알바트로에서 순순히 해방시켜 줄까?

나라면 당연히 문제가 해결될 때까지 잡아둘 것이다. 그렇게 되면 나와 레오는 뒤바뀐 상태로 오랫동안 지내게 된다. 역시 안 되겠다.

"생존자는 아마 절망적일 테니, 어서 여기를."

"봐! 사람이 파편을 잡고 있다! 살아있다고!!"

"……."

"어떻게 하시겠습니까? 저버리실 건지요?"

중년 기사가 뻔한 질문을 했다. 이렇게 된 이상 방법이 없다. 구할 수밖에 없다. 어째서 내 앞에만 문제가 펑펑 발생하는 거야! 아, 진짜!

신이 있다면 저주할 테다!

"로프를 내려라! 바로 구조한다! 주위를 경계하며 다른 생존자가 없는지 찾아라!"

레오처럼 지시를 내리면서도 내 마음에는 새까만 먹구름이 피어오르고 있었다.

지금 당장 내가 아르노르트라는 것을 밝히고 도망쳐 버리고 싶다. 무섭기 때문에 그런 게 아니다. 해룡이 온다 해도 싸우면 된다. 하지만 그렇게 되면 매우 골치 아픈 일이 벌어진다. 아마 나 혼자서는 분명히 대처할 수 없을 정도로 혼란스러운 상황이 될 것이다. 그것만은 피해야만 한다.

하지만 사람 좋은 레오나르트가 그렇게 하게 두지 않는다.

"생존자를 구조했습니다! 이야기를 들어보니 아직 생존자가 더 있다고 합니다!"

보고하러 온 선원이 한 말을 듣고 나는 현기증이 날 것 같았다.

생존자의 숫자가 많다는 건 그만큼 이 해역에 머무르는 시간이 길어진다는 뜻이고, 그 생존자를 태울 공간을 확보해야 할 필요가 있다는 뜻이기도 하다. 게다가 식량이나 물의 계산도 다시 해야 한다.

"알바트로 공국은 역병신인가……!"

"말씀을 조심히 하시길……!"

"이런 말을 할 수밖에 없잖아……! 아, 정말! 최악이다……!"

"참으십시오. 이제 레오나르트 황자님의 인덕이 널리 알려질 겁니다. 위험한 상황에서 구조했다는 사실이 알려지면 론디네도 칭찬만 할 뿐, 레오나르트 황자님을 모욕하진 못할 겁니다."

"론디네와 알바트로는 견원지간이라고. 남부의 패권을 두고 오랫동안 싸워왔어. 그런 대립국을 구했는데 칭찬할까……?"

"우리 제국은 남부의 싸움과는 관계없고, 우리는 대국입니다. 당당하게 나가면 됩니다. 이해하셨으면 각오를 다져주십시오."

중년 기사가 재촉하자 나는 크게 한숨을 쉬고 각오를 다진 다음, 고개를 들었다가 다시 숙이며 한숨을 쉬었다.

아, 진짜 싫증 난다. 레오의 평판을 떨어뜨리지 않고 빠져나갈 방법은 없나?

아니, 없겠구나. 레오라면 분명히 구할 것이다. 모든 것을 버리게 되더라도.

일단 이익을 생각하려는 녀석이었다면 내가 도와줄 필요도 없이 황제가 되었을 것이다.

도와줄 보람이 있는 녀석이긴 하지만, 지금은 그 사람 좋은 성격과 평판이 원망스럽다.

"선장. 생존자를 구조한다."

"제정신이십니까?! 이곳에는 해룡이 있을지도 모르는데요?! 구조 활동 중에 습격당하면 단숨에 끝장날 테고, 조만간 시체 쪽으로 몬스터들이 몰려들 겁니다! 해룡이 아닌 몬스터도 위협적이니까요."

"폭풍은 사라졌다. 해룡도 만족했겠지. 그리고 일반적인 몬스터는 강력한 몬스터가 있었던 곳으로 다가오지 않는다. 상대는 해룡이야. 2~3일은 괜찮을 거다."

"허나, 이제 곧 해가 집니다! 어둠 속에서 구조활동을 하는 건 위험합니다! 빛을 쓰면 해룡을 부르게 될지도 모릅니다!"

"그래도 최대한 구조 활동을 진행한다. 생존자의 정보를 토대로 진로를 정해줬으면 해. 미안하지만, 선장, 이건 전권 대사로서 내리는 명령이야. 우리는 할 수 있는 모든 수단을 동원해서 알바트로 공국의 생존자를 구조한다. 생존자는 한 명도 놓칠 수 없어."

"……소문을 듣긴 했지만, 당신은 정말로 사람이 좋군요. 이 배를 맡은 선장으로서는 받아들이기 힘든 명령이긴 합니다만, 당신의 명령이라면 어쩔 수 없죠. 구조하겠습니다."

선장은 포기했다는 듯이 물러났다. 무슨 심정인지는 이해가 된다. 나도 당신 의견에 찬성이다. 이런 행위는 바보 같은 짓이다. 하지만 이게 레오다.

어쩔 수 없잖아. 그러니까 그렇게 원망스러운 눈초리로 바라보지 말았으면 하는데.

그렇게 우리는 론디네로 향하던 도중에 왠지 모르겠지만 해룡이 있을지도 모르는 해역에서 구조활동을 한다는 매우 어리석은 행동을 하기 시작했다.

4

"다들……, 살아……, 살아야 해……."

배에 있던 소형 보트에 매달린 채 줄리오는 그렇게 소리쳤다. 계속 똑같은 말을 외치다 보니 목이 쉬기 시작하고 있었다. 그럼에도 불구하고 줄리오는 소리쳤다. 그게 자신의 역할이라고 믿고 있었기 때문이다.

그런 줄리오 주위에는 선원 수십 명이 있었다. 소형 보트에는 부상자들을 우선적으로 태웠고, 주위에 있는 사람은 소형 보트에 매달리거나 파편을 잡고 있었다.

"저, 전하……, 전하께서도 배 위로……."

"됐어……, 나는 아직 괜찮으니까……."

줄리오는 그렇게 말했지만, 이미 여유 같은 건 없었다. 배는 예전에 부서졌고, 바다에 내던져진 뒤로 열 시간 이상이 지났다. 공포와 차가운 물 때문에 벌벌 떠는 지옥 같은 밤을 헤쳐나오긴 했지만, 여전히 구조해 줄 사람은 오지 않았다. 이렇게 될 줄은 아무도 상상하지 못했다.

해룡이 부활했을지도 모른다는 사실을 알고 에바와 줄리오는 조사하러 나섰다. 군함을 세 척이나 호위로 데리고 갔던 건 조심했기 때문이다. 아무도 해룡을 얕보지 않았다. 최대한 조심했는데도 부족했을 뿐이다.

해룡이 부활했는지. 아버지는 두 사람에게 그것만 확인하면 된다고 했다. 어째서 그 두 사람이 선택되었냐 하면, 두 사람이 선천적으로 소리를 사용한 마법을 다룰 수 있었기 때문이다. 그것을 이용해 바닷속을 조사하는 건 두 사람에게는 식은 죽 먹기나 마찬가지였다.

잘못 판단한 게 있었다면, 그 소리를 듣고 해룡이 다가온 것. 역린을 건드려 버렸다. 해룡은 폭풍을 일으켰고, 그 폭풍으로 인해 모든 배가 대파되었다. 다행히 해룡은 배가 대파되자 물러났지만, 그렇다고 해서 구원받은 건 아니었다.

"으아아아악?! 몬스터다?! 방금 아래쪽에 몬스터 그림자가!!"

"진정해! 그냥 물고기다!"

살아남은 선원들은 다양한 공포와 싸우고 있었다.

죽음에 대한 공포. 이대로 구해줄 사람들이 오지 않을까 하는 공포. 이대로 차가운 바다 때문에 죽어버리는 게 아닐까 하는 공포. 그리고 언젠가 바다의 몬스터가 와서 자신들을 잡아먹는 게 아닐까 하는 공포. 그것들이 한데 뭉쳐 줄리오와 다른 생존자들을 지치게 만들고 있었다. 하지만 줄리오는 소리쳤다.

"반드시 구해주러 올 거야……! 가족을 생각해 봐……! 살아야 해, 다들……!"

줄리오는 그렇게 말하며 계속 생존자들을 격려했다. 그 말은 자신을 타이르는 말이기도 했다. 하지만 평소 줄리오는 그런 행동을 하지 않는다. 하지 못한다.

자기주장을 할 수 없는 성격이기 때문이다. 공자라고 해서 잘난 척하지도 못한다.

그런 줄리오를 항상 이끌어 준 사람은 에바였다. 하지만 에바는 지금 소형 보트 위에 누워있다.

바다에 내던져졌을 때, 줄리오를 감싸다 바다에 세게 부딪혀서 의식을 잃은 것이다.

그 이후로 줄리오는 에바처럼 씩씩하게 행동했다. 눈앞에 있는 누나를 위해서라도 살아야 한다, 그렇게 굳게 다짐했기 때문이다.

긴급 상황이었기에 싹튼 책임감이 줄리오가 공자다운 행동을 할 수 있게 만들고 있었다.

하지만 줄리오가 아무리 격려해도 계란으로 바위치기 같은 상황이라는 점은 변함이 없었다.

"구해주러……, 올 리가 없다고요……. 밤에 출항했다고 해도 여기에 도착하려면 하루 넘게 걸리는데요……?"

선원 한 명이 약한 소리를 늘어놓았다. 그건 이곳에 있는 모두가 품고 있던 생각이었다.

알바트로 공국의 구조선은 아마 제때 올 수 없을 것이다. 하지만 줄리오에게는 희망이 있었다.

"폭풍의 규모를 고려한다면 제국의 배까지 휩쓸렸더라도 이상할 게 없어……, 분명히 레오나르트 황자님께서 우리를 구해주실 거야……."

"제국이 우리를요……? 우리는 제국과 전쟁 중이었던 나라를 계속 도왔는데요……? 그 녀석들이 피를 흘리는 와중에 우리 나라는 그걸로 장사를 했습니다……. 이렇게 위험한 해역에서 생존자를 찾을 리가 없다고요……."

"레오나르트 황자님은 매우 자상하고 곤란해하는 사람을 저버리지 않는다는 사람이야……, 괜찮아! 분명히 구하러 와줄 거라고!"
"동맹국이라도 구조를 포기할 만한 상황인데 와줄지……."
"나라면 폭풍이 지나간 뒤에 떠나버릴 걸……. 해룡이 있을지도 모르는 해역에는 있고 싶지 않아."
"다들……."
모두의 마음이 꺾이려 하고 있었다. 그건 줄리오도 마찬가지였다. 에바를 보며 겨우 마음을 다잡고 있었지만 이미 체력이나 기력도 한계였다.
애초에 체력이라는 점만 놓고 보면 다른 선원들에 비해 줄리오는 크게 뒤처진다. 제일 빠르게 탈락할 것 같은 사람이 줄리오다. 그럼에도 불구하고 줄리오는 기력만으로 버텨왔다. 하지만 그런 기력도 의기소침해진 주위 사람들을 따라가는 듯이 점차 위축되기 시작했다.
이제 가망이 없을지도 모른다. 그런 생각이 머릿속을 스쳤을 때.
멀리서 무언가가 보였다. 그것은 분명히 배였다.
"배, 배다……! 배가 있어……!!"
"그래!! 살았다! 이봐~! 이봐!!"
위축되어 가던 기력이 부활했다. 모두가 크게 소리를 지르며 손을 흔들어 자신들을 알아볼 수 있게끔 했다. 한동안 계속 그러다가 누군가가 중얼거렸다.
"제, 제국선이다……."
손을 흔들던 걸 멈춰버릴 정도로 놀라운 정보였다. 펄럭이고 있는 것은 제국의 국기.

형태로 보아 저번에 만났던 제국선 두 척 중 한쪽일 것이다.

여기에 있는 것도 폭풍에 휘말렸다면 이해가 된다.

그리고 이런 곳에 있는 걸 보니 원래 항로에서 밀려났다는 뜻이었다. 그들의 목적이 론디네라는 사실을 여기 있는 사람들은 알고 있었다.

이미 늦었는데도 시간이 더 걸리는 구조를 하려 들까.

그리고 여기에는 해룡이 숨어 있고, 언제 다시 습격할지 모른다.

분명 구하지 않을 요소가 더 많았다.

그리고 한순간, 제국선이 선수 방향을 돌렸다. 절망이 줄리오의 가슴속에 밀어닥쳤다.

하지만 그런 줄리오의 귀에 목소리가 들렸다. 마도구로 크게 퍼지는 목소리였다.

『나는 제국 제8황자, 레오나르트 렉스 아드라다. 우리 배는 현재 알바트로 공국선의 생존자를 구조 중이다. 차례대로 구조해 나가겠지만, 여력이 있는 자들은 배까지 헤엄쳐 와줬으면 한다. 여력이 없는 자들은 조금만 더 버텨다오. 반드시 구하겠다.』

그 목소리를 듣고 줄리오는 자연스럽게 눈물이 나왔다. 하지만 곧바로 그 눈물을 떨쳐냈다.

"다들 가자! 부상당한 자들을 바로 치료해 달라고 해야지!"

"네, 네!"

"가자! 얼마 남지 않았다!"

그렇게 줄리오 일행은 조금 떨어진 곳에 보이는 제국선으로 서둘러 움직였다.

■ ■ ■

레오를 연기하고 있던 아르는 목소리를 크게 키워주는 마도구 수화기를 내려놓고 숨을 내쉬었다.

"이제 작업이 편해지면 좋겠는데."

"힘들 것 같습니다. 지금까지 구해낸 생존자들도 거의 대부분 자기 힘으로 올라오지 못했으니까요. 오랫동안 표류했으니 어쩔 수 없겠지요."

"나도 알아……. 선장! 최소한으로 감시하는 인원만 남기고 모두가 구조활동을 할 수 있도록 해주게!"

"또 그런 말씀을……?! 해룡이 오면 어떻게 합니까?!"

"어차피 발견되면 그 시점에서 끝장이야. 감시보다 더 빠르게 구조활동을 끝내는 게 낫지."

"다른 몬스터는 어떻게 하고요?!"

"근처에는 몬스터가 없어. 해룡이 지나간 뒤에 바로 다가오는 몬스터는 없으니까."

아르는 그렇게 말한 다음 구조활동을 도우러 향했다.

레오라면 그렇게 할 것이기 때문이다. 아르는 뒤에서 상황을 보며 지시를 내리고 싶은 기분이었지만, 지금은 레오니까 어쩔 수 없다며 자신을 타이르고 작업에 참가했다.

지금은 네다섯 명 정도 뭉쳐 있던 자들을 끌어올리고 있다. 다들 추위 때문에 떨고 있었기에 그런 생존자들에게 아르가 마련해 두었던 모포를 덮어주었다.

"잘 버텼다. 이제 괜찮아."

"감사……, 감사합니다……."

울면서 고맙다고 인사하는 선원들을 보니 얼마나 무섭고 괴로운 경험을 했는지 짐작이 되었다. 그런 와중에 아르에게 새로운 정보가 들어왔다.

"왼쪽에서 생존자 다수! 50명은 됩니다!"

"50명이라고?! 그렇게 많이 태울 공간은 없는데?!"

이미 열몇 명을 구조했기에 이 배에 50명을 모두 수용할 수는 없었다. 원래 타고 있던 선원도 100명 미만이다. 배의 공간을 생각하면 불가능했다.

그래서 아르는 결단할 수밖에 없었다. 무엇을 희생해야 할지를.

"어떻게 하시겠습니까? 예상했던 것보다 생존자가 많습니다."

"뭐, 대충 예상하고 있긴 했어……. 저쪽은 세 척이고 이쪽은 한 척. 운이 좋은 녀석이 많으면 이렇게 될 거라는 건 뻔했지."

"그렇다면 대책도 생각해 두셨겠군요?"

중년 기사가 기대하는 듯이 물었다. 그 질문을 들은 아르는 벌레를 씹은 듯한 표정을 지었다.

그것이 아르에게 최악의 결단이었기 때문이다. 하지만 그렇게 할 수밖에 없었다.

"창고에 있는 것들 중 식량을 제외하고 모두 바다에 버린다."

"……론디네로 보내는 선물도 말입니까?"

"물론, 전부."

중년 기사도 깜짝 놀랐다.

이 배는 레오가 타고 있던 배였고, 싣고 있던 물품도 아르가 타고 있던 배보다 가치가 높은 것들뿐이었다. 론디네에 가져다줄 예정이었던 최신 무기나 금은보화. 그것들이 있으면 평생 놀면서 먹고 살 수 있을 만한 것들을 아르는 바다에 버리겠다고 결심한 것이다.

"괜찮으십니까? 그런 행동을 하셔도."

"이미 괜찮지 않아. 저렇게 많은 생존자들을 데리고 론디네로 갈 수는 없어. 식량과 물이 부족하니까. 다시 말해 보급하기 위해 반드시 알바트로로 가야만 하게 되었지. 이 시점에서 대폭 늦어진다. 게다가 해역에는 해룡이 숨어 있고. 대체 론디네에 도착하려면 얼마나 걸릴지 짐작도 안 돼. 그래도 구하겠다고 결심했으니까. 이제 내가 지켜야 할 것은 레오의 평판뿐이야. 그러니 나는 뭘 버리더라도 생존자들을 구한다. 이건 반드시 지켜야 해. 보물을 아끼지 마라, 목숨을 아껴라. 지금 살아 있는 자들은 한 명도 죽게 하지 않는다. 알겠지?"

"아, 알겠습니다……."

아르의 눈에서 각오를 본 중년 기사는 한순간 당황했다.

자기도 모르게 주눅이 들었던 것이다. 그 사실에 놀라면서도 중년 기사는 그날 있었던 일을 떠올렸다. 에르나를 위해 팔찌를 벗어버린 아르의 모습을.

에르나는 아르를 위해 기사 수렵제에 참가했다. 그런 에르나에게 아르를 실격시키는 것은 허용할 수 없는 행위였다. 그렇기에 아르는 일찌감치 스스로 실격당했다. 자유롭게 움직일 수 있게끔. 훌륭한 행동이었다.

사람들에게 일반적으로 찌꺼기 황자라 불리는 사람이라고는 상상도 할 수 없는 행동이었다.

그리고 지금도. 레오 행세를 완벽 이상으로 해내고 있다. 지시도 정확하다.

"역시 당신은 재능을 숨기고 계셨군요……."

"뭐라고 했나?"

"아뇨. 물자를 버리는 작업은 근위기사에게 맡겨주시길."

"그래, 부탁하지. 전원, 구조 속행이다! 어떻게든 구할 수 있는 자들은 구해라! 책임은 내가 진다!"

아르는 지시를 내리며 다가오는 집단을 보았다. 소형 보트 위에는 부상자들이 타고 있었고, 거기에는 에바의 모습도 보였다. 그리고 그 근처에는 줄리오도 있었다.

"공녀와 공자는 무사한가……. 이제 공왕에 대한 교섭 재료가 늘었군."

아르는 그런 생각을 하면서 다가온 줄리오 일행을 향해 밧줄 사다리를 던졌다. 하지만 줄리오는 그것을 잡으려 하지 않았다.

"줄리오 공자! 어서 올라와!"

"부상자들을 먼저 부탁드립니다!"

줄리오는 그렇게 말하고 소형 보트에 타고 있던 부상자를 손가락으로 가리켰다. 자기 힘으로 올라올 수 없는 부상자를 구조하게 되면 시간이 오래 걸린다. 그만큼 줄리오와 다른 사람들도 뒤로 밀리게 되지만, 그럼에도 불구하고 줄리오를 포함한 다른 사람들은 부상자를 먼저 구해달라고 했다.

"알겠다! 조금만 기다려!"

부상자들을 구조하는 작업은 빠르게 진행되었다.

소형 보트에 선원이 내려가서 부상자를 들쳐메고 배로 옮기기 시작했다.

그동안에도 다른 곳에서 생존자들을 차례차례 구조해냈다. 그리고 에바를 비롯한 부상자들의 수용이 끝나자 아르는 남아있던 밧줄을 줄리오에게 던졌다.

줄리오는 그것을 잡았지만, 잡은 순간 안심해버렸는지 몸에서 힘이 빠져나갔다. 기력이 다 떨어져버린 것이다.

"줄리오 공자?!"

의식을 잃고 천천히 잠겨가는 줄리오를 보고 아르는 재빨리 움직였다. 예전에 피네를 구했을 때처럼. 타산이 아니라 본능이 몸을 움직인 것이다.

아르는 해룡이 있을지도 모르는 바다에 뛰어들었고, 가라앉은 줄리오를 겨우 끌어올렸다.

그러자 당황한 것은 제국 사람들이었다.

"황자님?!"

"황자님께서 뛰어드셨다!"

소형 보트로 내려간 사람은 있어도 바다로 뛰어든 사람은 아무도 없었다. 몬스터가 없다, 해룡이 없다고 해도 무서운 건 무서운 것이다.

그런 와중에 제일 먼저 지켜야 할 사람인 황자가 뛰어들었다. 그 모습을 본 제국 선원들도 각오를 다지고 바다에 뛰어들어 구조활동을 하기 시작했다.

"밧줄 던져!!"

"받으십시오!!"

밧줄을 던진 것은 중년 기사였다.

의식을 잃은 줄리오의 몸에 밧줄을 감고 그대로 끌어올려 달라고 했다.

그리고 아르도 뒤늦게 밧줄 사다리를 타고 올라가기 시작했다. 그러자 손을 내민 사람이 있었다.

그것을 잡자 그곳에는 어이가 없다는 듯한 표정을 짓고 있는 중년 기사가 있었다.

"고마워."

"아뇨, 흠뻑 젖은 당신을 끌어올리는 건 익숙하니까요."

"뭐? 무슨 뜻이지?"

"기억하지 못하시는 것도 어쩔 수 없지요. 당신은 그때 기절하셨으니까요."
"대체 무슨 소리를 하는 거야?"
"당신이 용작 가문 목욕탕에서 익사하실 뻔했을 때, 당신을 끌어올린 건 접니다. 원래 저는 용작 가문을 모시던 기사니까요."
"……정말로?"
"네, 대장이 근위기사가 된 것과 동시에 저도 근위기사가 되었습니다만, 설마 근위기사가 된 이후로도 흠뻑 젖은 당신을 끌어올리게 될 줄은 상상도 못 했습니다."
"내가 뭔가 저지른 것처럼 말하지 마. 첫 번째는 남이 가라앉힌 거고, 두 번째는 사람을 구하기 위해서 젖은 거라고. 그렇게까지 폐를 끼친 건 아닌 것 같은데?"
"하긴, 그렇군요."
쓴웃음을 짓는 중년 기사를 보고 아르는 한숨을 쉬었다.
순순히 예전에 은혜를 입은 것에 고마워하는 말을 하지 않은 이유는 용작 가문의 관계자라는 사실을 알아버렸기 때문이다. 아르는 잠시 생각한 다음, 어떤 사실을 깨달았다.
"그러고 보니 이름을 듣지 못했는데. 뭐지?"
"제3기사대의 부대장을 맡고 있는 마르크 타이버라고 합니다. 앞으로 잘 부탁드립니다, 전하."
"그래……, 최대한 짧은 관계로 끝나길 바랄게. 마르크."
"그렇군요. 그렇게 되면 좋겠습니다만."

양쪽 다 희망적인 바람을 입에 담았다. 이 상황이 금방 끝날 수는 없기 때문이다.

그 이후로 아르는 생존자를 한 명도 놓치지 않았고, 때로는 배를 멈춰서 구조활동을 해나갔다.

그리고 모두 합쳐 80명 이상의 생존자를 구조한 다음, 곧바로 배를 알바트로 최대의 항구인 공도로 몰아갔다.

5

아르가 레오를 연기하고 있을 무렵. 레오도 마찬가지로 필사적으로 아르를 연기하고 있었다.

"아르노르트 황자님. 선장이 레오나르트 황자님의 배를 수색하지 않아도 되는 건지 물어봅니다만?"

"또 그 이야기인가? 어차피 레오니까 어떻게든 알아서 할 거다. 진로는 그대로. 그리고 속이 안 좋거든. 쓸데없는 건 물어보지 마라. 귀찮다."

"네, 네……, 알겠습니다."

방으로 찾아온 기사에게 그렇게 말하며 쫓아낸 다음, 레오는 크게 한숨을 쉬었다.

그런 레오에게 불합격이라고 말하는 사람이 있었다.

"50점이야. 아르라면 선장에게 맡기겠다고 했을 테니까."

"어렵네……."

레오는 그렇게 중얼거리며 에르나를 보았다. 폭풍에 완전히 휘말려 끌려간 아르 쪽 배와는 달리 이쪽 배는 겨우 휘말리기 전에 탈출할 수 있었다.

그래도 꽤 흔들렸기 때문에 에르나는 계속 패닉 상태였다. 차분해질 때까지 레오가 아르와 뒤바뀌었다는 사실을 눈치채지 못했을 정도였다.

하지만 눈치챈 다음에는 좋은 조언자가 되었다. 아직 아르가 쳐준 결계가 있기에 별로 흔들리는 것을 못 느낀다는 점도 크게 작용했다.

"아무튼 들키지 않게끔 잘 넘어가자. 이런 걸 들키면 큰 문제가 될 테니까."

"그렇지……. 내가 정신을 제대로 차리고 있었다면……, 형은 괜찮을까?"

"아르는 괜찮을 거야. 마르크도 같이 있고, 이런 상황에서는 머리가 잘 돌아가니까. 문제는 너지."

"그렇지……, 형을 흉내 내다니, 그런 건 못해……."

"다행히 아르에 대해 잘 알고 있는 사람은 별로 없어. 아르답지 않은 짓만 안 하면 괜찮아."

"형답지 않은 짓이 뭔데? 그리고 에르나. 아무리 레깅스를 입고 있다고 해도 내 앞에서 그렇게 있으면 안 될 것 같은데."

레오는 그렇게 말하며 침대에 다리를 올려두고 있던 에르나에게 주의를 주었다.

정면에 앉아 있던 레오에게는 에르나의 치마 속이 훤히 보였다. 물론 레깅스로 속옷이 가려져 있기 때문에 에르나는 별로 신경 쓰지 않았지만.

"아르답지 않은 짓이 그런 거. 아르라면 나한테 그런 말 안 해."

"그래도 너무 무방비하잖아. 안 그러는 게 나을 것 같은데."

"네, 네. 조심할게요. 그래도 아르라면 정말 그런 말 안 할 거야. 나라고 해서 방심하다간 들킬 걸?"

"그래도……, 형이었다면 뭐라고 할까?"

"그래……, '레깅스 보이는데 몰랐냐'라든가. '오늘은 흰색이군'이라든가. 일단 내가 반응을 보일만한 말로 놀리겠지."

"그런 말은 못 해……."

실제로 자기가 그런 말을 하는 모습을 상상한 모양이었다. 레오는 쑥스러운 듯이 눈을 피했다.

에르나는 심각한 문제라고 생각했다.

노는데 익숙한 아르와 그렇지 않은 레오. 결정적으로 차이가 나는 것은 여자와의 거리감과 대처 방식이다. 아르는 상대방에게 맞춰서 조절할 수 있지만, 레오는 항상 일정한 거리를 두며 예절을 중시한다. 아르처럼 행동하기에는 그 부분이 걸린다.

"아르가 레오 행세를 하는 건 간단하지만, 레오가 아르가 되는 건 어렵구나……, 같은 황자인데 어째서 다르게 자란 느낌이 드는 걸까……."

"형은 자유로운 사람이기도 하고, 기본적으로는 항상 성 바깥에서 놀곤 했으니까. 한때는 계속 성 밖에 있었지. 왠지 모르겠지만 날마다 울면서 돌아왔고."

"그, 그건 아르가 당하기만 하니까 어떻게든 해보려고!"

"나도 알아. 에르나는 예전부터 형에게 도움이 되려고 하고 있으니까."

"……그쪽은 폐가 된다고 생각한 모양이지만."

에르나는 한숨을 쉬었다. 그렇지 않아도 요즘에 자기가 헛수고만 하는 것 같아서 신경 쓰였던 참이다.

오랜만에 다시 만난 아르의 평판을 올려주기 위해 기사 수렵제에 참가했는데도 결과는 실격. 항간에는 에르나를 감싸면서 부주의하게 실격당했다고 하는 사람들도 있어서 완전히 역효과였다.

그리고 이번에도 조금이나마 힘이 될 거라 생각하고 동행했는데, 결국 아무것도 못 했다. 중요한 상황인데 방 안에만 있었다는 추태까지 보였다. 이제 발목을 잡고 있다고 해도 부정할 수가 없다. 아르는 레오를 황제로 만들기 위해 노력하고 있다. 에르나는 그게 바람직하다고 생각하지만, 그와 동시에 에르나는 아르도 레오처럼 제대로 평가받기를 원했다.

그것이 아르의 생각과 다르고, 엇나가고 있기에 헛수고를 만들어내고 있다. 에르나도 그 사실은 알고 있었다. 그럼에도 불구하고 에르나는 아르가 부당한 평가를 받는 것이 싫었다.

하지만 요즘에는 그게 자기 고집이 아닐까 하는 생각도 들기 시작했다.

아르는 자신의 평가에 집착하지 않는다. 오히려 평판을 의도적으로 떨어뜨려서 레오를 추켜세우려는 것 같기도 하다. 그런 아르에게 에르나가 한 행동은 방해에 불과하다.

그렇기 때문에 꺼낸 말이었는데, 레오는 쿡쿡 웃었다.

"뭐, 폐가 된다고 생각하긴 할 거야."

"윽……."

"하지만 방해된다고 생각하진 않을 것 같아. 에르나가 온 뒤로 형은 밝아졌고, 여유가 있는 것 같아. 아마 마음속으로는 믿음직하게 여길 것 같은데."

"그래……?"

"내가 보장할게."

"그래도……."

"그래도?"

"……내가 있었는데 모험가를 고용했잖아."

말할지 말지 잠시 망설였지만, 이왕 이렇게 되었으니 말하자, 에르나는 그렇게 생각하고 불만이라는 듯이 입술을 삐죽대며 중얼거렸다. 레오는 바로 린피아 이야기라는 것을 눈치채고 웃었다.

"그녀는 자기 마을을 구해줬으면 해서 우리에게 협력하는 거야. 상대방이 먼저 그렇게 다가온 거니까 형이 고용한 건 아니지."

"그런 건 나도 알아……, 그래도 뭐라고 한마디 해줄 수도 있잖아. 나는 열심히 하려고 했는데."

에르나는 용작 가문 사람으로서 정쟁에 직접 나설 수가 없다.

그래서 에르나는 답답해하고 있었다. 그런 와중에 피네를 호위하게 된 것은 에르나에게 레오와 아르를 도울 귀중한 기회였다. 피네를 노린다면 황제에게 변명할 명분이 생겨서, 결과적으로 상대방에게 타격을 입히더라도 둘러댈 수 있다.

그렇게 생각하고 있었는데 결국 노려진 것은 아르였고, 그런 아르를 모험가가 구해냈다. 그리고 그 모험가는 원래 에르나가 맡을 예정이었던 피네의 호위까지 맡게 되어버렸다.

솔직히 에르나는 마음에 들지 않았다. 에르나가 임무 때문에 다른 곳으로 가게 될 가능성까지 고려하더라도 마음에 들지 않았다.

"삐진 거야?"

"삐지지 않았어! 화가 난 거지!"

"그렇구나. 그래도 말이지, 형은 에르나라면 따라와 줄 거라고 생각했던 것 아닐까? 그렇게 생각하면 린피아를 고용한 것도 이해가 되잖아? 피네 양이 위험해질 테니까. 뭐, 만에 하나를 대비해서 세바스까지 남겨두고 오긴 했지만."

"어떻게 레오는 그렇게 좋은 쪽으로만 받아들일 수 있는 건데……. 아르가 무슨 생각을 하는지는 다 알아. 나처럼 성격이 급하고 입장을 따지면 써먹기 껄끄러운 호위보다 머리가 좋고 자유롭게 움직일 수 있는 모험가 호위가 더 낫겠다고 생각한 거지. 칭찬했거든. 머리가 좋다고."

에르나도 머리가 좋잖아, 레오는 그렇게 말하려다 입을 다물었다.

지식을 익히는 것만 놓고 보면 에르나는 매우 우수했다. 어렸을 때부터 특출났다고 말할 수도 있다. 단, 방금 에르나가 말한 머리가 좋다는 것은 그런 뜻이 아니다. 속임수나 상대방의 수를 예측하는, 정쟁에 필요한 머리다. 그리고 에르나도 그게 부족하다는 사실은 알고 있다. 성격에 맞지 않고, 애초에 배울 생각도 없기 때문이다.

용작 가문 사람이 그런 걸 배워버리면 황족이나 유력 귀족의 특권에 위협이 된다. 용작 가문은 어디까지나 검이어야 한다. 그게 용작 가문의 기본적인 태도였다.

그렇기 때문에 제도의 암투에서 용작 가문의 힘을 이용하는 경우는 별로 없다. 안쪽보다는 바깥쪽, 용작 가문의 힘은 그렇게 쓰는 것이 올바르기 때문이다.

"에르나에게는 에르나만의 장점이 있어. 에르나만 할 수 있는 게 있고, 그걸로 형을 도와주면 될 것 같은데? 그걸로는 납득이 안 돼?"

"이해는 되지. 하지만 납득할 수는 없어……. 내가 피네를 지킬 생각이었는데……."

"여전히 지는 걸 싫어하는구나. 누군가하고 맞붙어서 물러난 적이 없었지. 하지만 아마 린피아는 에르나와 맞붙을 생각이 없을 테고, 두 사람의 역할도 겹치지 않을 거야. 우리는 열세거든. 아군도 별로 없어. 게다가 노리는 사람도 많지. 나는 내 몸 정도는 지킬 수 있지만 피네 양하고 형은 그럴 수 없어. 호위할 수 있는 사람을 여러 명 확보해 둬야만 해. 그렇게 판단한 결과일 테니 에르나에게 여유가 있을 때라면 형은 에르나에게 의존할 거야."

“그런가? 아르라면 나를 방해하는 사람 취급할 것 같은데?”

“안 그래. 고집이 세네. 우선 나는 지금 믿을 사람이 에르나밖에 없어. 삐지지 말고 조언해 줘. 론디네에서 공왕을 만나면 어떻게 할까?”

“정말, 레오는……, 그래. 아르도 최소한의 예의는 갖추고 있으니까 그냥 인사해도 돼. 하지만 쓸데없는 말은 하지 마. 칭찬하면 안 돼. 진짜로 최소한으로 인사만 하는 거야.”

“응, 알겠어.”

그렇게 두 사람이 탄 배는 론디네로 향했다.

아르가 레오로서 재난에 휘말렸다는 것도 모르고.

6

“전하. 몸 상태가 불안정한 자들이 너무 많습니다. 여기에서는 할 수 있는 것이…….”

나이 든 선의가 그렇게 보고했다. 어떻게든 공도 코앞까지는 왔지만, 오랫동안 표류하던 생존자 중에는 상태가 안 좋은 자들이 많았다. 애초에 표류하기 전에 다친 사람도 있었고, 그 이후 표류까지 한 게 원인이었다. 나도 치유마법을 쓸 수 있긴 하지만, 낫게 할 수 있는 건 상처뿐이다. 병이나 정신적인 이상은 어떻게 할 수가 없다.

“알고 있습니다. 어떻게든 버티게 해주세요.”

"물론 온 힘을 다하겠습니다만……, 보장해드릴 순 없습니다."
"알겠습니다……, 수고를 끼쳐드리네요."
"아뇨, 전하만큼은 아니지요."
선의는 그렇게 말하고 방에서 나갔다. 그 모습을 보고 나는 소리를 내며 혀를 찼다.
그런 나를 보고 마르크가 쓴웃음을 지었다.
"이건 어쩔 수 없죠. 선의에게 맡길 수밖에 없겠습니다."
"어쩔 수 없다고 넘기지 마. 내가 말했을 텐데. 지금 살아있는 자들은 절대로 죽게 하지 않겠다고."
"허나……, 저희에게도 한계가 있습니다. 모두를 구하는 건 불가능합니다."
"포기하면 불가능하지만, 포기하지 않으면 어떻게든 될 거야. 세상은 어지간한 건 어떻게든 되게끔 만들어져 있다고. 전 인류의 인구를 생각하면 겨우 몇 명밖에 안 되는 목숨. 구할 수 있게끔 만들어져 있지 않다면 이 세계는 부조리해. 그리고 우리는 이미 대가를 치렀고."
나는 그렇게 말하며 버리고 온 보물을 생각했다.
아~, 아깝다. 그게 있으면 이것저것 할 수 있었을 텐데.
정말 아깝다. 마르크에게는 아끼지 말라고 했지만, 아깝지 않을 리가 없다.
생존자들에게 그것과 맞바꿀만한 가치가 있을까? 아니, 없다. 이건 확실하게 말할 수 있다. 그들을 구해봤자 제국에게는 이익이 없고, 제국에게 이익이 없다면 평가받지 못할 테니 레오에게도 가치는 없다. 그럼에도 불구하고 구했다. 손해라는 것을 알면서도 구했다. 나는 그들의 목숨을 많은 보물로 샀다. 그렇다면 그들의 목숨은 내 것이다. 빼앗길 수는 없다.

"슬슬 시간이 되었군. 갑판으로 올라가지."

"그렇군요. 슬슬 방위 라인에 걸릴 무렵입니다."

마르크가 그렇게 말한 순간, 목소리가 들렸다.

목소리를 확성시켰을 때 특유의 노이즈가 약간 낀 목소리였다.

"접근하는 제국선에게 고한다. 목적을 밝히도록. 우리 나라는 귀국에게서 어떠한 연락도 받지 않았다. 반복한다. 목적을 밝히도록. 우리 나라는 귀국의 배가 온다는 사실을 알지 못했다."

공도를 경비하는 군함이다.

정보가 없는 제국선을 발견하고 정보를 요청하는 것 같다.

갑자기 발포하지 않는 걸 보니 역시 알바트로 공국의 해군이다. 교육이 잘 되어 있어서 다행이다. 갑판으로 올라온 나는 마도구 수화기를 들었다.

"내 이름은 제국 제8황자 레오나르트 렉스 아드라. 론디네 공국으로 향하던 도중에 해난사고를 당한 귀국의 배를 발견하고 생존자를 약 80여 명 구조했다. 그중에는 귀국의 공녀 전하와 공자 전하도 포함되어 있다. 입항 허가를 받고 싶다."

마도포가 닿을까 말까 한 거리에 있던 군함이 눈에 띄게 소란스러워졌다.

출항한 군함 세 척이 귀환하지 않았다는 사실은 그들도 알고 있을 테고, 거기에 에바와 줄리오가 타고 있다는 사실도 알고 있기 때문이다.

그 동안에도 우리는 항구를 향해 나아갔다. 조금이라도 다가가면 그만큼 생존자들을 빠르게 육지로 보내서 전문적인 치료를 받게 해줄 수 있기 때문이다.

“귀선의 목적은 알겠다. 안전을 위해 귀선에 정말로 생존자가 있는지 확인했으면 한다. 그러니 정선하도록.”

“알겠다. 그리고 상태가 불안정한 생존자가 다수 있다. 그들은 곧바로 치료할 필요가 있다. 그들만이라도 귀선에 태워서 곧바로 항구로 옮겼으면 한다.”

“받아들이고 싶긴 합니다만, 규칙에 따라 허가를 받지 못하면 귀선에 타고 있는 자들을 항구에 들일 수는 없습니다. 공왕 전하의 판단을 기다려 주셨으면 합니다.”

왜 그렇게 느긋한 소릴 하는 거야!

나도 모르게 다가오는 배를 노려보았다. 지금은 간첩이라고 의심할 상황이 아닐 텐데. 이쪽에는 줄리오와 에바가 있다. 그들과 함께 있다는 게 배의 선원이라는 증거일 텐데!

“공녀와 공자는?”

“아직 깨어나지 않으셨습니다…….”

“칫!”

둘 중 한 명이 깨어있었다면 독단으로 항구로 들어가는 것을 허가받을 수도 있었겠지만, 의식을 잃었으니 어떻게 할 방법이 없다.

이대로 허가가 나길 기다려야 하나? 대체 성에서 항구까지 얼마나 걸리는데? 공왕의 결정은 얼마 만에 나지? 그런 다음에 옮겨도 늦지 않을까?

시간과의 싸움인데도 불구하고 골치 아픈 수속이 우리 앞길을 가로막았다.

"이제 저쪽 문제가 되었습니다. 우리가 어떻게 해볼 문제가 아닙니다. 여기까지 데리고 온 시점에서 그들에 대한 책임은 저쪽으로 넘어갔습니다."

"그런 건 예전부터 그랬어……! 처음부터 저쪽 책임이라고! 거기에 고개를 들이민 이상, 마지막까지 돌봐줘야 한다!"

나는 마르크에게 그렇게 말한 다음 수화기를 꽉 쥐었다. 지금 억지로 나아가면 알바트로 공국의 군함은 우리를 공격할 수밖에 없다. 역시 상대방이 움직이게끔 할 수밖에 없나.

"부디 들어줬으면 한다. 죽어가고 있는 자가 있다. 지옥 같은 표류를 하다 겨우 살아남은 자들이다. 그 목숨을 구할 수 있는 건 당신들밖에 없다. 부디 입항 허가가 날 때까지 기다리지 말고 그들을 데려가 주었으면 한다."

"……저희 나라 사람들을 위해 그렇게까지 말씀해주시니 어떻게 감사해야 할지 모르겠습니다. 하지만 규칙입니다. 허가를 받지 않은 배를 타고 있던 자들을 항구에 들일 경우에는 아무리 공족분들이라 해도 공왕 폐하의 판단을 여쭈어보아야 합니다."

"그 배의 선장은……?"

"접니다. 전하."

"……선장. 나는 많은 것들을 희생하며 그들을 구했다. 위험도 무릅썼다. 지금도 무릅쓰고 있다. 이유는 하나. 그들을 죽게 내버려 두고 싶지 않았기 때문이다. 바다에서 살아가는 당신이라면 표류가 얼마나 무서운 일인지 알 텐데. 부디 결단을 내려주길 바란다."

내 말을 듣고 선장의 대답이 늦어졌다.

저쪽 배는 점점 다가오고 있긴 하지만, 아마 고민하고 있을 것이다. 그리고.

"……전하. 출항한 배 세 척에는 제 아들 두 명도 타고 있었습니다. 지금도 살아있을 거라고 빌고 있습니다. 하지만……, 저는 군인입니다. 무슨 일이 있더라도 규칙을 어길 수는 없습니다. 용서해주시길."

"벽창호 같으니……!"

"전하. 여기까지입니다. 이제 우리는."

나는 분노하며 수화기를 내던졌다.

마르크가 나를 타이르려 한 순간, 선의가 비명 같은 목소리를 냈다.

"전하! 환자들의 상태가!"

갑자기 안 좋아진 것이다. 그 사실을 깨달은 순간, 나는 바로 결단을 내렸다.

"선장! 항구로 입항한다!"

"네에에?! 무슨 말씀을 하시는 겁니까?! 입항 허가가 안 났는데요?!"

"나도 알아. 하지만 입항해서 전문적인 치료를 받게 하지 않으면 위험해."

"자, 잠깐만 기다려 주십시오! 그런 짓을 해도 공국에서 고마워하지 않을 텐데요?! 저쪽 규칙입니다! 여기는 공국. 공국의 규칙이 있습니다!"

"그걸 따르다간 사람이 죽어."

"공녀도 아니고 공자도 아닙니다! 정치적인 가치가 없는 선원입니다! 그 사람들을 위해서 공국의 경고를 무시하고 허가도 없이 입항하시겠다고요?! 격침되더라도 따질 수가 없습니다만?!"

"공자와 공녀가 있는 이상 격침시키진 않을 거다. 지금은 눈앞에 있는 목숨을 구하는 데 온 힘을 다하자. 명령은 변함이 없다. 입항이다."

내 결단을 듣고 모두가 입을 다물었다. 단 한 명, 마르크만이 얼굴을 가져다 대고 작은 목소리로 나를 타일렀다.

"너무 심하십니다……! 레오나르트 황자님께서는 이렇게까지 하지 않으실 겁니다……! 아니, 레오나르트 황자님께서는 그렇게 억지스러운 수단을 쓰지 못하시죠……!"

"그래, 그렇겠지. 하지만 그게 어쨌다고……?"

"어쨌다니요……."

"좋은 기회다. 레오 대신 많은 사람들에게 인상을 심어주지. 레오나르트 렉스 아드라는 결단을 내리면 멈추지 않는다는 것을. 그냥 순하기만 한 사람이 아니라는 것을. 그것이 레오 본인이 내릴 수 없는 결단이라 해도 그런 평판이 있으면 레오를 보는 시점이 바뀐다."

"그런 짓을 하시면 언젠가 레오나르트 황자님께서 더 어려운 결단을 내리시게 됩니다……!"

"괜찮아. 내 동생이니까. 내가 할 수 있는 것 중에 그 녀석이 못하는 건 하나도 없어."

딱 잘라 말한 다음 눈으로 위압했다. 나는 입을 다문 마르크 옆을 지나 선장과 마주 보았다.

선장은 복잡해 보이는 표정을 짓고 있었다.

"알고 계십니까……? 전하. 적이 공격하진 않을 겁니다. 하지만 입항하면 끝장입니다. 도망칠 수가 없습니다."

"나도 알아."

"당신이 제일 위험한 입장에 처하실 겁니다! 지금 입항하면 불법 입항으로 최악의 경우에는 투옥될 겁니다?! 지금은 바다 위에서 식량과 물을 받고 론디네로 가야 합니다! 몇 명의 목숨 때문에 당신이 위험을 무릅쓸 필요가 없을 텐데요?!"

"우리에게는 겨우 몇 명이라도 그들의 가족에게는 소중한 사람이다. 그리고 이미 결심했다. 구하기로 했을 때 저버리지 않겠다고. 지금 저버리면 이 배의 모든 선원을 위험에 처하게 했던 게 무의미해진다."

"……제위 쟁탈전을 벌이고 계시잖습니까? 정치적 재료로 도마에 올라가면 황제 자리가 멀어질 텐데요?"

"그건 그때 가서 생각하지. 부디 명령을 들어주었으면 한다, 선장. 이 배는 당신 배야. 모든 선원은 당신에게 목숨을 맡기고 있지. 그런 당신에게서 키를 빼앗고 멋대로 배를 조종하는 무례를 저지르지 않게끔 해줘."

선장은 잠시 생각에 잠겼다. 그런데 한번 웃고 나서는 시원스러운 미소를 보여주었다.

"당신을 순해 빠진 황자라고 생각했습니다. 그런데……, 그것만은 아니었던 모양이군요. 당신이 조금 좋아지기 시작했다고요. 전원! 입항 준비! 지금부터 우리는 입항한다!"

선장이 결단을 내리자 선원들도 따랐다.

돛을 펼치고 나아가기 시작한 우리를 공국선이 불러세웠다.

"기다리십시오! 전하! 무슨 짓을 하시는 겁니까?!"

"지금부터 우리는 입항한다. 이제 한시의 여유도 없다."

"그런 행동을 그냥 내버려 둘 수는 없습니다! 불법 입항하신다면 저는 공녀 전하와 공자 전하께서 타고 계신다고 해도 귀선을 격침시키겠습니다!"

그가 그렇게 말한 다음, 공국선이 나란히 나아가는 듯이 옆으로 붙었다. 상대 쪽 마도포가 우리를 겨누었다. 그와 동시에 항구 전체에 사이렌이 울렸다. 긴급 사태라는 것을 알리는 사이렌이겠지.

항구에서는 군함이 차례차례 우리를 향해 다가오고 있었다.

그런 와중에 선장이 키를 잡으며 제안했다.

"전하! 제게 생각이 있습니다!"

"무슨 생각이지?"

"백기를 들겠습니다."

그 말을 들은 순간, 선원들은 일제히 깜짝 놀란 표정을 지었다. 하지만 선장은 즐거워 보였다. 나는 그 제안을 듣고 쓴웃음을 지었다. 설마 해군 쪽에서 그런 제안을 하다니.

"우리 제국 해군이 한 번도 백기를 들지 않았다는 걸 알면서도 그렇게 말하는 건가?"

"물론이죠. 기념비적인 제1호선은 우리입니다."

"하긴, 백기를 든 배를 쏘지는 않겠지만, 그럴 필요가 있나?"

"저렇게 배가 많으니 그중에는 터무니없이 고집스러운 선장도 있을 겁니다. 만에 하나를 위해서, 그리고 상대방에게도 변명거리를 마련해주시죠. 같은 선장으로서 그들이 얼마나 괴로울지 알 것 같으니까요."

"그렇군……, 그럼 백기를 올려라. 나는 내가 할 수 있는 일을 하마."

그러자 마치 기다렸다는 듯이 선원들이 백기를 쭉쭉 올렸다.

그러자 공국선 쪽에서는 깜짝 놀랐다.

제국은 대국이다. 그런 제국이 한 척이라고는 해도 공국 상대로 백기를 들었다. 대사건이다.

그런 상황에 덧붙이는 것처럼 나는 음량을 최대로 키운 다음 항구 전체에 호소했다.

"항구에 있는 모든 사람들에게 고한다. 나는 제국 제8황자 레오나르트 렉스 아드라. 현재 우리 배는 표류하고 있던 귀국의 함선 생존자들을 태우고 있다. 생존자 중 일부의 상태가 악화되었기 때문에 지금부터 항구로 불법 입항하는 형태를 취하겠지만, 우리 배는 공격할 의사가 없다. 만약에 항구 주변에 의사가 있다면 협력해 줬으면 한다. 다른 자들도 가능하다면 따뜻한 음료와 음식을 마련해 줬으면 한다. 그들은 지옥에서 살아남았다. 부디 손을 내밀어 줬으면 한다. 그리고――, 주변에 있는 모든 공국 해군 선장들. 지금 위기에 처한 당신들 동포의 생명은 당신들의 판단에 달려있다. 정예인 공국 해군 선장들의 현명한 판단을 기대한다."

내 목소리를 듣고 항구가 떠들썩해졌다. 그와 동시에 앞길을 가로막으려 하던 배가 멈췄다. 공국선 몇 척과 천천히 스쳐 지나가며 우리는 공도 항구로 입항했다.

"제일 먼저 부상자들을 반송해라! 최대한 서둘러!"

지시를 내리자 선원들이 부상자를 옮기기 시작했다. 그런 그들을 돕기 위해 항구에는 많은 사람들이 모여들었다. 당연하다. 여기에는 그들의 가족이 있으니까.

"서둘러라! 도구가 갖춰진 곳이 필요하다!"

"내 의원에 갖춰져 있다! 이쪽으로!"

"따뜻한 음료야! 음식도 있어!"

생존자들을 내리자 그들은 따스한 식사를 할 수 있게 되었다. 우리도 그들에게 음식을 주긴 했지만, 육지에서 먹는 따스한 음식은 그들의 마음까지 데워준 모양이었다.

모두가 울면서 먹고 있었다.

"이제 일단락되긴 했습니다만……, 포로가 되겠군요."

"그렇지. 백기를 들기도 했으니까."

멀리서 울려 퍼지는 말발굽 소리를 들으며 나는 하늘을 올려다보았다.

전권 대사이면서 포로라니, 전대미문이다. 하지만 추문으로 만들지, 미담으로 만들지는 앞으로 하기에 달렸다.

"가자. 해룡에 대해 공왕과 이야기할 필요가 있다. 상대방도 그걸 원하고 있을 테고."

나는 그렇게 말한 다음 마르크를 데리고 알바트로 공국의 땅에 발을 내디뎠다.

Episode 3

제3장 남부 소동

1

아르와 레오가 남부로 향했을 무렵. 제도에서도 움직임이 있었다.

"이 녀석! 어떻게 된 거야! 이 녀석! 이 녀석!"

"끄윽! 아아악!! 끄아아아아악!! 용서해 주십시오! 요, 요……, 용서, 해……."

자신의 부하인 암살자 한 명을 화풀이 삼아 채찍으로 때리고 있던 잔드라는 암살자가 기절한 것을 보고 거친 숨을 내쉬며 채찍을 내던졌다.

"한심하긴! 정말! 짜증이 나! 어떻게 된 거냐고!"

잔드라는 자신의 손톱을 깨물면서 방안으로 돌아다녔다.

그 모습을 보며 아르를 납치하려 했던 중년 암살자, 균터가 입을 열었다.

"우리 책략을 전부 파악하고 있는 모양입니다."

"그런 건 나도 알아! 어떻게 파악하고 있는 건지 생각하라고! 저쪽은 레오나르트하고 아르토르트가 없잖아?! 상징조차 없는 세력이라고?! 그 세상 물정도 모르는 창구희가 우리를 우롱하고 있다는 거야?!"

"레오나르트 세력에도 뛰어난 자가 있는 모양입니다. 우리 움직임을 재주 좋게 파악하고 우리가 움직인 것과 동시에 고든 같은 사람들에게 정보를 흘리고 있는 거겠죠. 레오나르트의 측근인 메이드도 그렇게까지는 못할 테니 새로운 인재가 나왔다고 봐야 할 것 같습니다."

"칫! 진짜 답답해! 신흥 세력 주제에 나를 짜증 나게 만들다니! 절대로 용서 못 해!"

잔드라는 그렇게 말하면서도 어떻게 할 방법이 없었다. 잔드라가 레오나르트 세력에 공세를 가한 것과 동시에 고든도 잔드라 세력에 공세를 가했다.

레오나르트의 지지자를 포섭하려고 움직이는 동안 자신의 지지자들이 떨어져 나갔기 때문에 잔드라는 수세에 몰릴 수밖에 없었다.

그런 와중에도 가끔 레오나르트 세력에게 공세를 가했지만, 마치 노린 듯한 타이밍에 고든 세력이 나타나서 잔드라의 지지자를 빼앗았다.

이대로 가다간 고든만 이익을 보게 된다. 그것만은 피해야 한다.

"한동안 레오나르트 세력에게 손을 대지 마시죠. 공무대신을 빼앗긴 원한은 나중에 푸시는 게 좋을 것 같습니다."

"크……, 알겠어. 그 대신 적당한 걸 데리고 와! 이 짜증은 한 명으론 못 푸니까!"

"알겠습니다."

지나치게 잔혹한 잔드라는 감정이 끓어오르면 그 잔혹성과 공격성을 발산하지 않고는 만족하지 못한다. 임무에 실패한 암살자들은 대부분 잔드라를 상대하게 된다.

오늘은 누가 적당할까, 균터는 그렇게 생각하며 내일은 자기가 상대해야 할 수도 있다며 마음을 다잡았다.

■ ■ ■

"훌륭하시군요. 얼마 안 되는 정보로 용케도 목적을 알아내셨습니다."

세바스는 그렇게 린피아를 칭찬했다.

레오의 세력에게 린피아의 존재는 매우 크게 작용했다. 레오의 측근인 마리는 자신의 세력을 유지하는 것만으로도 벅찼고, 잔드라의 공격에 대처하는 것은 피네의 역할이었다.

마리는 어차피 메이드에 불과하다. 직접 움직일 수 있는 사람에 한계가 있었다.

그런 점에서 많은 사람을 움직일 수 있는 만큼, 잔드라에게 대처하는 것은 피네가 적격이었다. 잘 해내는가는 또 다른 문제였지만, 그 문제는 다행히 린피아가 해결할 수 있었다.

"몬스터의 공격을 파악하는 것과 마찬가지죠. 할 수 있는 것이 제한된 상황에서는 대부분 최선의 수를 두기 마련입니다. 그러니 그것을 경계하며 다른 진영에도 정보를 흘렸습니다. 아마 경계심이 강해진 제2황녀는 더 이상 공세에 나서지 못할 겁니다."

"대단해요! 린피아 씨!"

피네가 진심으로 칭찬하자 린피아는 조금 당황했다.

아르는 피네를 호위해 달라고 린피아를 붙여주고, 피네에게 린피아의 조언을 잘 들으라는 말을 남겼다. 그래서 피네는 린피아의 의견을 전부 들어주었다.

물론 전부 떠넘긴 게 아니라 이렇게 했으면 한다는 방침을 제시하긴 했지만, 그러기 위한 방법은 전부 린피아가 제안했고, 모두 채용되었다.

일하기 편한 환경이라 좋았지만, 린피아는 조금 신기했다.

"왜 그러시나요?"

"아뇨……, 그냥, 어째서 그렇게까지 저를 믿어주시는지 신경쓰여서요."

"어째서냐니, 아르 님께서 당신을 믿으시기 때문이에요. 아르 님께서는 제 중요성을 이해하고 계시고, 믿지 못할 사람을 제 곁에 두지 않으시니까요."

방긋 웃는 피네의 미소는 천진난만했다. 그렇게 웃을 수 있는 이유는 단 하나. 자신의 생각을 의심하지 않기 때문이다.

피네는 자신의 입장을 잘 이해하고 있었다. 공작 가문의 딸, 창구희라는 칭호. 그것이 자신의 모든 것이라는 사실을. 개인적인 능력을 높이 사서 이곳에 있는 게 아니다. '있다'는 것이 아르와 레오에게 중요한 것이고 그것 말고는 크게 기대하지 않는다. 그렇기 때문에 자신 곁에 믿지 못할 자를 두지 않는다. 피네는 그것을 확신하고 있었기에 린피아를 전면적으로 신뢰했다.

"저기……, 기분 나쁘지 않으신가요? 신참이 마구 설치는 게."

솔직히 린피아는 텃세를 각오하고 있었다. 피네는 공작의 딸이지만, 린피아는 유민의 자식. 신분 차이가 엄청나다. 그런 사람이 하는 말을 간단히 들어줄 리가 없을 거라 생각했다. 하지만 실제로는 그렇지 않았다.

아무리 아르를 믿는다고 해도 이렇게까지 순순히 남이 하는 말을 들어주는 피네가 린피아는 신기해서 견딜 수가 없었다.

적어도 린피아의 마음 속에 있던 귀족의 이미지와는 딴판이었다.

"? 저는 아르 님과 레오 님에게 도움이 된다면 뭐든 상관없어요. 제가 도움이 되든, 린피아 씨가 도움이 되든, 마찬가지 아닌가요?"

"……그렇군요. 당신은 자신에게 무게를 두지 않으시네요."

"눈치가 빠르시군요. 피네 님께서는 그런 분이십니다. 다른 사람이 제일, 자신은 그다음이죠."

세바스가 그렇게 말하자 린피아는 이해가 된다는 듯이 고개를 끄덕였다. 성격이 그런 귀족도 있구나, 그렇게 생각하면서도 그런 사람이 왜 정쟁에 참가한 건지. 새로운 의문이 생겼다.

"당신은 어째서 제위 쟁탈전에 참가하신 거죠? 실례지만, 어울린다는 생각이 안 듭니다만."

"아으으……, 그렇죠……, 저도 그렇게 생각해요……."

대놓고 그런 말을 들은 피네는 충격을 받은 듯이 축 늘어졌다.

너무나도 큰 충격을 받았기에 오히려 린피아가 당황해 버렸다.

"어, 아……, 그렇게까지 충격적이었나요?"

"충격적이죠……. 계속 아르 님과 레오님에게 도움이 안 되니까, 저도 조금이나마 도움이 되었으면 하는데요……."

결과적으로 아르에게 좋은 결과가 생긴다면 누가 활약하더라도 상관없다.

그것이 피네의 기본적인 생각이지만, 그렇다고 해서 자신이 무능해도 된다고 생각하는 건 아니었다.

입장이나 칭호 말고도 도움이 될 수 있다면 도움이 되고 싶다. 피네는 언제나 그렇게 생각했다.

단, 피네는 자신에게 그럴 능력이 없다는 것도 이해하고 있었기 때문에 눈에 띄게 행동하지 않을 뿐이었다.

"피네 님께서 있어 주시는 건 두 분께 행운이라고 할 수밖에 없지요. 너무 염려하실 필요는 없을 것 같습니다만."

"그렇다면 좋겠지만요……."

눈을 감은 피네의 모습은 여자인 린피아가 보기에도 아름다웠다. 그냥 외모가 예쁘다는 게 아니었다. 정말로 누군가에게 도움이 되고 싶다는 마음이 느껴졌다. 그 때문에 고민하고 있다는 마음이.

아르는 떠날 때 린피아에게 한 마디 말을 건넸다. 피네를 부탁한다고.

그 말에 어느 정도 의미가 담겨 있는지는 모르겠지만, 린피아는 조금이나마 깊게 해석하기로 했다. 피네가 공을 세우게 해줘.

아르가 그런 의미로 말했으리라 생각하기로 한 것이다.

"그럼 도움이 되는 일을 하시죠. 피네 님."

"네? 제가 할 수 있는 게 있을까요?"

"당신만 할 수 있는 일이 있습니다. 당신은 제도에서 인기가 매우 많으시죠. 그 인기를 욕심내는 사람들이 있습니다."

"누구죠?"

"상인들입니다. 황자님 일행이 돌아오시기 전에 튼튼한 연줄을 만들어 두면 이 세력에 도움이 될 것 같습니다."

린피아는 담담하게 말하면서 세바스를 살폈다. 이 결정에 불만이 있다면 세바스가 참견하겠지만, 세바스는 아무런 말도 하지 않았다.

그렇다면, 하고 린피아는 이야기를 이어갔다.

"지금 제도에서 활동하고 있는 상회도 당연히 당신의 인기를 등에 업고 싶어하겠지만, 아마 그들에게는 다른 제위 후보자들도 말을 걸었을 겁니다. 그러니 저는 다른 상회를 노려야 한다고 생각합니다. 제도에 본격적으로 진출하고 싶은 상회죠."

"그런 상회가 있나요?"

"있습니다. 아마도 피네 님께서도 들어본 적이 있으실 텐데요. '아인(亞人) 상회'라는 대상회입니다."

"그렇군요. 당신의 평가를 한 단계 올려야겠습니다. 레오나르트 님이나 아르노르트 님께서도 아인 상회를 눈여겨 보셨지요. 하지만 아직 접촉하진 않으셨습니다. 이유는 알고 계시겠지요?"

"네, 상회를 이끄는 사람이 여자 흡혈귀이기 때문이죠. 제국의 백성들은 최근에 일어난 사건 때문에 흡혈귀에 대한 인상이 좋지 못합니다. 보류해 둔 건 이해가 됩니다만, 그렇기 때문에 우리가 확실하게 그들과 연줄을 만들 수 있는 겁니다. 좋은 기회일 것 같은데요?"

린피아가 제안하자 피네는 고개를 연달아 끄덕였다. 그냥 끄덕이고 있는 것만은 아니었다. 자기 나름대로 열심히 생각하고 있었다. 그 행동이 누구를 적으로 만들고, 누구를 아군으로 만들 것인가. 제도에서 어떤 영향을 끼칠 것인가. 전부 생각한 다음, 피네는 한 가지 결론을 내렸다.

"그 여자 흡혈귀분을 만나보죠. 사람 됨됨이를 보고 나서 이것저것 판단하고 싶어요."

"알겠습니다. 사람을 보내면 만나줄 것 같습니다. 준비를 부탁드려도 될까요?"

"쉬운 일이지요. 2~3일 정도면 대답이 올 겁니다."

"그렇군요……. 아르 님, 저도 열심히 할게요!"

피네는 그렇게 말하고 아르가 있을 남쪽을 향해 소리쳤다.

그때, 아르가 어떤 상황에 처했는지는 당연히 피네도 알 수가 없었다.

2

우리는 성으로 '초대받았다'. 정중한 태도를 보니 공왕이 우리를 적대시할 생각이 없다는 건 알 수 있었다. 뭐, 우리에게 무슨 짓을 하면 끝장나는 건 이 나라니까. 해룡이 나타난 상황에서 제국과 문제를 일으키면 틀림없이 끝장날 거다.

그렇다면 우리를 정중히 맞이하고 해룡을 상대하는 일에 협력하게끔 설득하는 게 낫다. 크기에 따라 다르지만 보통 용은 S급으로 취급한다. 모험가 길드에서 대처한다면 S급이나 AAA급 모험가가 파티를 짜거나 SS급 모험가에게 의뢰한다.

군에서 대응한다면 상당한 준비와 병사가 필요하겠지.

적어도 알바트로 공국 단독으로 토벌하는 건 거의 불가능하다.

"이쪽입니다."

"고마워."

길을 안내해 준 기사에게 고맙다는 인사를 하며 나는 옥좌의 방으로 들어갔다.

그러자 보인 것은 붉은 융단 너머에서 무릎을 꿇고 고개를 크게 숙이고 있는 공왕.

그 주위에는 중신들로 보이는 이들이 똑같이 무릎을 꿇고 고개를 숙이고 있었다.

"처음 뵙겠습니다. 레오나르트 황자 전하. 알바트로 공왕, 도너트 디 알바트로라고 합니다. 이번 일은 전부 저희가 부족했기에 일어난 것입니다. 휘말리게 해드려 면목이 없습니다. 그리고 저희 아이들을 포함해 많은 생존자들을 구해주신 점, 진심으로 감사드립니다. 감사합니다…….”

“레오나르트 황자님께 감사의 말씀 드립니다!!”

공왕을 따라 중신들도 저마다 고맙다는 인사를 했다. 그것은 좀처럼 볼 수 없을 정도로 이상한 광경이었다. 아무리 나라의 규모에 차이가 있다 하더라도 상대방은 왕이고 나는 황자다. 기본적으로는 상대방이 위고 내가 아래. 상황에 따라 다르긴 하지만, 잘해봐야 대등한 정도다.

같은 위치로 내려와서 고개를 숙이다니, 말도 안 된다.

깜짝 놀라 굳어버린 나는 마르크를 보았지만, 그도 나와 마찬가지로 굳어버린 상태였다.

겨우 무릎을 꿇긴 했지만, 어떻게 해야 할지 모르겠다는 느낌이다. 완전히 자기 생각만 하느라 벅찬 상태구나.

어쩔 수 없다고 생각하며 나는 공왕 앞까지 걸어가서 두 손을 붙잡고 일으켜 세웠다.

40대 중반 정도로 보이는 공왕은 에바, 줄리오와 마찬가지로 색소가 연한 갈색 머리카락과 녹색 눈동자를 지녔고, 얼굴 생김새는 줄리오를 닮았다. 자상해 보이긴 하지만, 너무 약해 보이는 인상 때문에 건강이 안 좋은 것 같은 느낌이 들기도 했다. 그런 공왕에게 내가 무릎을 꿇고 말을 걸었다.

“공왕 폐하. 처음 뵙겠습니다. 제국 제8황자, 레오나르트 렉스 아드라라고 합니다. 이번 일로 번거롭게 해드린 점, 진심으로 사과드립니다. 또한, 감사의 인사는 하실 필요가 없습니다. 눈앞에 표류자가 있었기에 구했을 뿐입니다. 저희 제국 배가 가라앉았다면 귀국에서도 똑같은 행동을 하셨겠지요. 당신들은 바다의 무서움을 잘 알고 계실 테니까요."

"하, 하지만!"

"그래도 귀국은 어진 나라이니 그것만으로는 납득하지 않으시겠죠. 그러니 저희 배에 식량과 물을 주실 수 없을까요. 그리고 보물을 좀 주시면 아무런 불만도 없겠습니다. 저희 배는 론디네에 가져다줄 예정이었던 보물을 바다에 던져버렸으니까요."

"이, 이럴 수가! 그렇게까지 해주셨군! 물론이지! 굳이 말씀하실 필요도 없소! 우리 나라가 전부 부담할 것이오!"

"감사합니다. 그리고 또 하나. 귀국에서 떠안고 있는 고민거리에 대해 말씀해주셨으면 합니다. 이 문제를 오래 끌게 되면 아마 대륙 전토에 영향이 미칠 겁니다."

"……알겠소. 당신도 상관없는 일이 아니니. 알고 있어야만 하겠지."

나는 공왕에게 옥좌로 가라며 재촉했다. 고개를 끄덕인 공왕은 옥좌로 올라가 앉은 다음, 침통한 표정으로 말하기 시작했다.

"눈치채셨겠소만, 우리 해역에는……, 해룡이 있소."

"대충 느끼고 있긴 했습니다. 너무나도 부자연스러운 폭풍이었으니 저희 배 선장도 소문으로만 들었던 해룡 아닐까 하더군요."

"그렇군……, 그 용의 이름은 '레비아타노'. 200년도 더 전에 잠든 용이오."

"200년? 용의 휴면치고도 꽤 오래되었군요."

"휴면한 것이 아니오. 잠들게 한 것이지. 고대의 마도구를 써서. 그것을 가지고 오너라."

공왕은 시녀에게 무언가를 가지고 오라고 말했다. 그리고 시녀는 망가진 지팡이를 들고 왔다.

중심부터 완전히 부러졌다. 구조 자체는 딱히 특이한 점이 없지만, 끄트머리에는 거대한 보옥의 흔적이 남아 있었다. 아마 마력을 모아두었던 보옥일 것이다. 지금도 강한 마력이 느껴진다. 남아있는 게 절반 정도인 걸 생각하면, 원래 크기였을 때는 터무니없는 마도구였을 것이다.

"200년 전, 이 남부는 통일국가의 통치를 받고 있었소. 허나 해룡 레비아타노가 활동기에 들어가서 주변을 폐허로 만들며 돌아다녔기 때문에 그것과 싸우게 되었지. 겨우 이 마도구를 써서 잠들게 했지만, 그 결과, 왕가는 쇠퇴하고 그 이후로 전국시대가 되어버린 것이오. 우리 알바트로 공국의 시조는 원래 이 지팡이의 수호를 맡은 가문이지. 레비아타노의 전승도 론디네보다 정확하게 전해져 내려오고 있소."

"그렇군요. 그래서 그 지팡이가 부서졌기에 급하게 조사하신 겁니까?"

"그렇소. 휘말리게 해서 정말 미안하군. 폭풍에 휘말린 걸 보니 당신들 배가 침몰했더라도 이상할 게 없는 상황이었을 터……, 곧바로 모험가 길드에 연락했어야 했는데."

“이미 지난 일입니다. 그리고 용을 토벌하려면 엄청난 보수를 지불해야만 하죠. 게다가 대륙 전토에 정보가 새어나갈 테고요. 해양 무역을 중심으로 하는 귀국이 독자적으로 조사한 것을 제가 책망할 수는 없습니다.”

“……이해해 주니 고맙군.”

설명은 그렇게 끝났다.

상황은 이해했다. 다음은 대책이다. 어떻게 해야 할까. 모험가 길드에 연락해서 대처한다고 해도 곧바로 나설 수는 없다. 용과 싸울 수 있는 사람은 대륙 전토로 따져봐도 극히 일부에 불과하기 때문이다.

뭐, 나도 그중 한 명이긴 하지만, 기본적으로는 제도에서 움직이지 않는 실버가 갑자기 이곳에 나타나는 건 너무 부자연스럽다. 뭔가 이유가 필요할 텐데.

“공왕 폐하께서는 어떤 대처 수단을 생각하고 계십니까?”

“모험가 길드에 의존할 수밖에 없을 것 같군. 곧바로 대처하지는 못하겠지만…….”

“그 방법밖에 없겠죠. 저희 제국도 힘을 빌려드리고 싶긴 합니다만, 용, 그것도 바다에서 상대하라면 함대를 파견하는 것만으로는 부족합니다. 몬스터를 퇴치하는 프로에게 맡겨야겠지요. 그런데 한 가지 제안드릴 게 있습니다.”

“말해주시오. 무슨 제안이지?”

“론디네 공국과 대룡(對竜) 동맹을 맺어야 합니다. 상대방도 사정을 알면 싸우고 있을 상황이 아니라는 것을 눈치챌 겁니다."

"나도 그 생각을 했지만……, 론디네와는 오랫동안 싸워왔소. 곧바로 동맹을 맺을 만한 사이가 아닌데."

"그러니 제안이라고 말씀드렸습니다. 그 동맹안을 제가 가지고 가죠. 제국의 전권 대사가 나서서 중재하면 상대방도 무시하지는 못할 겁니다."

내 제안을 듣고 공왕은 조금 당황했다. 자신들에게 너무 형편이 좋은 제안이었기 때문이다. 잠시 생각한 다음, 공왕은 무난한 대답을 했다.

"중대한 일이니 중신들과 의논하고 나서 말씀드려도 되겠소?"

"물론입니다. 하지만 최대한 서두르는 게 좋을 것 같습니다. 론디네에서는 사정을 모르겠지만, 귀국이 지금 혼란스럽다는 막연한 정보는 알아냈을 겁니다. 공격해올지도 모르니까요."

"하긴……."

뭐, 말은 그렇게 했지만 그러진 않을 거라 예상한다. 저쪽에는 레오가 있다. 아무리 나인 척 하더라도 곁에는 에르나가 있다.

어떻게든 둘러대면서 론디네의 움직임을 견제할 것이다. 도착하지 않은 이상, 내가 알바트로 공국에 있을 거라 생각하겠지. 시간적 여유는 나도 바라던 바다.

생각할 시간도 필요하고, 그렇다면 제도로 가는 것도 괜찮겠다는 생각이 든다. 단, 문제는 갈 때만 하더라도 두 번. 왕복하면 네 번이나 전이마법을 써야만 한다는 점이다. 가는 시점을 잘 판단해야 한다. 나는 그렇게 생각하며 인사를 하고 옥좌의 방을 나섰다.

3

아인 상회란 말 그대로 아인이 경영하는 상회다.

구성원은 모두 아인. 그런 특징만 주목받곤 하지만, 다양한 아인을 데리고 있기에 다른 상회보다 훨씬 뛰어난 점이 있다.

짐을 옮기는 건 힘이 센 아인에게. 운반은 다리가 빠른 아인에게. 채집은 냄새를 잘 맡는 아인에게.

각자 특기 분야에서는 인간을 훨씬 뛰어넘는 아인이다. 그들이 적재적소에 배치되었으니 인간보다 더 뛰어난 결과를 내는 것도 당연했다.

그렇게 대륙 동부에서 서서히 영향력을 뻗으며 슬슬 제도에 지점을 내는 위치까지 온 대상회. 그리고 그것을 이끄는 것은 얼굴을 드러내지 않는 미지의 흡혈귀.

그것이 아인 상회. 린피아와 피네는 그곳의 제도 지점으로 향하고 있었다. 둘이서 가는 이유는 상대방이 그렇게 지정했기 때문이다. 원래는 세바스가 가야겠지만, 여자가 덜 경계받을 거라는 이유로 린피아가 유일한 호위로 함께 가게 되었다.

"지점도 완성되었고, '이제부터 시작이다'라는 시기에 동부의 소동이 일어난 거죠. 그래서 지점은 결국 문을 열지 못하고 아인 상회의 간판도 내걸지 않았습니다. 리더가 흡혈귀고, 황제가 습격당했으니 제국은 모든 아인에게 민감해졌죠. 그건 현명한 판단이라고 생각합니다."

"그런가요? 자기들이 아무런 잘못도 안 했다면 신경 쓸 필요가 없을 텐데요. 그분들이 황제 폐하를 습격한 것도 아니고……."

"사람들이 모두 피네 님처럼 생각하신다면 문제가 없겠지만, 세상에는 당신처럼 훌륭하신 분만 있는 게 아니니까요. 습격한 자를 개인으로 보지 않고 아인이라는 넓은 관점에서 보며 싫어하는 사람들도 적지 않습니다."

미덕이다, 린피아는 그렇게 생각했다. 피네는 방관자가 아니라 피해자다. 그럼에도 불구하고 흡혈귀와 아인에게 편견이 없다.

상대방을 직책이나 종족으로 판단하지 않는다는 증거다. 개인으로 보기 때문에 관련된 무언가가 있더라도 악감정이 퍼지지 않는다.

하지만 그것이 특이한 것이라는 사실을 알아두어야 한다, 린피아는 그렇게 생각했다.

그렇기 때문에 여전히 이해가 안 되는 것 같은 피네에게 말했다.

"피네 님. 인간은 각자 다른 생각을 지닌 생물입니다. 그건 이해하시죠?"

"네, 물론이죠."

"그렇다면 아시겠군요. 당신의 생각이 일반론이 아닐 경우도 있습니다. 저는 아인에게 별다른 생각이 없습니다만, 만약에 원한이 있었다면 방금 하신 말씀을 아인을 옹호하는 발언으로 받아들일지도 모릅니다. 그건 당신에게 손해를 끼칠 테고, 나아가서는 세력에 손해를 끼칠 겁니다. 황자님들을 생각하신다면 개인적인 생각을 드러낼 때는 조심해야겠지요."

"그, 그렇군요……. 그 말씀이 맞아요. 제가 실언을 했네요……."

힘없이 몸을 움츠리는 피네를 보고 린피아는 자신이 뭔가 잘못한 것 같은 기분이 들었다. 하지만 그녀는 피네를 위로하지 않았다.

마을을 구해주겠다고 말한 아르가 피네를 부탁한다고 맡긴 이상, 린피아는 피네에게 책임감을 지니고 있다.

모험가인 이상, 보수를 받은 만큼 일을 해야만 한다. 최소한, 세력을 지키고 피네에게 공을 세우게 만든다. 그 정도도 하지 못하면 보수를 받은 만큼 일 했다고 할 수가 없다.

아르는 이미 아벨 파티를 지명해서 고액의 보수를 주고 마을을 호위하게 해주었다.

아무리 큰 공적을 세우더라도 못 미칠 정도로 많은 돈이었다.

실버로서 막대한 재산을 가지고 있는 아르였기에 낼 수 있는 돈이었고, 일개 황자로서는 내기 힘든 금액이었다. 그렇기에 린피아는 아르가 무리하면서 지출한 돈이라고 생각한 것이다.

그 사실이 린피아의 책임감을 자극하고 있었다.

"상대방은 대상회를 거느린 대표입니다. 함부로 발언하면 함정에 빠질 가능성이 크겠죠. 마음을 다잡으세요."

"네, 네!"

피네의 표정이 굳어진 것을 보고 린피아는 고개를 끄덕였다.

그와 동시에 타고 가던 마차가 멈췄다. 아인 상회 제도 지점에 도착한 것이다.

■ ■ ■

제도의 번화가에 있는 지점은 한산했다. 사람도 별로 없는 것 같다.

지점으로 들어가자 대표의 비서로 보이는 금발 엘프가 두 사람을 안내해 주었다.

안내를 받으며 가는 도중에는 아무도 말을 하지 않았다.

그대로 꽤 규모가 큰 지점 안쪽까지 갔고, 붉은 문 앞에서 비서가 멈춰섰다.

"대표님께서 기다리십니다. 들어가시지요."

"네."

비서가 그렇게 말하며 문을 열었다. 두 사람은 방 안에 들어갔지만, 사람이 보이지 않았다.

눈치챘을 때는 비서가 이미 물러간 뒤였다.

"방을 착각한 걸까요?"

"상대방이 지정한 이상, 그런 착각은 하지 않을 겁니다. 일부러 회담 상대를 기다리게 하는 건 자주 쓰는 수법이고요. 앉아서 기다리시죠."

린피아는 차분하게 피네를 소파에 앉혔다.

피네는 잠시 망설인 다음 테이블 위에 있던 도구를 써서 홍차를 타기 시작했다.

"린피아 씨도 드시겠어요?"

"지금 저는 호위니까요. 돌아간 뒤에 마시겠습니다."

"그러시군요……, 혼자서 홍차를 마셔도 즐겁지 않은데……."

피네는 자신이 탄 홍차를 쓸쓸하게 마셨다.

그리고 시간이 좀 지났다.

"……이제 슬슬 돌아가야겠죠."

"아직 대표님이 오시지 않으셨는데요?"

"하지만 벌써 두 시간이나 기다렸습니다. 상대방이 만날 생각이 없다고 봐야겠죠."

"만날 생각이 없다면 초대하진 않았을 것 같아요. 뭔가 이유가 있겠죠. 기다려 봐요."

"……피네 님께서는 무례하다고 느끼지 않으십니까?"

평민인 린피아도 두 시간이나 기다리게 되니 어느 정도 화가 난 상태였다. 하지만 피네에게서는 그런 기색이 전혀 느껴지지 않았다.

귀족이라면 어느 정도는 자존심이 있고, 자신이 존중받는 것에 익숙할 텐데. 게다가 피네는 공작의 딸이자 창구희라는 칭호까지 가지고 있다. 제국에서 피네를 신경 쓰지 않는 사람이 별로 없을 정도다.

그럼에도 불구하고 피네는 그저 조용히 홍차를 마시고 있을 뿐이었다.

"무례하다고요? 만나달라고 한 건 저희 쪽이니 기다리는 건 당연하잖아요."

"그래도……."

"오늘 상황이 안 된다면 내일. 내일도 상황이 안 된다면 그다음 날. 시간과 성의를 들여 협력을 부탁드리겠어요. 저는 그 정도밖에 할 수 있는 게 없으니까요."

피네는 그렇게 말하며 슬픈 듯이 웃었다. 자신의 무력함에 대한 웃음이었다.

그렇지 않다. 린피아는 진심으로 그렇게 생각했다. 자신을 희생하면서 헌신하는 것은 아무나 할 수 있는 일이 아니다.

그 마음을 전하려 한 순간, 갑자기 방문이 열렸다.

"놀랐네. 아직 기다리고 있었구나."

그렇게 말하며 들어온 사람은 은발 여자였다. 마치 창부처럼 머리를 올렸고, 풍만하다는 말이 잘 어울리는 몸을 싸매고 있는 것은 아슬아슬한 드레스, 병적으로 하얀 피부를 아낌없이 드러내고 있었다. 적자색 눈동자는 흥미롭다는 듯이 피네를 똑바로 바라보고 있었다.

어른스러운 분위기를 풍기는 여자인데도 마치 10대처럼 젊은 외모였다.

색소가 연한 머리카락과 붉은색 계통 눈동자, 그리고 병적일 정도로 흰 피부와 단정한 외모까지 모두 흡혈귀의 특징이었기에 피네는 일어서서 고개를 숙였다.

"처음 뵙겠습니다. 피네 폰 크라이네르트라고 합니다. 아인 상회 대표님이신 것 같은데, 맞는지요?"

"그래, 내가 아인 상회 대표. 이름은 유리야. 마음대로 불러줘."

유리야는 그렇게 말하고 피네와 마주보며 소파에 앉았다.

그 태도를 보고 린피아가 인상을 찌푸렸다.

"그걸로 끝인가요? 이렇게 기다리게 해놓고 사과도 하지 않는 겁니까?"

"기다리는 게 싫으면 돌아가지 그랬어? 우리가 만나달라고 부탁한 것도 아닌데."

"……교섭 상대에 대한 경의도 없나요?"

"당신들을 교섭 상대로 삼을지는 지금부터 정할 거야. 우리 아인 상회는 제도 진출을 위해 도움이 필요하지만, 그렇다고 해서 아무하고나 손을 잡을 순 없지. 나는 내 상회를 헐값에 넘길 생각이 없거든."

유리야는 그렇게 말하고 요염한 미소를 지으며 피네를 보았다.

린피아는 어디까지나 호위. 상대할 사람이 피네라는 사실을 알고 있는 것이다. 때문에 린피아는 속으로 혀를 찼다. 이대로 린피아가 주도하는 식으로 이야기를 진행시키고 싶었기 때문이다.

"우선, 인사부터. 창구희. 경칭이 필요한가?"

"그냥 이름으로 부르셔도 됩니다."

"그래. 그럼 피네라고 부를게. 솔직히 님 같은 말은 껄끄러우니까 다행이야."

유리아는 정말 고맙다는 듯이 웃으면서 피네가 준비해둔 홍차를 자기 쪽으로 끌어당겼다.

"마셔도 되나?"

"드세요."

"고마워. 목이 바싹 말랐거든."

"뭔가 하고 계셨나요?"

"아무것도 안 했어. 그냥 가만히 관찰하고 있었을 뿐이지."

그렇군, 린피아는 그제야 이해했다. 일부러 기다리게 해서 상대방의 동향을 관찰한다. 역시 대상인. 꼼꼼하다는 생각에 자기도 모르게 감탄해버렸다.

유리아는 단순한 상인이 아니다. 아마 피네나 린피아의 할아버지, 할머니보다 오랫동안 살았을 테고, 작은 상회를 아인 한정이라는 제약이 있는데도 불구하고 대상회로 발전시킨 노련한 대상인이다. 분위기를 장악하는 것도 익숙하고, 지금도 완전히 자기 페이스로 끌어들였다. 자칫하다간 터무니없는 내용으로 계약을 맺게 될지도 모른다.

린피아가 그렇게 걱정했을 때, 유리아는 더욱 놀라운 발언을 했다.

"제위를 노리는 유력 후보자 네 명. 각자가 대리자를 보냈어. 우리 협력이 필요하다면서. 모두와 만나서 이야기를 해도 되겠지만, 귀찮잖아? 그래서 오늘 각각 다른 곳에서 기다리게 했거든. 이곳으로 부른 건 에리크 전하와 레오나르트 전하의 대리. 다른 두 후보자 대리는 다른 곳으로 불렀어. 그리고 금방 화를 내면서 돌아갔지. 뭐, 뻔히 보였으니까 다른 곳으로 부른 거지만."

"그렇군요. 그럼 저희가 이긴 건가요?"

"그래. 두 시간이 지나자 에리크 전하의 대리도 돌아갔어. 가망이 없다고 판단한 거겠지. 냉정한 판단이야. 그들의 뒤에는 이미 대상회가 있어. 우리에게 그렇게까지 시간을 쓰는 건 아깝다고 생각했을 테고."

그렇게 말한 다음, 유리아는 방긋 웃으며 홍차가 맛있다고 중얼거렸다.

자신이 상상했던 것보다 더 고수라는 것을 실감한 린피아는 조금 후회했다.

아인 상회는 도움을 원하고 있다. 그들은 분명히 피네의 인기를 필요로 하고 있고, 그것을 교섭 재료로 쓰면 협력을 받아내는 것도 어렵지 않을 거라 판단했다.

하지만 눈앞에 있는 대표는 그렇게 만만한 상대가 아니었다.

피네에게는 짐이 무겁다. 공을 세우게 해주려 하다가 터무니없는 곳으로 데리고 와버린 건지도 모르겠다. 린피아는 그렇게 자신의 어리석음을 저주했다.

"자, 장사 이야기를 좀 해볼까? 당신들은 제위 쟁탈전에서 아군이 필요하지. 다른 후보들은 모두 대상회가 뒤에 있으니까 자금력으로는 이길 수가 없을 테고. 문제는 당신들 쪽에 붙을 경우에 우리에게 어떤 이익이 생기는지. 뭘 제시할 수 있지?"

완전히 분위기를 장악한 상태에서 유리야가 이야기를 꺼냈다. 그녀는 여유로운 웃음을 지었다.

너무 솔직한 피네는 도저히 맞설 수 없을 것이다. 자, 어떻게 할까. 린피아가 그렇게 생각했을 때. 피네가 일찌감치 최강의 카드를 꺼냈다.

"교섭 재료는 저예요. 저를 마음대로 이용할 수 있는 권리를 드릴 테니 힘을 빌려주세요."

흥정 같은 것이 전혀 없는 그 한 수에 린피아는 멍해졌지만, 그 이상으로 유리야가 놀라고 있었다. 하지만 유리야도 곧바로 마음을 다잡고 미소를 지었다.

"그런 권리를 받으면 공작 가문의 아가씨가 도저히 못 할 만한 짓을 시킬지도 모르는데?"

"마음대로 하시길."

즉답. 방긋 웃는 피네를 보고 이번에는 유리야가 눌릴 차례가 된 것이다.

4

유리야는 피네의 미소에 눌리고 있었다. 단순히 피네를 마음대로 이용할 수 있는 권리에 맞먹을 만한 것을 유리야가 지불할 수 없기 때문이다. 피네와 동등한 것 이상의 가치를 지닌 것을 제공할 수 있는 상인이 대체 얼마나 될까.

아마 없다. 알고 있는 걸까, 모르는 걸까.

유리야에게는 방긋 웃는 피네가 무섭게 보였다. 만약에 유리야가 동등한 대가를 제공한다면 중간에 그만두겠다고 할 수가 없다. 재판 도중, 판결이 내려지기 직전에 방긋 웃는 거나 마찬가지다. 유리야는 도무지 제정신이라고 생각할 수가 없었다. 그래서 흥미가 생긴 것이다.

"알고 있긴 해? 내가 당신들이 원하는 대가를 제시하면 당신은 무슨 짓을 당하더라도 불평할 수가 없는데?"

"알고 있습니다. 하지만, 그렇게 되더라도 상관없습니다. 저는 아르 님과 레오 님에게 도움이 되었으면 하는 것뿐이니까요."

"……세력을 위해서라면 자기가 어떻게 되더라도 상관없다고? 뭔가 약점이라도 잡힌 거야?"

피네의 자기희생적인 모습이 너무나도 상식에서 벗어났기에 유리야는 뭔가 안 좋은 느낌이 들었다.

피네 말고 호위인 린피아를 바라보았지만, 린피아도 놀란 기색을 보이고 있었다.

"약점 같은 건 잡히지 않았어요. 그저 도움이 되어드리고 싶을 뿐입니다."

"그렇게까지 할 가치가 있어? 레오나르트 렉스 아드라가 그렇게까지 응원할 가치가 있는 황자야?"

"네, 물론이죠. 저는 만약에 죽는다 하더라도 그분을 황제로 만들 거예요. 그러기 위해서 할 수 있는 일이 있다면 뭐든지 할 겁니다. 당신이 저와 동등한 무언가를 주신다면, 저는 기꺼이 이 몸을 바치겠어요. 어떠신가요?"

"……힘들겠어. 내게는 당신과 대등한 '무언가'를 줄 수 없어. 당신의 승리야……. 곤란한 아이구나, 정말. 흥정이고 뭐고 안 통해."

유리야는 그렇게 말하며 양보했다. 유리야는 중요한 사업 이야기를 할 때는 결코 자기가 먼저 물러나지 않았다. 돈 한 푼 깎아준 적이 없었다. 하지만 그런 유리야도 피네에게 밀어붙이는 게 불가능하다는 사실을 깨달았다. 진심으로 다가오는 상대에게 허세는 통하지 않는다. 정면승부를 할 수밖에 없는 것이다. 그리고 그 승부에서 이기지 못하는 이상, 패배를 인정할 수밖에 없다.

"뭘 원하는지 말해보렴."

눈을 보고 평범한 아가씨가 아니라는 것을 눈치챈 유리야는 바로 이야기를 진행하기로 했다. 유리야에게 이 사업 이야기는 중요했다. 어느 정도 불리한 흐름으로 가더라도 성립만 되면 그것만으로도 이익을 얻을 수 있다.

이제 써먹지 못할 줄 알았던 제도 지점을 다시 써먹을 수 있을지도 모르니까.

"자잘한 건 제가 아니라 린피아 씨가 말씀하실 거예요. 부탁드립니다."

"아, 네. 저희가 요구할 건 자금입니다. 제위 쟁탈전에는 자금이 꽤 필요합니다. 이제부터 상대방의 유력자들을 포섭하려면 아무리 많이 있어도 부족하죠. 원조해 주실 수 있을까요?"

"알겠어. 다른 건?"

"다른 하나는 저희 말고 다른 제위 후보자 세력과 연줄이 있는 상인, 상회에게 타격을 입혀달라는 겁니다."

"상인의 영역에서 두들겨 패주라는 거지? 좋아. 바라던 바야. 그게 전부인가?"

"지금까지는 그렇습니다……."

"그래, 그럼 우리 쪽 요구를 말할게. 당신들의 요구는 전부 받아들이겠어. 그 대신, 피네 폰 크라이네르트의 이름, 그리고 가능하다면 얼굴을 쓰게 해줬으면 해."

그것은 린피아가 예상하던 제안이었다. 예상이 딱 들어맞아서 맥이 빠져버렸을 정도였다. 제도에 있는 모든 상인이 생각하고 있던 것이기 때문이었다.

예를 들어 채소를 판다고 해도 피네가 추천하는 채소라고 말할 수 있게 되면 날개 돋힌 듯이 팔릴 것이다. 그만큼 피네는 제도에서 압도적인 인기를 자랑하고 있다.

아무도 그러지 않는 것은 멋대로 그런 짓을 하면 황제의 분노를 사게 되기 때문.

하지만 피네 본인의 허가를 받았다면 써먹을 수 있다. 또한, 피네의 초상화나 마도구로 만들어낸 환영 등을 사용하는 허가를 받는다면 효과가 더욱 커진다. 피네처럼 인기가 많은 사람은 상인이 보기에 금과 은이 잔뜩 묻혀 있는 광산보다 더 가치가 있다.

"다른 요구사항은 없으신가요?"

"없어. 할 수만 있다면 잘 구슬려서 유리한 조건을 끌어내려 했는데, 그만둘래. 이 나라의 황제도 보는 눈이 있네. 피네, 당신은 멋진 여자야. 귀엽고, 배짱도 있지. 첩으로 삼고 싶을 정도인데."

"기쁜 제안이긴 하지만, 누군가의 상대가 되면 제 가치가 떨어질 테니 받아들일 수가 없네요."

"어머, 어머. 이런 이야기를 하는데도 황자들의 제위 쟁탈전 이야기를 꺼내는 거야? 뭐가 당신을 그렇게까지 하게 만드는지 흥미가 생기는데?"

유리야가 한 말을 듣고 피네는 뭐라고 대답해야 하나 망설였다. 어떤 대답이 제일 그럴싸할지 알 수가 없었기 때문이다. 그래서 두 가지 대답을 제시했다.

"저는 공작 가문의 딸입니다. 제위 쟁탈전에 간섭할 만한 지위에 있죠. 그렇기에 모든 백성에게 자랑할 수 있는 황제를 뒷받침할 의무가 있다고 생각합니다. 그런 입장을 제쳐두고 제 개인적인 감정만으로 대답하자면……, 정말 좋아하는 사람을 응원하는 게 당연하지 않나요?"

그 대답은 유리야에게도 뜻밖이었다.

전반은 재미있는 부분이 전혀 없는 답이었지만, 후반은 아니었다. 유리야가 선호하는 대답이었다.

"좋아하니까 응원한다고. 단순하구나. 당신 쪽 황자는 쌍둥이였던 것 같은데, 어느 쪽을 좋아하는 거지?"

"그건 비밀이에요."

피네는 입에 손가락을 가져다 대고 윙크했다. 그 귀여운 모습을 본 유리야는 자기도 모르게 미소를 지어버렸다. 가련하면서도 우아한 피네는 무심코 응원하고 싶어지는 마음이 들 만큼 매력적이었다. 그렇기에 창구희인 것이다.

황제에게 선택받았다는 것이 허명이 아니었다, 유리야는 그렇게 실감했다.

"나는 지금까지 다양한 사람들을 봐왔어. 그래서 알지. 피네, 당신은 특수하고 특례야. 그러니 자신을 소중히 여기도록 해. 자신을 소중히 여기지 않는 사람은 남을 소중히 여길 수 없어."

"……기억해 두겠습니다."

피네는 그렇게 말하고 유리야에게 고개를 숙였다.

그 모습을 본 유리야는 린피아를 돌아보았다.

"잘 받쳐주렴. 이런 아이는 주위 사람들이 중요해."

"굳이 말씀하시지 않아도 그럴 생각입니다. 그쪽도 잊지 마시길. 주위 사람까지는 아니더라도 그 일원에 끼게 되었다는 사실을요."

"무슨 말을 하고 싶은 거지?"

"다른 후보자들과 접촉하는 등, 성의가 없는 행위는 하지 않으시겠죠?"

"그래, 물론이지."

린피아가 충고하자 유리야는 고개를 크게 끄덕였다.

상인으로서 모든 후보자들과 연줄을 만들어 두는 게 제일 좋겠지만, 제국의 제위 쟁탈전은 특수하다. 대립하는 후보자들의 관계자는 크든 작든 벌을 받게 된다. 레오의 세력에 붙은 이상, 다른 후보자들은 용서해 주지 않을 것이다. 표면상으로는 좋은 관계를 맺는대도 제위 쟁탈전이 끝나면 제도에서 제거당할 게 분명하다.

그렇다면 레오가 황제가 될 수 있게끔 최대한 지원해 주는 게 상책이다.

"그렇다면 저희도 안심이 되겠군요. 필요한 게 있다면 저희가 연락하겠습니다. 그 전까지는 저희와 접촉하는 걸 피해주세요."

"알았어. 사이좋게 지내자."

"네. 그럼 평안하시길. 유리야 씨."

"그래, 평안하길 바랄게."

유리야는 그렇게 말하며 떠나가는 린피아와 피네를 배웅했다.

그리고 두 사람이 나간 다음, 천천히 자신의 손바닥을 보았다. 땀을 흘리고 있었다. 피네의 눈에 주눅이 든 것이다. 그렇게 사람이 좋아보이는 아가씨가 저런 눈빛을 하게 만드는 남자가 대체 어떤 남자일까. 더욱 흥미가 생긴 유리야는 소파에서 일어섰다. 그리고.

"개점 준비를 서둘러. 최대한 빠르게 성과를 내서 레오나르트 세력에게 영업을 할 거야. 가능하다면 직접 만나서 이 눈으로 진짜배기인지 확인하고 싶은데."

유리야는 옆에 대기하고 있던 비서에게 지시를 내리며 중얼거렸다.

만약에 피네가 마음에 품고 있는 남자가 자신의 흥미를 채워줄 존재라면.

"내가 빼앗는 것도 재미있을 것 같고."

유리야는 입술을 핥은 다음 약간 뾰족한 송곳니를 드러냈다. 그 모습을 보고 비서는 한숨을 쉬었다. 또 나쁜 버릇이 나왔다고. 이 대표는 가치가 있는 것만 보면 사족을 못 쓴다. 그게 사람이라고 해도.

골치 아픈 일이 벌어지지 않는다면 좋겠지만.

엘프 비서는 그런 생각을 하며 조용히 준비하기 시작했다.

5

"휴우……."

알바트로 공국의 성에서, 주위에 아무도 없게 된 후에야 크게 숨을 내쉬었다.

정신이 없었다. 레오와 뒤바뀐 다음 대체 얼마나 마음고생을 한 건지.

솔직히 지쳤다. 무리하면서 허세를 부리는 건 너무 힘들다.

"레오는 어떻게 지내려나……."

저쪽도 나름대로 걱정된다. 에르나가 있으니까 아르다운 행동을 그럴싸하게 취하게끔 만들고 있다고 믿고 싶긴 하지만. 내가 연기를 하고 있는 이상, 그쪽에서도 연기를 해주지 않으면 끝장이다.

그래도 그쪽이 나보다 고전하고 있을 건 뻔하다. 레오는 게으르게 지내는 게 서투르다고 해야 하나, 그렇게 지내본 적이 없다. 경험이 없는 걸 하려면 힘들겠지.

"뭐, 생각해 봐도 소용이 없겠지……."

잘하고 있을 거라 믿을 수밖에 없다. 그리고 생각해야 할 것은 따로 있다.

해룡 레비아타노.

분명히 S급 이상인 몬스터. 지금 생각난 것 중에 재빠르게 해치울 방법은 두 가지.

내가 실버로서 나서거나, 제국 쪽에서 황제의 대리인 파견을 요청한 후 에르나에게 성검을 쥐게 하거나. 둘 중 하나다.

단, 실버에게는 남부에 올 이유가 없다. 모험가 길드에는 아직 의뢰가 가지 않았을 테고. 한편, 황제의 대리를 파견하기에도 오가는 데 시간이 걸린다.

양쪽 다 마찬가지다. 좋은 생각과는 거리가 멀다.

"어떻게 할까."

생각을 정리하고 있자니 내 방의 문을 노크하는 소리가 들렸다. 혼자 좀 있게 해달라고, 그렇게 생각하며 흐트러진 옷과 푸석푸석한 머리를 다듬은 다음, 딱 부러지는 목소리로 대답했다.

"들어오세요."

"실례합니다. 에바가 감사의 인사를 드리러 왔습니다."

그렇게 말하며 들어온 사람은 드레스 차림인 에바였다.

의식이 돌아왔구나. 가능하다면 더 빨리 정신을 차렸으면 했는데. 그랬다면 무리할 필요도 없었을 테니, 그렇게 생각하면서도 표정에 그런 생각을 전혀 드러내지 않게끔 의식하며 달콤한 미소를 지었다.

"무사하신 것 같아 다행이군요, 에바 전하. 이제 돌아다니셔도 괜찮으신가요?"

"네, 네……, 저기……, 구해주셔서 감사합니다. 모두가 한목소리로 레오나르트 황자님 덕분이라고 하더군요. 당신은 정말 자상하고 용감하다고요."

"지나친 평가네요. 당신을 포함한 생존자를 구출하는 데 힘써 준 건 저희 제국의 선원들입니다. 칭찬을 받는다면 그들이 받는 게 맞겠죠."

"어머……, 그럼 줄리오의 누나로서 진심으로 감사드립니다. 줄리오를 위해서 가장 먼저 바다로 뛰어드셨다고 들었습니다. 해룡이 있을지도 모르는 바다에 뛰어드시다니, 보통은 절대 그럴 수 없죠. 그야말로 영웅적인 행동이네요."

"정신없이 그랬을 뿐입니다."

내가 그렇게 대답하자 에바는 부드러운 미소를 지었다. 그 모습을 보고 나는 표정이 굳어졌다.

이 상황, 이 광경은 몇 번이고 본 적이 있다. 외부의 시선에서지만.

레오가 활약할 때마다 열기를 띠는 귀족 여자들. 에바의 반응은 그것과 비슷하다. 다시 말해 열을 내고 있는 것이다. 해룡조차 두려워하지 않고 인명구조를 한 영웅 같은 레오에게.

그렇게 뜨거운 눈으로 바라보지 않았으면 좋겠다. 나는 아르니까. 좀 곤란하다고.

"그, 그러고 보니 줄리오 공자의 몸은 어떤가요?"

"좀 전에 정신을 차렸습니다. 황자님께 고맙다는 인사를 하더군요. 당신은 이상적인 황자라고요. 자신도 언젠가 당신처럼 되고 싶다고 했습니다."

"그, 그런가요……."

누나는 열을 내고, 동생은 동경한다. 큰일이다. 원래대로 돌아왔을 때 골치 아프겠는데. 어떻게 하지? 미움받을 만한 짓을 할까?

아니, 그럴 순 없다. 알바트로 공국 안에서 알바트로의 공녀나 공자에게 섣부른 행동은 할 수 없다. 그렇게 부자연스러운 짓을 하면 뒤바뀐 게 들킬 가능성도 있다.

하지만 이대로 레오를 계속 연기하다가는 열이 더 뜨거워져서 나중에는 사랑이 될 것이다. 나는 그런 광경을 몇 번이나 봐왔다. 에바의 눈은 이미 멋진 대국의 황자에게 푹 빠진 상태다.

그럴 만도 하다. 이 나이대 소녀는 잘 반하고, 꿈을 꾸는 법이다. 게다가 레오나르트 렉스 아드라는 그렇게 꿈을 꾸는 소녀들의 취향에 딱 맞는 스펙을 지니고 있다. 황자고, 미남이고, 자상하고, 뭐든 할 수 있다.

전반 세 개는 나도 꿀리지 않지만, 마지막 하나가 나와는 다른 점이지. 응.

똑같이 생겼는데 미남이라는 말을 들은 적이 없지만.

"레오나르트 황자님. 서서 이야기하기도 좀 그러니 방에 들어가도 될까요?"

"어, 아~……."

생각보다 팍팍 들이대네, 이 애. 껄끄러운 타입일지도 모르겠다. 어렸을 때 에르나 때문에 생긴 트라우마 때문에 나는 활발한 여자가 껄끄럽다. 물론 에르나도 껄끄럽다. 하지만 그 녀석은 소꿉친구고, 잘 아는 상대다. 어떻게든 대처할 수 있다.

하지만 이렇게 잘 모르면서도 팍팍 들이대는 애는 좀.

"아, 혹시 방해가 되셨나요……?"

"아뇨, 저기……, 제국에 제출할 보고서를 쓰고 있었습니다. 다른 데 신경 쓸 여유가 없긴 하지만, 에바 전하의 제안도 마음이 끌린다 싶어서요."

"어머……."

에바가 얼굴을 붉게 물들이며 두 손으로 가렸다. 아, 정말……. 이거 어떻게 해야 하지.

마을에 놀러 가서 여자와 논 적도 여러 번 있었다. 하지만 여자 쪽에서 먼저 나를 꼬시려 한 경험은 한 번도 없었다.

정중하게 거절하는 법 같은 건 모르고, 레오를 연기하는 이상 호감도를 떨어뜨릴 수도 없다.

"바쁘실 텐데 실례했습니다. 다시 찾아뵙겠습니다. 다음에는 같이 식사라도 하시는 게 어떨까요?"

"일정이 맞는다면 기꺼이."

미소를 지으며 그럴싸한 대답을 한 다음, 나는 에바가 돌아간 순간에 급하게 문을 닫았다.

"큰일이다, 큰일이다, 큰일이다……, 큰일이라고……."

레오에게 뭐라고 설명하지? 미안해, 공녀가 반해 버렸어, 그렇게 말해야 하나?

아니, 아니, 아무리 그래도 그럴 순 없잖아.

어떻게든 그녀의 동경이 섞인 연모를 끊어버려야 한다. 지금은 자신과 동생을 구해준 영웅 황자를 보고 두근거릴 뿐이다. 쓸데없는 짓만 하지 않으면 조만간 마음도 식을 것이다.

"진정해라, 아르. 괜찮아, 아르. 이런 문제보다 더 큰 문제도 해결해 왔잖아. 할 수 있다고."

나는 그렇게 결심하며 책상 앞에 앉았다. 어쨌든 지금은 내가 레오니까 일단 제국에 현재 상황을 보고하는 편지를 보내야만 한다.

그런데 어떻게 보고해야 할까. 순순히 뒤바뀌었다고 보고할까? 아니, 그러면 레오로서 해온 일들이 사실 내가 했다는 게 제국 상층부에 들통난다. 다시 말해 내가 마음만 먹으면 레오를 연기할 능력이 있다는 걸 들키게 되는 것이다.

그건 바람직하지 못하다. 매우 바람직하지 못하다. 조금만 더 얕보고 있으면 좋겠다.

역시 레오로서 보고할 수밖에 없겠구나.

"레오라면 어떻게 보고할까."

어차피 도착했을 무렵에는 사태가 변했을 것이다. 현재 상황을 보고하면서 앞을 내다보며 써야겠지.

해룡의 출현은 제국에 피해를 입힐 가능성이 크다. 알바트로 공국과 양호한 관계를 맺기 위해서라도 전권 대사로서 아버님에게 성검 사용 허가를 요청한다, 이런 느낌인가? 이게 도착했을 무렵에는 최악의 경우 남부에서 나라 하나가 사라졌을 가능성이 있다는 게 겁나긴 하지만.

"얼른 모험가 길드에 의뢰를 해주면 편할 텐데……, 아마 힘들겠지."

알바트로 공국은 해양 무역이 활발해서 해군이 강하긴 하지만, 육군은 그만큼 약하다. 한편, 론디네 공국은 그 반대다. 육군이 강력하긴 하지만, 해군은 그 정도까진 아니다.

그렇기 때문에 론디네가 공격해올 때는 매번 육로로 왔다. 호전적인 론디네에 맞서 알바트로 공국은 지금까지 우호국에게 병사와 장비를 빌려서 대처했다. 그 때문에 돈을 잘 버는 것처럼 보이지만, 알바트로 공국은 그렇게까지 풍요롭진 못하다.

물론 가난하다고 할 정도는 아니지만, 모험가 길드에 용 토벌을 의뢰하면 다른 나라에서 병사나 장비를 빌릴 때 문제가 생긴다.

그런 이유로 알바트로 공국은 바로 모험가 길드에 의뢰하지 않는 것이다.

이 문제를 개선하려면 론디네 공국을 어떻게 할 수밖에 없다.

알바트로 공국은 용과 론디네 사이에 껴서 협공당하고 있지만, 론디네 문제를 해결하면 용에 집중할 수 있다.

"일단 론디네를 어떻게든 해볼까."

방침은 정해졌다.

나는 앞으로 전개될 것들을 예상하면서 제국에 제출할 보고서를 작성하기 시작했다.

6

"제국 제7황자, 아르노르트 렉스 아드라가 론디네 공왕 폐하를 배알합니다."

"오오, 아르노르트 황자. 잘 와주셨소. 동생분의 배는 폭풍에 휩쓸렸다고. 무사하길 기원하오."

"감사합니다."

레오나르트는 아르노르트로서 론디네 공왕에게 인사를 전했다.

론디네 공왕은 멋들어진 수염과 턱수염을 기른, 조금 통통한 남자였고, 나이는 40대 후반.

이름은 카를로 디 론디네. 오랫동안 이어져온 알바트로와의 전쟁을 아버지로부터 이어받아서 진행하고 있고, 알바트로가 다른 나라의 협력을 얻은 것을 보고 자신들도 제국의 힘을 빌리기 위해 제국에 친선 대사를 보내 아르 일행이 오게 된 계기를 만든 사람이었다.

“아르노르트 황자, 바로 이런 말을 하긴 뭐하지만 동생분이 부재 중인 이상, 사절단의 우두머리는 당신이겠지?”

“네, 그렇게 됩니다.”

레오는 최대한 쓸데없는 말을 하지 않고 질문에만 대답했다.

레오 뒤에서 무릎을 꿇고 있던 에르나가 그것만은 여러 번 다짐을 받았다.

하지만 그것만으로 헤쳐나갈 수 있을 정도로 세상은 만만하지 않았다.

“그럼 황제 폐하의 대답을 듣고 싶다만?”

론디네 공왕은 그렇게 말하며 몸을 앞으로 내밀었다.

이미 론디네 공국은 제국에게 알바트로 공국에 맞설 원조를 요청한 바 있었다.

그것에 대한 황제의 대답은 거절하는 것이었다. 하지만 보물 중에는 몇 가지 병기나 설계도가 섞여 있었다. 공식으로는 거절이라고 하면서도 론디네와의 관계를 끊을 생각은 없다. 그런 의도였지만, 그 병기 중 대부분은 아르가 타고 있던 배에 싣고 있었기에 전부 바닷속으로 가라앉아버렸다. 레오는 어떻게 대답해야 할지 망설이다가 망설여질 때를 대비해서 미리 정해두었던 답을 말했다.

“그것에 대해서는 근위기사가 말할 것입니다. 에르나.”

“네. 처음 뵙겠습니다, 공왕 폐하. 저는 제국 근위기사단 소속,

제3기사대 대장인 에르나 폰 암스베르그라고 합니다."

"아, 암스베르그, 소문으로만 들었던 용작 가문의 신동인가……, 까, 깜짝 놀랐군. 근위기사가 함께 온다는 이야기를 듣긴 했지만, 설마 그……."

"성검 사용자가 올 줄은 예상하지 못하셨나요?"

에르나가 그렇게 말하자 론디네 공왕은 고개를 여러 번 끄덕였다.

그러자 에르나는 쿡쿡 웃으며 분위기를 풀었다. 외모만 따지면 가련하고 아름다운 소녀인 에르나가 웃자 분위기가 조금 부드러워졌다.

"안심하시길. 제국 바깥에서는 성검을 쓸 수가 없습니다."

"아, 아니. 의심한 건 아니네……. 기분이 상했다면 사과하지."

"아뇨, 저희 암스베르그 용작 가문은 그런 존재라는 사실을 잘 알고 있습니다. 그리고 이게 대답입니다. 공왕 폐하."

"무, 무슨 소리지……? 확실히 알 수 있게끔 설명해주게."

영문을 알 수가 없다는 듯한 론디네 공왕에게 에르나가 설명하기 시작했다.

"제국은 군사 대국입니다. 그런 제국이 움직인다는 것은 저 같은 근위기사나 정예 장군이 움직인다는 뜻입니다. 단도직입적으로 말씀드리자면, 제국에게 귀국이나 알바트로 공국을 멸망시키는 것은 손쉬운 일입니다."

"으, 으음. 그렇겠지. 그건 알고 있다네."

"역시 공왕 폐하께서는 현명하시군요. 하지만 저희 제국에도

라이벌이 있습니다. 만약에 제가 정식으로 귀국의 원군으로서 이 땅에 왔다고 해보죠. 그렇게 되면 라이벌들은 기뻐하며 알바트로 공국에 힘을 빌려줄 것입니다. 그렇게 되면 기다리고 있는 것은 피폐해진 두 나라, 그리고 황폐해진 남부뿐입니다."

"뭐, 뭐라고……."

"안타깝지만 그게 대답입니다. 공왕 폐하. 저희 제국은 너무 강하기 때문에 움직이면 다른 나라도 움직이게 됩니다. 그렇기에 황제 폐하께서는 귀국의 원조 요청에 답하지 못하십니다. 귀국이 우세하다면 더더욱 그렇지요."

"으, 으음……, 역시 황제 폐하시로군. 대륙의 정세를 제대로 생각하고 계셔. 그런데 말이지. 우리 나라만으로는 알바트로 공국을 함락시키기가 힘들다네. 그 나라에게 힘을 빌려주는 나라가 있기 때문이지."

에르나는 그 말을 듣고 고개를 끄덕였다.

물론 그 사실은 알고 있다. 그렇기 때문에 이것만 받고 참으라는 의미로 병기와 설계도를 가지고 왔는데, 그게 없는 이상, 말로 잘 구슬릴 수밖에 없다.

"물론 알고 있습니다. 그러니 앞으로도 친선 관계를 유지하며 조금씩 힘을 보태주자, 황제 폐하께서는 그렇게 생각하십니다. 황제 폐하께서는 그 선발 주자로 저를 보내셨지요. 제국의 무력을 보여주기 위해서입니다. 어떠신지요, 공왕 폐하. 용사 가문의 힘에 흥미가 없으십니까?"

"오오! 그런 거였나! 그거 좋군!"

그제야 의도를 파악한 론디네 공왕은 어두워졌던 표정을 밝게 폈다.

제국에게 거절당하면 방침을 크게 변경할 수밖에 없기 때문이다.

론디네 공국 단독으로는 알바트로 공국을 함락시킬 수가 없다. 시간을 들이면 가능할 수도 있겠지만, 론디네 공왕은 그래선 안 된다고 생각했다.

자신 대에서 남부를 통일해야만 한다, 그러지 못하면 하루가 다르게 거대해지는 중앙의 나라들에게 이기지 못하고 언젠가는 삼켜지게 된다.

그 때문에 공왕은 머릿속으로 자신이 통일왕이 되겠다는 설계를 하고 있었다. 그것은 야심이 많이 포함된 생각이었지만, 진정으로 남부를 염려한 생각이기도 했다.

그런 론디네 공왕에게 최강의 인간인 용사의 후예가 지닌 힘은 꼭 봐두고 싶은 것이었다.

"으음~, 그런데 말이지. 우리 나라에는 맞대결로 그대를 상대할 자가 없다네. 그래서 말인데, 아르노르트 황자. 이쪽은 여러 명이 덤비더라도 상관없겠나?"

"본인이 괜찮다고 한다면 문제없습니다."

"상관없습니다."

"그런가, 그런가. 그럼 열 명은 어떤가? 아무리 그래도……."

"알겠습니다. 열 명 말씀이시죠?"

에르나는 그렇게 말하며 쉽사리 받아들였다.

설마 그렇게 쉽사리 받아들일 거라고는 상상도 못했던 론디네 공왕은 이제 와서 바꿀 수도 없었기에 성에 있던 실력 있는 기사를 열 명 불러들였다.

그리고 옥좌 앞에 마련된 공간에서 1 대 10 대결이 시작되었다.

"우오오오오오오!!"

가장 먼저 싸움의 막을 올린 것은 덩치가 큰 기사였다. 모의검을 들고 돌진했지만, 에르나가 보기에는 빈틈투성이인 돌격이었다.

내 부하라면 기초부터 다시 시켰겠네, 에르나는 그렇게 생각하며 모의검을 가볍게 휘둘렀다.

그것만으로도 메마른 소리와 함께 덩치가 큰 기사가 들고 있던 모의검이 두 동강 났다.

"어……?"

마치 예리한 날붙이로 베인 것 같은 절단면을 보고 덩치가 큰 기사의 표정이 새파랗게 질렸다.

하지만 에르나는 그를 신경 쓰지 않고 나머지 아홉 명을 보았다.

"동시에 덤비는 걸 추천하는데?"

기사들은 한순간, 에르나의 시선에 겁을 먹었지만 곧바로 공왕 앞이라는 사실을 떠올리고 용기를 쥐어 짜내며 덤벼들었다.

우선 세 명이 세 방향에서 동시 공격.

에르나가 보기에는 하품이 나올 정도로 느린 공격이었고, 모든 검을 쳐내는 듯한 동작으로 두 동강 냈다. 모의검으로 모의검을 베어낸다는 신들린 기술을 몇 번이나 보게 된 나머지 기사들은 자기도 모르게 조금씩 물러나기 시작했다. 에르나는 그런 기사들에게 소리쳤다.

"기사라면 주군 앞에서 물러나지 마! 론디네에는 기사가 없다고 얕보일 거야!"

"네, 네! 갑니다!"

마치 교관과 학생 같다. 레오는 눈앞의 광경을 보고 그런 생각을 했다.

에르나가 소리치자 기사들은 겁내지 않고 에르나에게 덤비기 시작했다. 그리고 처음으로 에르나가 검을 받아냈다. 그것만으로도 론디네 쪽에서는 환호성을 질렀다.

하지만 그건 에르나의 연출이었다. 그 사실을 눈치챈 사람은 에르나의 부하와 레오 정도밖에 없겠지만.

일부러 압도적인 힘을 보여준 다음, 상대방의 체면을 살려주기 위해 조금 힘을 조절한다. 근위기사가 귀족 등을 상대할 때 자주 쓰는 수법이다.

다행히 론디네 쪽에는 눈치챈 사람이 없었다. 레오는 그 사실에 안도하며 이런 일이 언제까지 계속 벌어지게 될지, 살짝 한숨을 쉬었다.

"형도 고생하고 있으려나……."

아무도 듣지 못하게끔 중얼거렸다. 레오에게 아르는 예전부터 자기가 못하는 일을 할 수 있는 대단한 형이었다.

어렸을 때, 아무도 올라가지 못하는 나무가 있었다. 어린애들 중에서는 누가 제일 먼저 올라갈 수 있는지 떠들어 대곤 했다. 레오는 열심히 나무를 올라가는 연습을 했지만, 결국 레오는 물론이고 아무도 올라가지 못한 채 그대로 나무타기 붐은 지나갔다.

그런데 그 이후로 시간이 조금 지난 뒤에 레오는 그 나무 위에 작은 새가 다친 상태로 있는 것을 발견했다.

하지만 나무를 못 오르는 레오는 아무것도 하지 못했다.

그때, 아르가 지나가다가 사정을 듣고는 기다리고 있으라고 하며 자취를 감추었다.

그리고 시간이 좀 지난 뒤 아르가 돌아왔고, 쉽사리 작은 새를 둥지에 되돌려놓았다.

아르는 황제의 방에 있던 하늘로 떠오를 수 있는 귀중한 마도구를 말도 없이 빌려와서 사태를 해결한 것이다.

아르는 그런 식으로 레오는 상상도 하지 못한 방법으로 사태를 해결하는 형이었다. 그런 형이라면 자신을 대신하는 것 정도는, 간단히 해낼 것이다. 레오는 그렇게 생각하며 자기 문제에 집중했다. 그리고 최대한 열심히 게으르게 행동하자고 결심했다.

7

알바트로 공왕은 다음 날이 되어서야 론디네와 다리를 놓아달라는 부탁을 했다.

시간을 마련한 건 다행이었지만, 나라로서는 늦은 대응이었다. 그만큼 론디네에게 응어리진 게 있기 때문이겠지만, 멸망하면 그대로 끝이다.

"그럼 잘 부탁하네. 레오나르트 황자."

"네, 폐하. 제게 맡겨 주시길."

"그, 그런데, 정말로 해로로 갈 건가……?"

공왕은 공포가 뒤섞인 표정으로 바다를 보았다.

지금 우리가 있는 곳은 항구다. 나는 요청을 받은 뒤 배를 출항시킬 준비를 하라고 명령했다.

육로로 갈 거라 생각하고 있던 알바트로 공국 사람들은 깜짝 놀랐는지 지금도 믿기지 않는다는 눈초리로 나를 보고 있다.

"해로가 더 빠르니까요. 론디네의 공도도 마찬가지로 항구 도시죠. 이틀 만에 도착할 겁니다. 쓸데없이 시간을 허비하고 싶지는 않습니다."

"허나……, 바다에는 레비아타노가 있는데."

"귀국에게 빌린 마도포도 있습니다. 무엇보다 아무 짓도 하지 않으면 레비아타노도 습격하지 않을 겁니다. 제가 상대방 입장이라면 제일 경계할 것이 다시 봉인되는 것입니다. 다시 말해, 레비아타노의 주의는 그쪽으로 쏠려 있습니다. 부디 조심하시길."

"으, 으음……. 여러모로 신경을 쓰게 해서 미안하군. 부디 잘 부탁하네."

"부족한 몸이지만, 제게 맡겨주십시오."

나는 그렇게 말한 다음 공왕과 헤어졌지만, 그런 나를 불러세운 사람이 있었다.

"레, 레오나르트 황자님! 잠깐만 기다려 주세요!"

"줄리오 공자님. 이제 돌아다니셔도 괜찮으십니까?"

사람들에게 둘러싸인 채 모습을 드러낸 사람은 줄리오였다. 아직 안정을 취하는 게 나을 텐데. 하지만 줄리오는 혼자서 내 곁으로 온 다음 고개를 크게 숙였다.

"떠나시기 전에 감사의 인사를 드리고 싶었습니다. 많은 사람들을 구해주신 점, 진심으로 감사드립니다."

자신을 구해준 것. 누나를 구해준 것. 그 이야기는 하지 않고 먼저 많은 생존자들을 구해준 것을 언급했다. 그런 발상이라고 해야 하나, 사고방식이 레오와 통하는 부분이 있다.

줄리오도 착한 녀석이겠지.

"눈앞에서 많은 사람들이 도움을 요청했기에 구했을 뿐입니다. 딱히 특별한 행동을 한 건 아닙니다."

"그래도 구해주신 건 마찬가지죠. 이 은혜는 결코 잊지 않겠습니다."

"……호들갑을 떠시는군요. 그래도 기분이 나쁘진 않습니다. 그럼 언젠가 보답을 받도록 하죠."

나는 그렇게 말하고 레오처럼 웃으며 돌아섰다. 줄리오가 그런 나를 다시 불러세웠다.

"레오나르트 황자님! 저는……, 황자님처럼 되고 싶습니다! 어떻게 하면 황자님처럼 훌륭해질 수 있을까요?!"

그 질문에 대답하는 건 힘들다. 나는 레오를 대단한 녀석이라고 생각하지만, 딱히 훌륭한 녀석이라고 생각한 적은 없다. 장점이 있는 동시에 단점도 있다. 그게 레오다.

지금은 어쩔 수 없지. 솔직하게 대답할까.

"줄리오 공자. 네가 생각하는 것처럼 레오나르트 렉스 아드라는 훌륭한 사람이 아니야. 나를 자상하다고 평가하는 사람도 있지만, 그와 동시에 어설프다고 하는 사람도 많이 있어. 나를 용맹하다고 평가하는 사람도 있지만, 그와 동시에 무모하고 생각이 없다고 평가하는 사람도 있지. 나 자신도 내 이상주의적인 사고방식은 현실적인 판단이 필요한 황제나 황자라는 입장에서는 단점이라고 생각해. 너는 나를 영웅으로 보고 있지만, 나는 네가 생각하는 영웅이 아니야."

"하, 하지만……!"

"응, 나도 알아. 그래도 상관없다면 조언을 하나 해주지. 나는 내가 올바르다고 생각한 일을 함에 망설이지 않아. 이건 자랑해도 된다고 생각해. 다른 많은 단점은 신하들이 메꿔주지만, 왕은 결단이라는 부분에서는 고독할 수밖에 없어. 그러니까 나는 나 자신이 올바르다고 생각하면 망설이지 않아. 생존자를 구했을 때도 그랬지. 구해야 한다고 생각했기에 구한 거야. 결과가 어떻게 되든, 나는 그런 식으로 올바르다고 생각하면 바로 결단을 내리지. 너도 공자로서 자랑스럽게 살아가고 싶다면 자신이 올바르다고 생각한 건 망설이지 말도록 해."
"네, 네! 방금 해주신 말씀! 마음에 새기겠습니다!!"
줄리오는 그렇게 말하고 고개를 숙였다. 방금 한 말은 내가 솔직하게 레오에게 품고 있는 인상이다.
솔직히 레오는 황제에 적합하지 않다. 황태자였던 큰형은 자상했지만, 정에 휩쓸리지 않는 판단을 할 수 있었다. 하지만 레오는 정에 휩쓸린다는 점에서 어설프다.
하지만, 그럼에도 불구하고 레오는 망설이지 않는다. 어설프다든가, 이상주의라든가, 그런 건 신하가 어떻게든 할 수 있다. 황제에게 가장 필요한 것은 결단력이다.
모든 것을 갖출 필요는 없다. 강하지 않아도 된다. 모략을 쓸 수 없어도 된다. 그저 제국을 위해 황제가 되고, 중요한 판단을 내릴 수 있다면 좋은 황제인 것이다.
그러니 나는 레오를 황제로 만든다. 나머지 세 사람도 능력은 있다. 하지만 그 녀석들은 자아가 강하다. 가장 먼저 자신을 놓고, 그다음이 제국이다. 녀석들은 그런 황제가 될 것이다. 그것은 저지해야만 한다.
"레오에게 말하면 그럼 형이 황제가 되라고 할 것 같지만."
나는 누구에게도 들리지 않게끔 중얼거린 다음 배에 올라탔다.
나는 황제에 적합하지 않다.
그것은 스승이자 전 황제였던 증조할아버지도 인정한 사실이다. 증조할아버지가 한 말에 따르면 황제에게 필요한 것은 의욕.

그것이 없는 이상 아무리 의욕 말고 다른 모든 것을 가지고 있다 해도 황제에는 적합하지 않은 모양이다. 방금 말한 의욕은 황제 자리에 대한 의욕이 아니다. 많은 것들에 대한 의욕이다. 다시 말해 게으름뱅이는 황제가 되기에 적합하지 않다는 뜻이다.

정말 옳은 말인 것 같다. 겨우 며칠 동안 레오 흉내를 내는 것만으로도 내 멘탈은 박살이 났다. 얼른 게으름을 피우고 싶어서 견딜 수가 없다.

"출항! 목적지는 론디네 공국!"

나는 그런 생각을 하면서 지시를 내렸다. 레오와 합류하면 마음이 조금 편해질 것이다.

조급해지는 마음을 억누르면서 나는 해룡이 있는 바다로 나섰다.

■ ■ ■

출항한 날은 아무 일 없이 지나갔다. 그리고 이틀째.

알바트로 공국의 해역을 벗어나 론디네 공국의 해역에 들어섰을 때. 그 사건이 벌어졌다.

갑자기 울음소리가 바닷속에서 들려온 것이다.

"뭐, 뭐지?!"

"바다가 우는 건가?!"

"큭! 전원, 전투 배치!"

배 위가 소란스러워졌다. 그러자 나는 허둥대지 않고 방에서 나온 다음 갑판으로 올라갔다.

이미 이 배에는 결계를 쳐두었다. 기척을 차단하는 결계다. 이게 있기 때문에 나는 해로를 선택했다. 하지만 설마 여기에서 마주칠 줄이야.

"전원, 조용히 해라! 이미 늦었다. 조용히 지나가길 기다려야 한다."

"저, 전하……."

"그 녀석은 벌써 아래에 있다."

모습은 보이지 않는다. 이동하고 있는 곳은 아마도 심해.

그럼에도 불구하고 기척을 차단하는 결계를 치지 않았다면 장난삼아 가라앉혔을지도 모른다.

알바트로 공국에 남아있는 전승에 따르면 50미터가 훨씬 넘는 긴 몸통에 용답게 날개와 네 다리를 지니고 있는 것 같지만 지금은 전혀 확인할 수가 없다. 하지만 분명히 아래에 있다.

그것은 나뿐만 아니라 이곳에 있는 모든 이들이 본능적으로 자각하고 있는 모양이었다. 모두가 숨을 죽이고 있는 게 그 증거다. 다들 생명의 위기를 느끼고 있다. 용은 포식자, 인간은 피포식자. 그것은 거의 절대적인 법칙이다.

잠시 후 나는 레비아타노가 통과한 것을 확인했다. 하지만 소리 내어 말하지는 않았다. 결국 한 시간 이상 아무도 움직이지 않은 채 시간이 흘러갔고, 그제야 마르크가 슬슬 괜찮지 않냐며 말을 꺼냈기에 배가 론디네로 향하게 되었다.

"이번에는 정말 끝장인 줄 알았습니다……."

"그렇지. 설마 이런 곳에서 마주칠 줄은 몰랐기에 방심했다."

"그렇군요. 그런데 어째서 이런 곳에 있었던 걸까요?"

"……그 녀석에게 인간은 모두 적이다. 나라라는 개념도 없을 테니 론디네에 무슨 짓을 하려고 한 건지, 아니면 한 다음에 돌아가는 길이었는지. 어찌 됐든 론디네에는 골치 아픈 일이 생겼다고 봐야 할 거다."

내가 그렇게 불길한 말을 하자 그 말을 뒷받침하려는 듯이 큰 목소리로 보고가 들어왔다.

"황자님! 론디네가 몬스터에게 습격당하고 있습니다!"

"역시나……."

"전하, 다음부터는 그런 생각이 드셔도 말씀하지 말아주셨으면 합니다만."

"각오를 다지는 게 더 낫잖아?"

"당신께서 말씀하셨기 때문에 실제로 그런 일이 벌어진다고 볼 수도 있겠지요."

"그렇게 신 같은 능력은 가지고 있지 않아."

나는 그렇게 말하며 갑판으로 올라가 멀리 보이는 론디네의 공도를 보았다.

크고 작은 몬스터들에게 습격당하고 있었다. 그런 와중에 바다로 출항해서 몬스터를 막아내고 있는 배가 한 척 있었다.

올려둔 깃발은 제국의 깃발이었다. 역시 저 녀석은 결단이 빠르다.

"전속 전진. 형을 원호한다!"

"알겠습니다! 전원 전투 배치! 알바트로 공국에게 빌린 마도포를 쓸 수 있게 해둬라!"

선장은 그렇게 말하며 의기양양하게 지시를 내렸다.

대 해룡용으로 빌려온 병기를 쓸 수 있다는 게 기뻐서 어쩔 줄 모르는 모양이었다.

나는 일단 레오의 검을 허리에 차고 있긴 하지만, 무겁다. 내가 아니라 다른 사람이더라도 마음껏 휘두를 순 없겠지.

"자, 원래대로 돌아갈 기회는 있으려나?"

그런 생각을 하며 우리는 일직선으로 론디네를 향해 나아갔다.

8

레오가 그렇게 갑작스러운 사태에서 출항할 수 있었던 건 기본적으로 우연이었다.

몬스터가 나타난 순간, 레오는 배에 실을 물자를 확인하고 있었다. 아르 흉내를 내며 귀찮다는 듯이 마지막 확인을 하고 있었을 뿐이지만.

하지만 몬스터가 나타난 순간, 레오는 이상 사태라는 것을 눈치채고 곧바로 배를 출항시키라 명령을 내렸다.

그로 인해 바다에서 몬스터를 어느 정도 막아내는 데 성공했고, 피해가 확대되는 것은 겨우 방지했다. 하지만 그것은 여러 몬스터의 표적이 된다는 뜻이기도 했다.

"크윽! 왼쪽에도 몬스터가 있다!"

"내버려 둬! 지금은 눈앞에 있는 녀석에게만 집중해!"

선장의 지시에 따라 모두가 앞을 보았다. 그곳에는 길이가 10미터나 되는 거대한 바다뱀이 있었다.

시 서펜트. 그 몸집과 힘 때문에 위룡(僞竜)이라고 불리기도 하는 몬스터다. 인간에게 얼마나 해를 끼쳤는지, 어디서 나타나는지에 따라 랭크가 바뀌는데, 배를 많이 부수고 보다 깊은 바다에 나타나는 개체는 AA부터 AAA랭크까지 올라간다.

해난사고 중 절반은 이 시 서펜트의 소행이라고 하며, 좀처럼 출현하지 않는 해룡을 제외하면 뱃사람들이 가장 두려워하는 몬스터다.

하지만 이렇게까지 육지와 가까운 곳에 나타나는 일은 없다.

항구에 상륙한 몬스터들은 육지에도 적응한 몬스터다. 하지만 시 서펜트는 기본적으로 바다에 서식하는 몬스터다. 육지에서 움직이지 못하는 건 아니지만, 바다에서 멀리 떨어지면 살아갈 수가 없다. 그럼에도 불구하고 육지로 접근한다는 게 이상했다.

"선장! 무리해서 싸우지 마라! 주의만 끌면 충분해!"

"전하께서는 터무니없는 말씀을 하시는군요! 무서우시면 방에 틀어박혀 계십시오!"

레오는 아르로서 지시를 내렸지만, 얕보이고 있는 아르의 지시는 그 누구도 귀담아듣지 않았다.

출항할 수 있었던 건 이 배뿐이었기에 이 배가 가라앉으면 바다 쪽에서 대처할 수 없게 된다. 시 서펜트가 상륙하지 않은 지금도 항구에 있는 많은 배들이 부숴지면 그것만으로도 론디네가 큰 타격을 입게 된다. 때문에 육지로 올라간 몬스터들이 쓰러질 때까지는 주의를 끄는 데 집중해야 한다는 냉정한 전황 분석에서 이어진 지시였지만, 선장은 무시하고 시 서펜트와 싸우기 시작했다. 그러자 레오는 인상을 찌푸렸다.

"형은 항상 어떻게 사람들을 움직이고 있는 거지……?"

사람은 신뢰하지 않는 자의 지시를 듣지 않는다. 전투 중이라면 더더욱 그렇다.

고려조차 하지 않을 정도로 신용이 없는 아르노르트의 존재 때문에 당황하며 아무튼 어떻게든 해야 한다고 생각했을 때, 레오가 보기에 오른쪽에서 배 한 척이 보였다. 그 배를 본 순간, 레오는 미소를 지으며 선장에게 힘차게 지시했다.

"선장! 시 서펜트 왼쪽으로 파고들어라!"

"전하, 터무니없는 말씀하지 마십시오! 그럴 여유는."

"됐으니까 해! 레오가 왔다! 함께 시 서펜트를 공격한다!"

레오는 그렇게 말하며 믿음직스럽게 다가오는 배를 바라보았다.

■ ■ ■

"선장. 왼쪽으로 파고들게."
"알겠습니다! 우현 포문을 열어라! 저 괴물 뱀에게 최신예 마도포를 잔뜩 먹여줘라!"
아르의 움직임을 눈치채고 레오도 배를 왼쪽으로 움직였다.
그리고 시 서펜트를 사이에 두고 스쳐지나가는 듯이 아르와 레오가 일제히 포격을 개시했다. 그 타이밍은 한치도 어긋나지 않았다.
""발사!""
아르와 레오가 호령하자 두 배에서 일제히 탄을 발사했다.
마도포란 포수가 마력을 담아 그 마력으로 탄을 발사하는 병기다. 알바트로 공국이 도입한 최신예 마도포는 더욱 적은 마력으로 멀리까지 위력이 강한 탄을 날릴 수 있다.
"좋아! 역시 위력이 대단하군! 더 많이 날려라!"
선장이 어린애처럼 들떴다. 아르는 마음속으로 그럴 만도 하겠다고 중얼거렸다. 뱃사람들이 두려워하는 시 서펜트가 아무것도 못 한 채 두들겨 맞고 있다. 뱃사람들이 보기에는 기쁜 순간일 것이다. 포격이 끝난 뒤 시 서펜트는 그대로 바다에 쓰러졌다.
두 배에서 환호성이 울려퍼졌지만, 아직 끝난 게 아니었다.
"몬스터가 형의 배로 향하고 있다. 선장! 옆에 대줄 수 있나?"
"손쉬운 일이죠!"
"기사들은 넘어갈 준비를 해라! 백병전으로 달라붙은 몬스터들을 떼어낸다!"

아르는 그렇게 지시하며 마르크를 찾았다. 전투 중에 아르와 레오가 뒤바뀌면 레오가 고생하게 된다. 상황을 이해하지 못하고 있는 데다 할 일이 많다.

그래서 아르는 마르크를 찾았다. 마르크에게 미리 말해두지 않으면 골치 아픈 일이 생기기 때문이다.

"기사 마르크!"

"네! 무슨 일이신지요?"

"형을 구하러 다녀오마. 잘 도와줘."

"그렇군요. 알겠습니다. 전부 맡겨 주시길."

짧은 대화를 통해 의도를 파악한 마르크는 고개를 숙였다. 이런 식으로 전부 말하지 않아도 이해해 주는 사람이 있으면 편하네, 아르는 그렇게 감탄한 다음 숨을 내쉬었다.

아르는 이제 익숙하지 않은 검을 뽑아들고 레오가 있는 곳까지 가야만 한다. 쓸데없는 설명을 할 여유는 전혀 없었다.

레오가 타고 있는 배에는 작은 몬스터들이 잔뜩 달라붙어 있었다.

아르 일행이 타고 있는 배보다 저쪽이 덜 위협적이라고 판단한 것이다.

그 배 옆에 멈춘 아르 일행은 기사들을 중심으로 한 전력을 앞세워 옆쪽 배에 올라탔다.

"쳐라!!"

아르는 무거운 검을 휘두르며 호령했다. 그것만으로도 팔이 빠질 것 같아 아르는 인상을 찌푸렸다. 정말, 용케도 이렇게 무거운 검을 휘두르는구나. 아르는 그런 생각을 하며 일직선으로 레오에게 달려갔다.

할 수만 있다면 방에 가서 다시 뒤바뀔 생각이었지만, 그렇게 간단히 넘어갈 수는 없었다.

"캬아아아아아악!!"

좀 전에 바다로 쓰러진 줄 알았던 시 서펜트가 큰 소리를 내며 튀어나왔다.

바닷물이 아르와 다른 사람들에게 잔뜩 쏟아져 내렸다.

모두가 시 서펜트를 주목했다. 하지만 아르와 레오만은 그러지 않았다.

물로 흠뻑 젖은 갑판을 미끄러지듯이 이동한 다음, 아르는 레오를 향해 검과 칼집을 던졌다.

그것을 쉽사리 잡아낸 레오는 입을 크게 벌리며 공격해온 시 서펜트에게 뛰어올라 강한 일격을 가했다.

레오의 일격은 시 서펜트의 눈을 정확하게 노렸고, 시 서펜트는 괴로워하는 소리를 내며 물러났다.

레오는 아르 근처에 착지한 다음, 아르와 등을 맞대고 섰다. 그 순간, 아르는 쭉 펴고 있던 등을 구부렸고, 레오는 구부리고 있던 등을 쭉 폈다. 물을 뒤집어 써서 머리 모양이나 복장이 엉망진창이 된 지금, 두 사람의 차이는 그 정도밖에 없었다. 그리고 두 사람은 그것만으로 완벽하게 뒤바뀌었다.

"늦었잖아……!"

"미안해. 골치 아픈 일에 휘말려서 말이지."

"이미 충분히 골치 아픈 것 같은데?"

"들으면 놀랄걸. 더 골치 아픈 일이야."

"와~, 기쁘네……."

둘이 그렇게 잡담을 하고 있자니 개구리 형태 몬스터가 아르에게 다가왔다.

아르는 왼쪽으로 돌았다. 레오가 아무 말도 없이 움직임에 맞춰서 다가온 몬스터를 일격에 베었다.

"용케도 그렇게 무거운 걸 휘두르는구나? 나는 내일 근육통 확정인데."

"호들갑 떨기는. 들고 있기만 했잖아."

"아니, 아니, 휘두르기도 했거든."

"한 번뿐이잖아? 이번 기

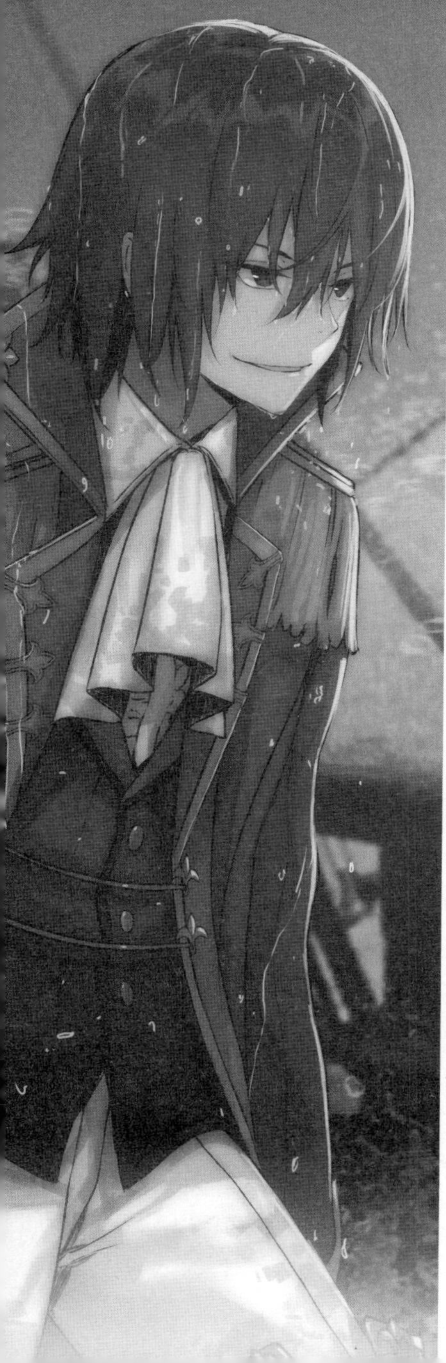

회에 검술을 배워보는 게 어때? 그러면 나도 움직이기 편했을 텐데……."

"싫거든. 그리고 이제 두 번 다시 너하고는 뒤바뀌지 않을 거야. 절대로 사양할 거라고."

"무슨 일이 있었던 거야? 나인 척하면서 이상한 짓을 하진 않았겠지?"

"안 했다. 훌륭하게 레오를 연기하고 왔지. 그래서 지친 거야."

"그건 나도 마찬가지야. 나도 열심히 형을 연기하다가 지쳤어."

"나를 연기하는데 '열심히'라는 말이 나오는 시점에서 잘못된 거야."

그런 이야기를 하는 동안 기사들이 몬스터를 제거했다. 아르는 이제 뒷일은 맡기겠다고 하며 기지개를 켠 다음, 나른한 기색을 보이며 말했다.

"레오~, 뒷일은 맡길게. 나는 항구를 방어하러 갈 테니까."

"그래, 그래. 내가 전부 정리하면 되는 거지?"

"잘 아는구나. 육지는 에르나가 어떻게든 할 테니까, 바다 쪽은 맡길게."

"여전하네. 뭐, 됐어. 그럼 그럼 평소처럼 역할 분담을 하자고."

레오는 그렇게 말한 다음 아르가 타고 온 배로 돌아갔고, 아르는 레오가 타고 있던 배에 남았다.

그렇게 두 사람은 겨우 원래 위치로 돌아왔다.

"전하. 방어 라인을 어디까지 물릴까요?"

"선장에게 맡기지. 나는 방에서 잘 거니까."

"네, 네?"

"마음대로 해. 어차피 레오가 전부 해치울 테고."

"……정말. 레오나르트 전하께서 안 계실 때는 좀 나았던 것 같았는데……."

아르는 작은 목소리로 중얼거리는 선장의 목소리를 들으며 레오의 노력에 쓴웃음을 짓고 방으로 돌아가 침대 위에 드러누웠다. 결국 그 이후로 아르의 배는 전투에 휘말리지도 않았고, 아르는 오랜만에 게으르게 잘 수 있었다.

9

거센 마도포 소리가 멎자 나는 눈을 떴다.
갑판으로 올라가자 전투는 이미 끝난 뒤였다.
보아하니 레오 일행은 다른 몬스터가 없는지 찾아보는 중인 모양이었다.
"끝났으면 어서 돌아가자. 성에서 자고 싶어."
"네에……, 돌아가자."
모든 선원들이 어이가 없다는 듯이 바라보는 가운데 나는 항구로 돌아와서 처음으로 론디네 땅에 발을 내디뎠다. 뭐, 항구 자체는 알바트로와 거의 비슷하다. 그쪽이 더 활기차지만.
그런 생각을 하고 있자니 에르나가 지붕을 타고 넘으며 다가왔다.
"아르!"
"오~, 에르나. 고생이 많구나."
나는 손을 흔들며 에르나에게 인사했다. 보아하니 육지로 올라왔던 몬스터는 거의 에르나가 섬멸한 것 같다.
이곳저곳에 굴러다니는 몬스터들이 거의 일격에 쓰러진 것이 그 증거다.
"딱히 고생하진 않았어. 고생한 건 그쪽 아냐?"
"그렇지. 나는 지쳤어."
역시 소꿉친구구나. 내가 진짜 아르노르트라는 걸 알아보는 모양이다.
이렇게 쉽사리 알아채다니, 에르나의 눈도 얕볼 수가 없겠다.
나는 그런 생각을 하며 고개를 들었다. 그러자 마침 에르나의 치마 속이 들여다보이는 위치에 있었다. 물론 검은 레깅스를 입고 있기 때문에 속옷이 보이지는 않았다. 레오라면 그런 것도 망측하다고 하겠지만.

"이봐, 에르나. 그렇게 높은 곳으로 올라가지 않는 게 좋을 것 같은데?"

"뭐야? 레오인 척 하려는 거야? 그런 수법은 안 통해."

"아니, 뭐, 신경 쓰지 않는다면 상관없지만."

에르나는 여유 있는 표정을 짓고 있었다. 절대적인 자신감이 있는 모양이다.

그렇게 자신있는 모습을 보여주면 무너뜨리고 싶어진단 말이지.

"그러니까 소용없어! 확실하게 입고 있으니까!"

"아, 응……, 찢어졌는데?"

한순간, 에르나의 얼굴에서 표정이 사라졌다. 그리고 살짝 얼굴을 붉히며 내게 따졌다.

"그, 그런 수법에는 넘어가지 않거든?!"

"그러니까 신경 쓰지 않는다면 상관없다고 했잖아. 그런데 말이지, 레깅스 색이 검정색이니까 연한색 속옷을 입으면 눈에 띄거든?"

"으으윽?!"

그것이 결정타였다. 에르나는 뒤로 돌아서 슬며시 치마 속을 확인하고 있었다.

에르나는 기본적으로 흰색이나 연한색 속옷을 즐겨 입는다. 적당히 연한 색이라고 하면 오해할 줄 알았는데, 멋지게 걸려들었군.
"어, 어디?! 어디가 찢어진 거야?! 아르~……?"
"당연히 거짓말이지. 눈치 좀 채라."
나는 그런 말을 하면서 느긋하게 성으로 향했다. 이제 레오가 공왕에게 인사를 하러 가겠지만, 아마도 그때 긴급 사태가 벌어졌으니 형과 이야기를 하고 싶다는 말을 할 것이다. 아니, 레오에게는 그 방법밖에 없다. 그때까지는 한가할 테니 성에서 잠이라도 잘까.
"아르……? 어디 가려는 거야?"
"성인데."
"가게 둘 것 같아?"
"오히려 보내줘야 하는 입장이잖아?"
이곳은 좀 전까지 전장이었다. 몬스터가 언제 올지 모른다.
레오라면 모를까, 나는 재빨리 피난해야만 한다.
"내 곁은 안전하니까 내 곁에 있어."
"가슴에 손을 얹고 따져봐. 네 곁이 안전했던 적이 있어? 몇 번이나 죽을 뻔했는데?"
"항상 아르가 쓸데없는 말을 하니까 그렇지! 정말! 찢어졌다니, 왜 그렇게 터무니없는 거짓말을 하는 거야?!"
"그건 뭐, 그거지. 여유로워 보이길래 한 방 먹여주려고."
"그런 부분은 황제 폐하하고 똑같구나……, 폐하께서도 여유로운 모습이 마음에 안 드신다고 자주 말씀하시곤 하니까."

“부모 자식이니까. 뭐, 미안해, 미안해. 그래도 가끔은 대담한 속옷을 입어야 할 것 같은데.”

“쓸데없는 참견이야!”

그녀는 내 멱살을 붙잡고 앞뒤로 세차게 흔들어댔다.

오~, 세계가 흔들린다아…….

슬슬 의식이 날아가 버릴 것 같은데, 그런 생각이 들 무렵에야 겨우 풀려났다.

결국 그곳에서 한동안 움직일 수가 없었기 때문에 나는 레오를 데리러 온 마차에 함께 타게 되었다.

■ ■ ■

“뭐, 뭐라고?! 해룡이 깨어났다는 겐가?!”

“네, 폐하. 이미 알바트로 공국의 최신예 군함이 세 척이나 가라앉았습니다. 이번 몬스터 습격도 해룡과 관련이 있을 가능성이 있는 것 같습니다.”

“그, 그런 일이 일어났나……. 해룡이 있다면 우리 나라도 모른 체 할 수는 없지……?”

허둥대는 론디네 공왕을 보며 나는 속으로 한숨을 쉬었다. 모처럼 편히 쉴 수 있을 줄 알았는데, 에르나 녀석이 한 번 더 뒤바뀌면 된다는 말을 꺼낸 탓에 나는 레오인 척하며 론디네 공왕 앞에 있다. 뭐, 레오에게 설명하기보다는 내가 레오인 척하는 게 더 빠르긴 하지만. 그래도 왠지 납득이 안 된다.

"네. 그런 이유로 알바트로 공왕이 제국에게 론디네 공국과 다리를 놓아줄 것을 의뢰했습니다. 공왕 폐하. 제국의 전권 대사로서 말씀드립니다. 이번 긴급 사태에 대처하기 위해 과거의 원한은 일단 흘려보내고 알바트로 공국과 대룡 동맹을 맺어주십시오. 제국은 그 동맹을 뒷받침하겠다고 약속하겠습니다."

"으, 으음……, 그래도 말이지."

"뭔가 문제가 있으신지?"

"정말로 우리 나라에 피해가 생길까?"

"그렇군요. 증거가 없긴 합니다. 하지만 론디네 공국으로 오던 도중에 론디네 쪽에서 이동하는 해룡과 마주쳤습니다. 겨우 조용히 보낼 수 있었습니다만, 좀처럼 육지로 다가오지 않는 시 서펜트가 나타난 것으로 봐도 이번 몬스터 습격은 해룡이 론디네 공국의 해역에 왔기 때문이라고 봐야할 겁니다."

"허, 허나……."

"중요한 건은 해룡의 행동 범위에 론디네 공국의 해역이 포함되어 있다는 것입니다. 공왕 폐하. 이미 남부로 오는 항로는 해룡에게 봉쇄된 것이나 마찬가지입니다. 이런 상황은 론디네 공국에 불리하다는 것 이해하지 못하시겠는지요?"

가능하다면 이런 설득은 하고 싶지 않았지만, 계속 미적거리는 론디네 공왕을 보고 초조해진 나는 추가적으로 론디네의 불리함에 대해 말했다.

"항로가 봉쇄되면 육로로 교역할 수밖에 없게 됩니다. 론디네 공국은 반도의 3분의 2 정도를 영토로 삼고 있긴 하지만, 중앙 쪽 출입구 중 대부분은 알바트로 공국의 영토입니다. 주로 육로를 통해 수송하게 되면 열세로 몰리는 건 론디네 공국이 될 것입니다."

"그, 그게 정말인가?!"

"저희 제국도 항로가 봉쇄되면 원조를 해드릴 수가 없습니다. 이해하셨습니까? 지금 해룡을 쓰러뜨리지 않고 방관하는 것은 그런 상황을 받아들이는 것이나 마찬가지입니다. 물론 그런 상황에서 알바트로 공국과 싸울 수 있다는 자신이 있으신 거라면 말리진 않겠습니다만, 그때 제국이 어느 쪽에 붙을지는 저도 모르겠습니다."

결정적인 말로 마무리하자 론디네 공왕의 얼굴이 새파래졌다.

제국은 대국이다. 움직임을 보이기만 해도 어지간한 중소국은 허둥대게 된다.

게다가 론디네 공국은 제국의 힘을 빌리려 하고 있었다. 방금 한 말은 상상했던 것보다 효과적이었을 것이다.

"아, 알겠네! 동맹 제안을 받아들이지. 우리 나라는 해룡에 맞서 알바트로 공국에게 협력을 아끼지 않을 것이야."

겨우 결심했구나. 이제 알바트로 공국이 모험가 길드에 의뢰할 수 있게 된다.

아니, 벌써 의뢰했을 것이다. 제국에 중개를 부탁했으니 실패할 거라 생각하지도 않을 테고.

자, 이제 레오나르트로서 일하는 건 끝이구나. 미리 에르나와 레오에게는 공왕을 설득하겠지만 그 뒤로는 자유롭게 움직이겠다고 말해두었다. 아마 론디네는 해룡에 맞서기 위해 함대를 알바트로 공국으로 보내겠지만. 나는 거기에 동행하지 않는다.

지금부터는 암약할 시간이기 때문이다.

Episode 4

제4장 해룡 토벌

1

"그럼 다녀올게."

"그래, 다녀와라."

나는 그렇게 말하며 레오와 작별 인사를 했다.

론디네 공왕은 다음 날 함대를 갖추었다. 빠르기도 하지. 이런 재주의 차이가 지금 남부 영토에 드러났다고 할 수도 있겠다.

이번에는 론디네 공왕이 직접 출진하여 알바트로 공국과 정식 동맹을 맺으러 간다. 하지만 그 이상으로 알바트로 방면에 있을 것으로 예상되는 해룡에 대처하는 것을 우선시할 것이다.

"아르. 혼자서 괜찮겠어?"

에르나가 약간 걱정된다는 듯이 물었다. 그 시선은 고집스럽게 바다 쪽을 보지 않으려 하고 있었다. 벌써부터 겁을 먹은 모양인데.

이번에는 마르크도 레오와 함께 간다. 내 곁에는 몇 명밖에 남지 않는다.

하지만 론디네에 남을 내 곁에 유능한 사람은 필요가 없다.

"일부러 알바트로 공국의 해역으로 돌아간 이상, 해룡이 노리는 건 알바트로 공국일 거야. 이 나라라면 한동안 안심해도 되겠지. 오히려 나는 네가 괜찮나 싶을 정도인데? 자, 보라고. 바다가 예쁘거든?"

"괘, 괘, 괜찮아! 저, 전투를 벌이게 되면……, 싸, 싸울 수 있어. 그, 그리고 아르가 말한 대로……, 예, 예쁘구나……, 마, 마치 그림 속으로 뛰어든 것 같아……."

항구에서 보이는 바다를 보고 에르나가 새파랗게 질린 채 그런 말을 했다. 바다를 보는 눈이 이미 죽은 상태다. 전투를 벌이게 되더라도 거의 분명히 못 써먹을 상태겠지. 에르나는 육지에서 싸우게 하는 게 더 낫겠어. 뭐, 레오라면 그런 말은 굳이 하지 않아도 괜찮을 테고.

"뒷일은 맡길게. 에르나도 잘 봐주고."

"응, 내게 맡겨. 형은 느긋하게 기다리라고."

"그래. 전투는 너희에게 맡길게. 어떻게든 끝내고 와줘. 해룡이 있으면 제국에도 간단히 돌아갈 수가 없으니까."

나는 그렇게 두 사람을 배웅했다.

그리고 함대가 보이지 않게 되자 성으로 돌아가서 내가 받은 방에 틀어박혔다. 그대로 계속 자고 싶긴 하지만, 그럴 수는 없다.

일단 침대에서 자는 것처럼 보이는 환술을 사용한 다음, 나는 창문을 통해 방을 나섰다.

목적지는 론디네에 있는 모험가 지부다. 물론 아르노르트 모습으로 가진 않는다. 환술로 실버 차림새를 한 다음에 간다. 하지만 여기에 실버가 있다는 사실을 일반 모험가들이 알면 소동이 벌어질 테니 지부로 들어가기 전에 모험가들을 수면마법으로 재운다.

모두가 잠든 다음, 나는 지부로 들어갔다.

대상으로 잡지 않았던 접수처 아가씨는 깨어 있었지만, 이변 때문에 당황하고 있었다.

"누, 누구시죠……?!"

"제도 지부 소속, SS급 모험가 실버다. 소동을 벌이고 싶지 않았기 때문에 다른 모험가들은 재웠다. 겁먹게 해서 미안하군."

"시, 실버? 그 유명한? '은멸의 마도사'……?"

"유명한지 어떤지는 모르겠다만."

나는 그렇게 말하고 모험가 카드를 접수처 아가씨에게 보여주었다.

조심조심 그것을 받아든 접수처 아가씨는 내용을 보고 깜짝 놀라 소리쳤다.

"지, 진짜?!"

"그러니까 그렇다고 했을 텐데. 미안하지만 원화실(遠話室)을 빌려 주었으면 한다."

모험가 길드 지부에는 원화실이라는 게 존재한다. 특수한 결계가 쳐져 있는 방이고, 중앙에 놓여 있는 수정을 통해 본부나 다른 지부의 원화실에 있는 수정과 연결할 수 있다.

대륙 각지에 지부를 두고 몬스터에 빠르게 대처할 필요가 있는 길드 비전의 기술이다.

"아, 알겠습니다! 이쪽으로 오시죠!"

지부의 원화실을 쓸 수 있는 건 길드 직원이나 S급 이상 모험가뿐이다. 단독으로 고랭크의 몬스터에게 대처할 수 있는 S급 이상 모험가는 길드 내부에서도 격이 다르니까.

원화실로 안내받은 나는 곧바로 본부와 연결했다. 그리고.

"SS급 실버다. 부길드장을 불러다오."

『알겠습니다.』

역시 본부 직원은 익숙하구나. 놀라지도 않고 냉정하게 대처해 주었다.

한동안 기다리다 보니 수정에 수염 난 아저씨의 얼굴이 떠올랐다.

검은 머리카락과 푸른 눈동자. 멋지게 나이 들었다는 말이 어울리는 그 아저씨의 이름은 크라이드.

예전에는 S급 모험가로서 대륙 전체를 돌아다녔던 강자다. 지금은 은퇴해서 본부의 부길드장을 맡고 있다.

『어째서 네가 남부 지부에서 원화를 거는 거야?』

"아는 사람을 만나러 왔거든."

『아는 사람이라고. 네게 그런 녀석이 있었다니, 놀랍군.』

"사람이니까. 아는 사람 정도는 있지. 그건 그렇고, 묘한 소문을 들었다. 사실인가?"

『숨겨봤자 소용이 없나……, 사실이다. 알바트로 공국에서 정식으로 해룡 토벌 의뢰가 들어왔다. 본부는 지금 난장판이라고.』

"그렇겠지. 본부의 인정 랭크는?"

『S가 될 예정이다. 단, 이후의 파괴 활동에 따라서는 SS급으로 올라갈 거다. 그렇게 되면 SS급 모험가 여러 명이 맞서게 되는 최상위 토벌 퀘스트다.』

“그만둬. 해룡을 토벌할 수 있다 해도 알바트로 공국이 엉망진창으로 망가질 거라고.”

나 말고 다른 SS급 모험가들이 여러 명 모인다. 모험가 길드에서도 그런 사태는 피하고 싶겠지. 다들 괴물처럼 강한 주제에 상식이 없다. 그 녀석들이 모이면 해룡과 맞바꿔서 바다의 생물이 전부 죽거나 항구 마을이 재기불능 상태에 빠지거나, 그런 규모로 피해가 발생할지도 모른다.

『나도 소집하고 싶지는 않아. 미안하지만 마침 잘되었으니 토벌해 주겠나?』

“심부름을 시키는 것처럼 말하지 마. 일이 생겨서 제도로 돌아갈 거다. 그 이후라도 상관없다면 받아들이지.”

『그런가……, 일찌감치 해치워 줬으면 하는데.』

“무슨 문제라도 생겼나?”

『……극비 정보였는데, 왠지는 모르겠지만 제국에게 새어나갔다. 그리고 제국에서는 원군에 대한 이야기를 나누고 있는 모양이다.』

“잘만 개입하면 남부에 큰 빚을 만들 수 있을 테니까. 하지만……, 2차 재해가 발생할 가능성도 있지.”

아니, 분명히 발생할 것이다. 함대 같은 걸 파견해 봤자 폭풍에 가라앉을 뿐이다.

제국에서 할 수 있는 것은 정예를 파견하는 것밖에 없지만, 그런 짓을 하느니 현지에 있는 에르나에게 맡기는 게 낫다.

아마 아버님이 생각하는 건 에르나에게 성검을 쓰게 해야 하는지 여부일 것이다.

『그렇지. 제국이 개입해서 혼란스러워지기 전에 모험가 길드에서 끝내고 싶다.』

"무슨 심정인지는 알겠지만, 언제 어디에 나타날지 모르는 해룡을 남부에서 기다리는 건 사양하겠어. 출현하면 바로 가도록 하지. 그러면 되나?"

『뭐, 그렇게 하도록 하지. 이야기는 이쪽에서 해두마. 요즘 제국은 제위 쟁탈전 때문에 골치가 아파. 가능하다면 개입하게 만들고 싶지 않거든. 출현했다는 보고가 들어오면 바로 가다오.』

"선처하지."

나는 그렇게 대답하고 원화를 끝냈다.

모험가 길드의 극비 정보가 새어나갔다고……. 기분 나쁜 예감이 드는데. 이번 기회에 공을 세우려 하는 자가 있는 것 같다. 그런 것들을 잘 막아내지 않으면 상황이 엉망으로 꼬여버릴 수도 있다. 역시 제도에 다녀와야겠다.

"고맙군. 그럼 실례하지."

"네, 네!"

나는 접수처 아가씨에게 고맙다는 인사를 한 다음 론디네 지부를 나섰다.

내일이 되면 제도로 날아갈까. 피네 쪽 사람들 상황을 확인하고, 제국의 개입이 어떻게 되는지 확인해야겠다.

만약에 제국이 진심으로 개입하려는 방향으로 움직인다면 그 목적을 방해하는 것은 실버로서의 입장에 영향을 미칠 테니 바람직하지 못하다.

제국과 모험가 길드. 양쪽의 체면을 잘 살려서 해결할 수 있다면 좋겠지만.

"뭐, 돌아가서 생각하자고."

환술을 풀고 아르노르트의 모습으로 중얼거렸다. 최악의 경우, 그런 것까지 손쓸 수 없을 정도로 피네 쪽이 궁지에 처했을 가능성도 있으니 역시 돌아가야 뭔가 알 수 있을 것 같다.

"아무튼 무리하지 않았으면 좋겠는데."

피네는 그래 봬도 툭하면 무리하곤 한다. 흡혈귀와 싸웠을 때도 아무렇지도 않게 시계탑을 올라갔고, 떨어지는 동안에도 자기 몸보다 피리를 우선시했다.

자신을 가볍게 여기는 구석이 있는 것 같다. 그런 면을 드러내지 않았으면 좋겠는데.

나는 그렇게 걱정하며 성으로 돌아갔다.

2

다음 날 아침. 나는 몸이 안 좋다고 하면서 방에 틀어박혔다.

그리고 침대 위에는 환술을 남겼다. 이제 침대에서 자고 있는 것처럼 보일 것이다.

그런 다음 제국 남부 국경 근처 도시까지 전이마법으로 날아간 다음, 그곳에서 다시 제도까지 날아갔다.

날아간 곳은 할아버지의 숨겨진 방이다. 그곳에는 낯익은 얼굴이 있었다. 하지만 할아버지는 보이지 않았다. 아마 책 안에서 쉬고 있겠지. 정신체라고는 해도 항상 깨어있는 건 아니다. 적당히 휴식을 취하지 않으면 정신도 지쳐버리기 때문이다.

"어서 오십시오."

"세바스구나. 어떻게 오늘 돌아올 거라는 걸 알고 있었지?"

"알고 있었던 건 아닙니다. 매일 기다리고 있었을 뿐입니다."

"매일이라니……, 꼼꼼하긴."

"꼼꼼하지 못하면 집사 노릇을 하지 못하니까요."

세바스는 그렇게 말하며 실버의 가면과 로브를 건넸다.

나는 실버 차림새로 갈아입으며 세바스에게 상황에 대해 물었다.

"어떻게 되었지?"

"세력 쟁탈전은 순조롭습니다. 린피아 님이 뛰어나시더군요."

"그렇군. 끌어들이길 잘했어."

"그렇지요. 그런데 피네 님께서 좀……."

"피네가 무슨 짓이라도 했어?"

말투를 보니 피네에게 무슨 일이 생긴 건 아니다. 만약에 피네에게 무슨 일이 생겼다면 세바스도 이렇게까지 냉정하게 행동하지는 않았을 것이다.

그렇게 나 자신을 타이르고 있자니 세바스가 대답했다.

“린피아 님의 제안으로 아인 상회의 대표와 회담을 가졌었습니다. 그때 피네 님께서 상대 쪽 대표를 설득하는 데 성공하신 모양입니다만…….”

“하신 모양입니다만? 내가 곁에서 떨어지지 말라고 했을 텐데? 린피아를 믿고 있긴 하지만, 전폭적으로 신뢰하긴 아직 일러.”

“죄송합니다. 저와 린피아 님이 둘 다 따라가면 경계할 것 같아서요.”

“……뭐, 됐어. 그래서? 피네가 어떻게 대표를 설득했는데?”

“자신을 교섭 재료로 삼으셨다고 합니다. 자신을 마음대로 할 수 있는 권리를 내밀고 무엇을 내줄 수 있느냐면서요. 결국 상대방이 그에 맞는 것을 제시하지 못하고 물러섰기에 그 이후로는 쉽사리 협력을 받아냈다고 합니다. 상대방의 요구는 피네 님의 이름을 쓰게 해달라는 매우 당연한 요구였습니다.”

“에휴…….”

정말. 터무니없는 짓을 하네.

자신을 돌보지 않는다고 생각은 했는데, 그 정도였다니. 상대방이 자신과 비슷한 가치를 지닌 무언가를 내준다면 그래도 상관없다고 생각한 거겠지.

“곤란한 애라니까.”

“네가 그런 말을 하는 게냐.”

그렇게 말하며 갑자기 나타난 것은 희미하게 비쳐보이는 작달막한 노인.

내 스승이자 증조할아버지. 우리 영감님이다.
“무슨 뜻이야? 영감님.”
“자기 평가 같은 건 부차적인 문제. 자신을 돌보지 않는 점만 놓고 보면 너도 마찬가지 아니냐?”
“나는 상관없어. 그런 입장인 게 더 움직이기 편하니까.”
“그 아이도 비슷한 생각을 하고 있을 게야. 나는 상관없다고. 그러는 게 더 낫다고. 세상은 언제나 슬픈 법이로구나, 세바스. 아이가 아이처럼 살지 못하다니, 한탄스럽기만 해.”
“정말 그렇습니다.”
영감님 둘이서 한탄하는 듯이 한숨을 쉬었다. 왠지 껄끄럽다.
마치 내가 잘못한 것 같은 분위기가 되었는데. 장난치지 말라고.
“어디 사는 누군가가 황제였을 때 제위 쟁탈전 관례를 바꿔줬으면 나는 계속 아이처럼 살았을 텐데.”
“매번 현명한 황제가 태어난다면 폐지했겠다만……. 그럴 수는 없겠지. 그래서 제위 쟁탈전이 있는 게다. 황제의 그릇이 아닌 자도 나름대로 황제 역할을 다할 수 있게끔. 우수한 자가 한데 모이는 경우가 드문 게야.”
말도 안 되는 논리를 들이대고 있다. 마음속에 쌓였던 불만이 터져나올 뻔 했지만, 그걸 쏟아내 봤자 소용이 없기 때문에 나는 아무런 말도 하지 않고 문쪽으로 향했다.
“아르.”
“왜?”

"그 아이를 책망하지 말거라. 너라면 알고 있겠지?"

"……굳이 말 안해도 알아."

내게 책망할 자격 같은 건 없다.

마음속으로 그렇게 중얼거리며 환술로 내 모습을 감춘 다음, 나는 방을 나섰다.

■ ■ ■

레오의 방. 나와 레오가 자리를 비운 동안에도 이곳은 피네 일행의 거점이었다.

나는 그곳에서 선 채 피네를 기다리고 있었다. 그리고 아마 지지자들과 이야기를 나누고 온 것 같은 피네가 린피아와 함께 돌아왔다.

"윽?! 시, 실버 님?!"

"실버……."

"평안하신가, 피네 양. 할 이야기가 좀 있다."

"네, 네……."

나는 린피아를 보았다.

린피아는 당연히 남아서 이야기를 들을 생각인 모양이었지만, 그럴 수는 없다.

"물러나 줄 수 있겠나? 크라이네르트 공작 영지에서 만났던 여자 모험가."

“기억해 주신 것만으로도 영광입니다. 하지만 저는 지금 이분을 호위하고 있어서요.”
“둘이서만 이야기를 하고 싶다. 부디 시간을 다오.”
“……의심하는 건 아닙니다만, 그냥 받아들일 수는 없습니다. 용서해 주십시오.”
한 발짝도 물러나지 않는 린피아의 태도는 매우 믿음직스럽다. 만약 간단히 물러났다면 피네를 맡기지도 않았을 것이다. 하지만 지금은 그게 방해된다.
그렇게 생각하고 있자니 세바스가 도와주었다.
“제가 호위를 맡도록 하지요. 걱정하지 마시길, 방해하진 않을 테니까요.”
“……알았다.”
“그럼 린피아 님. 다른 방에서 기다려 주실 수 있겠습니까?”
“……세바스 씨가 그렇게 말한다면.”
린피아는 그렇게 말한 다음에야 방에서 나갔다.
린피아가 방에서 멀리 떨어진 것을 확인한 다음, 세바스는 옆방으로 이동했다. 이제야 둘만 남았다.
“어서 오세요. 이쪽으로 오신 걸 보니 그쪽에서 무슨 일이 있었나요?”
“뭐, 이것저것 있긴 했는데……, 그런 이야기는 나중에 하지.”
“? 나중에요?”
피네는 깜짝 놀라며 의아하다는 듯이 고개를 갸웃거렸다. 그것보다 더 중요한 용건이 있을 거라는 생각은 못했을 것이다. 자신의 우선도가 매우 낮기 때문이다.

"……아인 상회 대표와 만났다면서."

"네! 교섭도 잘 마무리 됐어요! 대표님도 좋은 분이시던데요."

피네는 그렇게 말하며 방긋 웃었다. 그 미소를 보는 게 괴로웠다.

괴로운 이유는 알고 있다. 일그러진 거울에 비치는 자신을 보는 것 같았기 때문이다.

내가 지금까지 해온 일들을 후회하진 않는다. 필요했고, 앞으로도 그렇게 할 것이다. 하지만 주위 사람들에게 이런 마음을 품게 했다고 생각하니 죄책감이 들었다.

"……이봐, 피네. 내가 할 말은 아니라는 건 알아. 반감을 품을지도 모르지. 그래도 들어줬으면 해."

"네?"

"자신을 좀 더 소중히 여겼으면 좋겠어."

부메랑이나 마찬가지다. 레오가 몇 번이나 말했던가. 하지만 나는 스스로 원해 그렇게 했다. 피네처럼 노력해서 자신의 우선순위를 떨어뜨린 것은 아니다.

앞으로 할 말에 피네가 어떤 반응을 보일까. 쉽게 상상할 수 있었다. 하지만, 그래도 말해야 한다. 힘들다고 생각하면서도 나는 계속 말했다.

"자신을 돌보지 않는 피네를 보면 괴로워. 도움이 되려고 힘써주는 건 알아. 하지만, 그렇게까지 하지 않아도 돼."

“……그, 그렇지만……, 저는……, 아르 님께 도움이 안 되니…….”

피네는 울상을 지으며 중얼거렸다. 그 모습을 보니 후회가 싹텄다. 배려가 부족했다. 불평하거나 약한 소리를 하지 않았기에 멋대로 괜찮으리라 생각했다.

피네는 공작 영지 밖으로 나온 적이 없었다. 제도로 온 이후로 분명히 불안했을 것이다. 그럼에도 불구하고 도움이 되기 위해 필사적이었을 것이다. 그런 부분을 전혀 신경 써주지 못했다. 바깥으로 데리고 나간 적이 몇 번이나 있었지? 기분 전환을 시켜줬던가?

제위 쟁탈전밖에 생각하지 않았다. 솔직히, 나도 여유가 없었나.

어머님이 한 말이 머릿속을 스쳐갔다. 너는 항상 무리하곤 하니까. 어머님은 헤어질 때 그렇게 말했다. 그때는 가볍게 넘겼지만, 무리하고 있었는지도 모르겠다.

쉴 틈이 없었다. 하지만, 쉴 시간을 만들어야 했다.

만약에 이렇게 일그러진 상황이 계속 이어졌다면 나는 피네를 잃었을지도 모른다.

“피네……, 너는 특별해.”

나는 그렇게 말하고 은가면을 벗었다. 이렇게 벗는 모습을 보여줄 수 있는 사람은 세바스와 피네밖에 없다.

세바스는 처음부터 알고 있었다. 즉, 정체를 알게 된 사람은 피네밖에 없다.

“아르 님…….”

"이렇게 두 얼굴을 보여줄 수 있는 사람은 세바스와 너밖에 없어. 세바스는 내 보호자고, 항상 곁에 있어 준 부모님 같은 존재야. 그러니까……, 남 중에서는 네가 처음이지. 그리고 이 비밀을 알았을 때부터 너는 남이 아니었어. 레오가 유일한 동생이라면, 너는 유일한 공유자야. 대신할 사람은 없어. 곁에 있어주기만 하면 돼. 이렇게 비밀을 공유해주기만 해도 얼마나 편한지……."

그렇다. 편했다. 응석을 부린 건지도 모르겠다. 그렇게 생각하니 죄책감이 커졌다.

"저, 저는……, 그렇게 특별하지 않아요……, 아르 님이나 레오 님처럼 대단하지 않아요……, 하, 하지만, 저는 아르 님의 비밀을 알았으니까……, 당신에게 도움이 되어야만 하고……."

"그래, 항상 도움을 받고 있어. 고마워. 미안해, 좀 더 일찍 인사를 했어야 했는데."

필요로 해준다는 것은 사람에게 기쁨을 선사한다. 그런데도 나는 피네에게 그 말을 전하지 않았다. 그래서 피네는 불안했을 것이다. 내 비밀을 안 것 자체가 피네에게는 압박이었다.

그래서 피네는 자신의 우선순위를 낮춰 나갔다. 세력의 이익을 우선시하게 되었다. 내가 기뻐할 테니까. 내가 생각해도 어리석었다. 이럴 때는 내 성격이 싫어진다.

내가 한 말을 듣고 피네의 눈에서 눈물이 떨어졌다. 그것은 멈추지 않았고, 피네는 곧바로 두 손으로 얼굴을 가리며 울음을 터뜨리기 시작했다.

피네는 아직 열여섯 살밖에 안 된 소녀다. 아무리 본인이 원했다고는 해도 영지에서 데리고 나와 암살당할 위기가 있는 제위 쟁탈전에 관여하게 만들었다. 내게는 정신적으로 돌봐줄 의무가 있었다.

"용서해 줬으면 해. 나도 여유가 없었어."

"흐, 흐윽! 아니……에요……, 흑, 아, 르 님……, 때문이……."

"그럼 둘 모두의 잘못이네. 같이 반성하도록 할까."

그리 말하며 피네의 머리카락을 부드럽게 쓰다듬었다. 피네는 유일한 공유자다. 반성도, 기쁨도 공유하면 된다. 나는 그대로 피네가 차분해질 때까지 머리카락을 계속 쓰다듬었다.

"……이제……괜찮아요……."

"그래?"

"네……, 괜찮아요."

피네는 그렇게 말하고 빨개진 눈으로 나를 똑바로 바라보았다. 순수하고 강한 눈이다. 확고한 의지가 느껴진다.

"남부에서 일어난 일을……, 말씀해 주세요. 제가 돕겠어요."

"그래, 잘 부탁해."

나는 그렇게 말하고 남부에서 일어난 일에 대해 숨김없이 말하기 시작했다.

조만간 해룡이 움직이기 시작한다는 것. 그런 남부의 이상 사태에 개입하려는 녀석이 제국에 있다는 것. 그것을 저지해야만 한다는 것.

"뭐, 이 정도지. 군을 움직여서 개입하려는 녀석은 한 명밖에 없지. 그 녀석이 실패하면 상관없긴 하지만, 전선에서 희생될 병사들이 가엾어. 지금은 제국의 개입을 최소한으로 막고, 내가 해룡을 토벌하는 게 이상적일 것 같아."

"네. 저도 그렇게 생각해요. 그래서……, 한 가지 생각난 게 있는데요……. 제국의 개입을 최소한으로 막으면서도 남부를 구할 방법이요."

"우연이네. 나도 생각난 게 한 가지 있어. 문제는 열쇠가 될 사람을 설득할 수 있을지에 달렸는데, 내가 나설 수가 없거든. 부탁할 수 있을까?"

"맡겨만 주세요. 제가 설득해내겠어요."

내가 그렇게 부탁하자 피네는 부드러운 미소를 지으며 우아하게 고개를 숙였다.

3

피네와 이야기를 끝내자 린피아가 합류했다.

린피아는 피네의 눈이 조금 빨갛다는 것을 눈치채고 날카로운 눈초리로 나를 바라보았다.

"무슨 일이죠?"

"남부에 해룡이 출현했다. 너라면 얼마나 위험한 상황인지 알겠지?"

"해, 해룡?!"

"실버 님께서는 모험가 길드의 요청이 없으면 움직이지 못하신다고 하시네요……."

"동부에서 흡혈귀를 쓰러뜨렸을 때와는 상황이 달라. 남부의 두 나라가 동맹을 맺고 움직이기 시작했다. 이런 상황에서 내가 개인적으로 개입하면 사태가 다른 의미로 꼬일지도 모른다. 애초에 같은 S급 지정이라 해도 흡혈귀 두 명보다는 해룡이 몇 배는 더 골치 아프다. 확실하게 해치우려면 원호해 줄 사람이 필요하지."

마음만 먹으면 나 혼자서도 해치울 수 있겠지만, 상대는 해룡이다. 토벌하려면 대마법을 날려야 하는데, 대마법은 너무 강력하다. 해룡을 토벌했지만, 주변 해역의 생태계가 파괴된다면 헛수고. 피해를 억누르기 위해서는 에르나가 필요하다.

"상대가 용이라면 당연하겠죠."

린피아는 사태의 심각성을 곧바로 이해했다. 역시 모험가라고 해야 하나. 뭐, 해룡은 모험가가 아니라 해도 이해할 수 있을 정도로 위험한 존재지만.

"그래서 당신은 여기에 무슨 목적으로 오셨죠?"

"남부에는 성검 사용자가 있다. 그녀가 성검을 쓸 수만 있다면 그녀와 나만으로도 충분하다. 그러니 제국에서 황제의 대리인을 파견해 줬으면 한다."

"암스베르그 가문의 성검은 제국 바깥에서는 쓸 수 없다는 제약 말인가요? 그걸 어떻게 안 거죠? 저도 황자님들께 듣기 전까지는 몰랐는데요."

"SS급 모험가가 되면 평범한 모험가가 알지 못하는 것도 알 수 있다. 그런 설명으로는 부족한가?"

"제국의 국가 기밀도 알 수 있나요?"

"성검의 제약은 국가 기밀이 아니다. 숨기고 있는 게 아니라, 알려지지 않았을 뿐이다. 성검을 쓸 기회 자체가 별로 없으니까."

"……그렇군요. 알겠습니다."

린피아는 아직 수상쩍은 눈초리로 바라보고 있었지만, 더 이상 캐묻지는 않았다.

지금은 캐물어도 소용이 없기 때문일 것이다. 내가 어디에서 그 정보를 얻었는지 알아내는 것보다 남부의 문제를 해결하는 게 더 중요하니까.

"당신이 일부러 찾아온 걸 보니 피네 님께 부탁할 게 있었던 거겠죠. 제국의 상층부가 남부 문제에 끼어들려고 하는 거라 생각해도 될까요?"

"눈치가 빠르군. 그래, 맞다. 왠지 모르겠지만 모험가 길드 내부의 기밀이 제국으로 새어 나갔거든. 모험가 길드도 제국의 개입을 경계하고 있다. 모험가 길드에서는 제국이 일절 개입하지 말았으면 하는 것 같지만, 나는 성검 사용 허가만은 내줬으면 한다. 하지만 이대로 가다간 아마 제국은 황족 중 한 명을 대리로 파견하며 군대도 파견하겠지. 그 군이 문제다. 어떻게든 떼어놓고 싶은데."

“그러기 위해서 피네 님을? 대체 어떤 방법을 쓸 생각이죠?”

“제위 쟁탈전을 벌이고 있는 세 사람은 자신을 대리인으로 삼아 달라고 나설 것이다. 아마 유력한 건 장군인 고든 황자겠지. 하지만 그 말고 다른 두 사람이 되더라도 군이 움직인다. 그건 피하고 싶다. 내가 원하는 건 황제의 대리인으로 기능할 황족과 그 황족을 호위할 소수의 강자뿐이다. 그 정도라면 내 전이마법으로 바로 데리고 갈 수 있고, 그 전력으로 이번 사건을 해결할 수 있다.”

“다시 말해, 피네 님께서 세 사람이 아닌 황족분을 설득해 달라는 건가요?”

역시 린피아다. 이해가 빨라서 편하네.

내가 고개를 끄덕이자 린피아도 일단은 납득한 모양이었다. 문제는 누구를 설득할지인데.

“제위 쟁탈전을 벌이고 있는 세 사람은 결코 내 제안을 받아들이지 않을 거다. 대리인으로서 갔는데 성검 사용자가 해결해 버리면 자기 공으로 삼을 수 없을 테니까. 그들은 반드시 군을 이끌고 나가기를 원할 것이다. 최종적으로 성검 사용자가 활약한다 해도 그렇게 하면 공을 전부 빼앗기지는 않을 테니까. 제일 바람직한 건 제위 쟁탈전에 참가하지 않은 황자겠고.”

하지만 그런 황자는 별로 없다. 어머니들의 관계에 따라 에리크, 고든, 잔드라, 셋 중 누군가의 편을 드는 녀석들이 대부분이다. 하지만 딱 맞는 인재가 있다.

“그럼 제4황자 전하가 제일 바람직하겠군요.”

"그렇지."

금방 정답을 맞추는 걸 보니 이번 제위 쟁탈전에 대해서도 공부를 한 모양이다.

성실하기도 하지. 제4황자의 어머니는 황후. 다시 말해 황태자와 같은 어머니를 두고 있어서 후궁의 권력싸움과는 인연이 없다.

그리고 본인도 글을 쓰는 것이 삶의 보람이라고 생각하며 제위에 흥미를 보이지 않고 있다.

이렇게 말하기는 좀 그렇지만, 성검 운반 담당자 같은 수수한 역할도 꺼려하지 않을 것이다. 단, 제국 바깥, 그것도 해룡이 있는 곳에 가줄지 모르겠다. 그건 피네가 설득하기에 달렸을 테고.

"그럼 가죠."

말을 꺼내는 피네의 눈에는 의욕이 가득 차 있었다. 그럼 교섭을 하러 가볼까.

■ ■ ■

"싫다고요오."

그렇게 말하며 곧바로 거절한 사람은 덩치가 큰 남자였다.

하지만 고든처럼 듬직한 게 아니었다. 아니, 듬직하긴 한데, 배가 엄청 나왔다. 황족 중에서 가장 덩치가 크고 가장 살이 많이 쪘다.

아무튼 크고 둥글다. 그게 제4황자, 드라우고트 렉스 아드라다.

갈색 머리카락에 푸른 눈동자. 그리고 촌스러운 안경. 황족 중에서 제일 얕보이는 사람은 나겠지만, 황족 중에서 가장 비웃음을 많이 사는 사람은 아마 이 사람일 것이다.

큰형은 날씬한 미남이었는데 어쩌다 이렇게 되었냐는 말을 하고 싶어진다.

"허나, 폐하."

"피네 여사의 부탁이라도 못 하는 건 못 한다고요오. 저는 지금 걸작을 제작 중이라서."

드라우 형은 그렇게 말하며 쓰던 글을 보여주었다. 굳이 그걸 또 받아든 피네는 잠깐 읽다가 곧바로 입을 다물었다. 그렇다. 드라우 형은 안타깝게도 글재주가 없다. 차라리 승마술이나 검술 쪽 재능이 더 낫다. 적어도 나보다는 운동신경이 좋다. 이유가 뭘까…….

뭐라 말하기 힘든 기분이 든 나를 드라우 형이 바라보고 있었다.

"소문으로 들은 실버 씨 같습니다만?"

"그렇습니다. 처음 뵙겠습니다."

"실버 씨가 제안하셔서 제게 부탁하러 오셨는지?"

"거의 그렇죠. 해룡이 출현한 상황에서 남부에 군이 파견되면 골치가 아프니까요. 당신이라면 황제의 대리인으로서 소수의 호위만 데리고 남부에 가주실 거라 예상했습니다."

"잘 보셨군요. 하지만 보시면 아시겠지만 저는 걸작을 제작하는 중이죠. 바쁘니까 돌아가 주시길."

드라우 형은 외모와 사고방식이 웃기긴 하지만, 바보는 아니다. 아니, 큰형의 동생이다. 그렇게 어리석을 리가 없다. 내 의도를 확실하게 이해하면서도 그렇게 말도 안 되는 이유로 거절하고 있다. 이유가 뭘까…….

"전하! 남부의 많은 백성들과 제국 해군 병사들을 위해서라도 부디 부탁드리겠습니다!"

"피네 여사의 부탁이니 들어드리고 싶긴 하지만 말이죠. 저는 제국 황족이고 남부의 백성들은 다른 나라의 백성이죠. 그렇게까지 해줄 이유가 없단 말입니다. 그리고 자기가 원해서 군인이 된 거 아닙니까. 그들이 위험하다는 이유로 계속 움직이다간 끝이 없는 것 아닌지?"

은근히 예리하게 받아치네. 어째서 그런 부분을 글에 살리지 못하는 걸까.

"그건……."

"돌아가 주시길. 저는 움직일 생각이 없으니까요."

"……남부에 계신 형제분들은 어떻게 하실 거죠?"

거절당한 다음에도 피네는 물고 늘어졌다. 그리고 백성이나 병사로는 드라우 형이 움직이지 않을 거라 짐작하고 나와 레오 이야기를 꺼냈다. 그 이야기는 드라우 형을 좀 전보다 더 많이 움직였다.

"그렇게 말씀하시니 찔리네요. 하지만 아르노르트와 레오나르트는 이미 어른이죠. 알아서 어떻게든 할 거라고요."

"그럼 어른이 아닌 분들은요? 당신이 거절하면 당신이 감싸주셔야 하는 분들께 부탁해야만 합니다."

피네가 말한 사람은 크리스타나 막내 동생일 것이다. 이대로 계속 거절하면 둘 중 누군가를 데리고 가겠다는 뜻이다. 그 말을 들은 순간, 드라우 형은 피네를 째려보았다.

"제 동생들을 써서 저를 협박하실 생각이신지?"

"어떻게 받아들이신다 해도 상관없습니다."

"……막내 동생은 그렇다치더라도 크리스타 여사는 우리 황족의 보물. 그 금발 미소녀를 위험한 곳에 보낼 수는 없고, 그런 짓을 하면 인류의 동포들로부터 비난을 피할 수가 없겠지요."

"네, 네에……."

심한 호들갑에 이해도 잘 안 된다. 게다가 막내 동생은 괜찮다고? 아직 열 살밖에 안 되었는데? 나도 모르게 한숨을 쉴 뻔했지만, 겨우 참았다.

"하지만 걸작을 제작 중인 것 또한 사실이니……, 고민이 되는군요오."

"고민이 된다면 움직여야만 해요! 예전부터 좋은 글을 쓰신 분들은 좋은 경험을 하신 분들이었죠! 여동생도 구하고, 좋은 경험도 쌓을 수 있다면 일석이조예요! 게다가 남부를 위해 일어서신다면 전하의 명성도 널리 퍼질 테고요! 그 명성에 이끌려서 많은 문인들이 찾아올 거예요! 걸작을 쓰는 것보다 더 가치있는 일 아닐까요?!"

피네는 마무리를 하려는 듯이 이익에 대해 늘어놓았다. 그 말을 듣고 드라우 형이 잠시 고민했다.

"한 가지만 여쭤봐도 될까요? 피네 여사."

"네."

"피네 여사는 어째서 그렇게까지 하시는지? 제위 쟁탈전 때문입니까? 아니면 다른 이유가 있는지?"

"소중한 사람을 위기에서 구해내는 데에 이유가 필요한가요?"

올곧은 대답이었다. 그 말을 들은 드라우 형은 잠시 놀란 다음 고개를 끄덕였다.

"고귀해. 고귀하군요. 그렇게 올곧고 아름다운 대답을 하시는데 이 드라우고트가 움직이지 않는다면 문인의 수치라 할 수 있겠죠. 대신 그 대사는 받아가겠습니다. 보수는 그걸로 충분합니다."

드라우 형은 그렇게 말하고 안경을 밀어올린 다음 일어섰다.

전혀 이해가 안 되지만, 무언가가 드라우 형의 마음을 움직인 모양이다.

우리는 그렇게 피네의 설득을 통해 중요 인물을 손에 넣었다.

4

"아버님! 이 드라우고트가 부탁을 드리러 왔습니다! 부디!"

"이 무례한 것! 회의 중에 갑자기 들어오지 말거라! 그리고 시끄럽다!"

"히이이익?! 죄, 죄송합니다!!"

"에휴……."

옥좌의 방 문을 콰앙! 힘차게 열고 돌입한 드라우 형은 큰 목소리로 아버님에게 말을 걸었다가 곧바로 그에 맞먹을 정도로 큰 목소리로 혼난 다음 바깥으로 돌아왔다.

너무나도 무서웠던 모양이다. 드라우 형은 살짝 숨을 헐떡이며 말했다.

"허억, 허억……, 제대로 말해주고 왔다고요……."

"뭐, 당신이 그래도 된다면 상관없다만……."

역시 이 사람은 글재주가 없다. 지금 같은 상황을 어떻게 제대로 말해주고 왔다고 표현할 수 있을까. 아무리 봐도 제대로 한 소리를 듣고 온 건 이쪽일 텐데.

피네도 쓴웃음을 짓고 있었다. 정말……. 황후의 아들에, 머리도 나쁘지 않다. 이런 성격만 아니었다면 제위 쟁탈전에도 참가할 수 있었을 텐데.

나는 어이없어하면서 옥좌의 방의 대문을 조용히 열었다. 문지기는 당연히 있지만 막아서려는 사람은 없었다. 제도 백성 중에서 내 모습을 보고 눈치채지 못할 사람은 없기 때문이다.

"실례하오. 황제 폐하."

"흥……, 신기한 손님이 왔군."

"실버가 황제 폐하를 배알합니다."

"배알은 무슨. 문을 통과해서 성에 왔다면 내게 제일 먼저 보고가 들어왔을 터인데?"

"긴급 상황이었기에 조금 무례하게 들어오게 되었지."

"성은 제도의 중심. 그런 곳에 무단 침입하는 것은 바로 사형에 처할 죄라 해도 이상할 게 없다만? 무례한 정도로 끝날 일이 아니다. 죽으러 온 게냐? 아니면 언제든 나를 암살할 수 있다는 어필을 할 셈인가?"

"견제할 필요는 없소. 당신이 어리석은 군주였다면 이렇게 들어오지도 않았겠지. 현명한 당신은 나를 어떻게 하려 들지 않을 테고, 암살 따윈 불가능하다는 사실도 알고 있을 텐데. 그러니 무례하다는 걸 알면서도 굳이 정식으로 들어오지는 않았소. 그건 사죄하지."

제검성 상층. 다시 말해 황제의 생활 공간에는 강력한 결계가 쳐져 있기 때문에 이곳에서 전이마법을 쓸 수는 없다.

또한 그 주변에는 항상 근위기사가 대기하고 있기 때문에 암살 같은 생각을 하는 녀석은 머리가 이상한 녀석이다. 진짜로 그런 마음을 먹어도 내가 해낼 수 있을지 의문이다. 제검성에는 나도 모르는 여러 가지 장치가 있다. 암살에 대비한 도주로도 있을 것이다. 한 번이라도 놓치면 그 이후로는 이쪽이 땅끝까지 쫓기게 된다. 그렇게 바보 같은 짓을 할 리가 없다.

"그럼에도 용서하지 못한다면 저번에 도와준 것으로 빚을 갚도록 하지."

"흐음, 뭐, 됐다. 그래서, 용건은 남부 일 때문인가?"

"그렇소. '왠지 모르겠지만' 모험가 길드에서 정보가 새어 나간 모양이더군. 길드는 당신들이 쓸데없는 짓을 하지 않을까 걱정이 되어서 어쩔 줄 모르는 모양이야."

'왠지 모르겠지만'이라는 부분을 강조해서 말하자 아버님이 코웃음 쳤다.

역시 눈치채고 있구나. 지금 아버님 눈앞에는 에리크, 고든, 잔드라가 있다. 이 세 사람 중 누군가가 정보를 캐낸 것이다.

"쓸데없는 짓이라니, 말이 심하군. 우리가 남부를 구하려 나서는 게 그렇게 잘못인가?"

"나도 그건 상관없다고 생각하는데. 길드는 어떨지 모르겠지만, 당신들이 올바른 대처를 하면 구할 수 있는 자들도 많겠지. 내가 걱정하는 건 잘못된 대처를 하는 것이니."

"역시 SS급 모험가. 꽤나 거만하시군. 제국의 옳고 그름을 네가 정하려는 건가?"

"옳고 그름을 정하는 건 내가 아니라 결과다. 그리고 잘못된 대처의 결과는 불을 보듯 뻔한 것 같은데."

나와 아버님은 한동안 서로 마주 보았다. 불손하기 짝이 없는 짓이지만, 그게 용납되는 것이 SS급 모험가다. 내가 존재함으로써 제국은 몬스터의 위협으로부터 지켜지고 있다.

이번에 남부에서 일어난 사건이 제국에서 일어나더라도 내가 있으면 제국은 혼란스러워지지 않을 것이다. 그러니 어느 정도 예의 없게 굴어도 눈을 감아준다. 뭐, 아버님 성격상 예의가 없다고 해서 벌하진 않겠지만.

“그럼 들어보지. 뭐가 올바르고, 뭐가 잘못되었다는 건가?”
“그걸 설명하는 건 내가 할 일이 아니야. 나는 이미 내가 쓸 수 있는 연출을 썼다. 그건 뒤에 있는 두 사람이 할 일이지.”
나는 그렇게 말하며 아버님 앞에서 한 발짝 물러섰다. 그 대신 드라우 형과 피네가 아버님 앞으로 나섰다. 피네를 보고 아버님의 표정이 부드러워졌다.
“잘 지내는 모양이로구나. 피네.”
“네, 황제 폐하. 이러한 형태로 배알하게 된 것을 용서하여 주십시오.”
“괜찮다, 괜찮아. 언제든 만나러 오거라.”
그 모습은 총애하는 딸을 만난 아버지 같았다. 하지만 피네는 그 말을 진짜로 믿고 언제든 만나러 올 정도로 어린애가 아니었고, 나도 그런 부분을 이용해서 제위 쟁탈전을 유리하게 진행할 생각도 없었다. 왜냐하면 아버님은 아무리 총애한다 해도 죄를 저지르면 벌하는 황제이기 때문이다. 피네를 총애한다는 이유로 우리에게 유리한 판단을 내릴 리가 없다.
“마음 써주시니 몸 둘 바를 모르겠습니다.”
“아, 아버님. 저를.”
“황제 폐하다. 드라우.”
“아~, 황제 폐하. 솔직하게 말씀드리자면, 저를 황제의 대리인으로 파견해 주셨으면 합니다. 남부로.”
피네가 인사부터 시작해서 차례대로 진행하려는데도 분위기를 파악하지 못하는 넷째 아들은 갑자기 본론부터 꺼냈다. 뭐, 아버님 상대로 흥정을 해봤자 소용없겠다고 판단했기에 그랬는지는 모르겠지만. 아니, 그렇게 생각하고 싶다.

"잠꼬대는 자면서 하도록 해, 돼지."

"새치기를 하는 건 별로 마음에 들지 않는데."

"방해하면 박살 낸다?"

조용히 있던 세 사람이 곧바로 드라우 형에게 공격을 가했다. 갑자기 매도당한 드라우 형은 겁먹은 모습을 보이면서도 분위기를 파악하지 못한 발언으로 받아쳤다.

"여, 여전히 말투와 눈초리가 사납군요, 잔드라 여사……, 그래서 결혼을 못하는 것 아닌지?"

"다진 고기로 만들어서 가축 먹이로 던져줄까?"

"히이이익?!"

둘 다 용케도 아버님 앞에서 그런 말을 할 수가 있구나.

긴장감이 약간 떨어지는 가운데 피네가 헛기침을 하며 자신에게 눈길을 쏠리게 했다. 그리고.

"발언해도 될까요?"

"좋다."

"감사합니다. 드라우고트 전하를 설득한 건 접니다. 이유는 남부에 군을 파견하는 것이 제국에게 이익이 되지 않기 때문입니다."

"호오? 피네가 군사에 대해 말하는가?"

"부족한 지혜이긴 합니다만, 부디 들어주십시오. 제국이 남부를 구원한다는 명분으로 군을 보낸다고 해도 도착하기까지 며칠이 걸릴 것입니다. 그동안 해룡이 쓰러지면 헛수고에 그칠 것이고, 만약에 도착하더라도 상대는 해룡이지요. 함대라 해도 괴멸당할 우려가 있습니다. 과거에 용을 퇴치하는 데 군이 투입된 적은 없습니다. 용이라는 존재를 토벌하기 위해서는 숫자보다 질이 중요하기 때문입니다. 그래서 저는 드라우고트 전하를 대리인으로 파견하여 남부에 계신 에르나 님께 성검의 사용을 허가하는 것이 제국에 이익이 될 거라 생각합니다."

피네는 유창하게 이야기를 늘어놓았지만, 피네가 생각한 것은 아니었다. 아니, 피네도 비슷한 생각을 하긴 했지만, 이렇게까지 논리적으로 정리하지는 못했다.

여기로 오기 전에 황제에게 설명할 역할은 피네가 맡기로 했다. 그래서 린피아가 황제에게 설명할 내용을 미리 정리해서 피네에게 가르쳐 준 것이다.

"흐음, 흐음, 그렇군. 일리가 있다. 그런데 피네, 대리인이 드라우여야만 하는 이유가 뭐지?"

"다른 세 분께서는 격이 너무 높으십니다. 이번에 대리인이 맡을 역할은 성검의 운반입니다. 다른 세 분께 맡기면 명성에 흠집이 나겠지요. 죄송합니다만 드라우고트 전하라면 그럴 걱정이 없습니다."

"피네 여사, 신랄하시군요……. 그래도 귀여우니 용서해드리지요. 귀여운 건 정의니까요."

"드라우, 좀 조용히 있거라……."

아버님이 두통을 참으려는 듯이 이마를 누르며 드라우 형에게 못을 박았다. 뭐, 머리가 아프기도 하겠지. 나도 아프니까.

"황제 폐하. 제가 창구희에게 질문할 게 있습니다."

"허가하마."

"창구희. 네 논리에 따르면 내가 군대를 이끌고 대리인으로 가더라도 마찬가지 아닌가? 고집스럽게 군을 파견하지 않으려는 이유가 뭐지? 성검 사용자와 제국군이 함께 싸우면 진다는 건가?"

"아뇨, 고든 전하. 승리는 틀림없을 것입니다. 하지만 시간이 오래 걸립니다. 다행히 여기에는 실버 님께서 계십니다. 실버 님이라면 대리인과 호위 몇 명 정도는 전이마법을 통해 남부로 데리고 가실 수 있습니다. 지금은 숫자보다 속도. 그리고 제국 최강의 성검 사용자와 제국 최강의 모험가. 이 두 사람이 있다면 군은 필요가 없을 것입니다. 물론 제국의 명성은 대륙에 퍼질 테니 제국의 손해도 없겠지요."

완벽하다. 고든은 머리를 굴려서 반론을 생각하는 모양인데, 이런 상황에서는 세 사람에게 승산이 없다. 제국의 이익을 따지자면 그보다 더 나은 방법이 없기 때문이다.

제국의 피해는 없고, 명성만 얻어낼 수 있다. 그리고 방금 피네가 말한 것처럼 대리인으로서 성검의 운반 담당을 맡게 되면 그냥 들러리가 되니 세 사람의 명성과 자존심에 흠집이 나게 된다. 하지만.

"궤변이야. 우리 제국이 자력으로 남부를 구해야만 명성이 널리 퍼지는 거야. 모험가 길드와 협력한다니, 말도 안 돼. 그럴 거라면 모험가 길드만 나서라고."

"흐음, 에리크. 너는 어떻게 생각하지?"

"저는 피네의 의견에 찬성합니다. 그게 제국에 가장 이익이 될 겁니다. 잔드라의 의견은 모험가 길드와의 관계 악화를 불러올 뿐만이 아니라 제국, 나아가서는 황제 폐하의 그릇이 작다는 소문을 내게 될 것 같습니다."

역시 에리크구나. 상황을 파악하고 재빨리 이기는 쪽에 붙은 데다 잔드라를 공격하는 것도 놓치지 않았다. 잔드라가 에리크를 째려보았지만, 에리크는 본체만체하고 있다.

그런 와중에 고든이 아버님을 똑바로 바라보았다.

"황제 폐하. 전부 제게 맡겨주십시오. 이 기회에 남부를 손에 넣겠습니다."

그 말은 아무런 포장도 되지 않은 진심이었다. 남부 구원 같은 것은 명분일 뿐, 이번 기회에 침략하자, 고든은 그렇게 말한 것이다. 그러자 아버님은 쓴웃음을 지었다.

"솔직한 녀석이로구나. 하지만 지금은 남부 따윈 필요가 없다. 욕심이 난다면 황제가 되었을 때 빼앗도록 하거라. 이 이야기는 피네가 말한 방법대로 하고 끝내겠다. 지금 남부를 손에 넣어도 별로 도움이 되지 않고, 해룡을 토벌하는 데 군을 파견하는 것도 이익이 없다."

"하지만, 아버님!"
"황제 폐하다, 잔드라."
"큭! 황제 폐하! 모험가의 꿍꿍이에 넘어갈 필요는 없습니다!"
"저번에 길드를 업신여기다 쓴맛을 보기도 했지. 이번에는 실버의 체면을 세워서 모험가 길드에 협력해 주자꾸나. 일부러 부탁하러 온 걸 보니 에르나가 있는 편이 더 편한 모양이지?"
"그렇소, 혼자 싸우게 되면 고생할 게 분명하니."
"그럼 결정되었다. 드라우, 앞으로 나오거라."
아버님은 그렇게 말한 다음 손가락에 끼고 있던 반지를 뺐다. 그것은 대대로 황제에게 전해져 내려온 마법의 반지다. 끼고 있을 때 효과 같은 건 없지만, 다른 사람에게 황제의 권리 중 일부를 맡길 수 있다. 다시 말해 대리인을 지명할 때 쓰는 아이템이라는 뜻이다.
"드라우고트 렉스 아드라를 나의 대리인으로 임명한다. 남부로 가서 용사에게 검을 가져다주도록 하거라."
"알겠습니다."
지금 같은 순간에는 이상한 말을 하지 않는구나.
조금 걱정하던 나는 한숨을 쉬었다. 그런 와중에 옥좌로 전령이 들어왔다.
"보고! 알바트로 공국에 해룡 출현! 모험가 길드에서 실버 님을 찾고 있습니다!"
"왔나……."

"근위기사대를 하나 호위로 붙여주겠다만, 실버, 아들을 부탁하마."

"안심하시길. 생채기 하나도 나지 않게끔 돌려드리죠."

"굳이 붙여주실 거면 미소녀가 좋습니다만."

"남부에 당신 취향인 근위기사가 있으니 그녀로 만족하시길."

"너무나도 강한 여자는 제 수비 범위에서 벗어납니다만."

에르나가 그 말을 들으면 마구 화를 낼 것 같은데.

나는 그런 생각을 하면서 드라우 형 일행과 함께 제도 지부로 향했다.

5

시간을 조금 거슬러 올라간다. 론디네 함대와 함께 알바트로 공국으로 향하던 레오는 공국에 도착해 있었다. 상대방이 경계하지 않게끔 레오와 론디네 공왕의 배만 항구로 들어가 알바트로 공왕의 환대를 받았다.

"잘 와주셨소. 론디네 공왕."

"이런 비상사태가 벌어졌는데 올 수밖에 없지, 알바트로 공왕."

두 사람은 그렇게 말하며 악수했다. 오랫동안 싸워온 두 나라의 왕이 악수를 한다는 것은 역사적인 사건이었다. 항구 근처에서 서로 경계하던 두 나라의 함대도 왕들이 아무 일 없이 만나자 조금 경계를 풀었다.

레오와 에르나도 우선 만남이라는 첫 번째 단계를 달성하자 숨을 내쉬었다.

"일단 제1단계는 달성했구나."

"그래. 이제 지금부터 어떤 식으로 해룡에 맞설지가 중요한데."

레오와 에르나는 이야기를 나누며 두 왕을 따라 성으로 향하려 했다.

그런데 에르나가 갑자기 바다 쪽을 돌아보았다. 이미 손은 검 쪽으로 향해 있었다.

그리고 갑자기 에르나가 검을 뽑아들었다.

"에르나?!"

"전원 경계태세! 전하와 두 폐하를 지켜! 온다!"

에르나의 지시에 따라 근위기사들이 호위에 나섰다. 거의 동시에 바다 위에서 회오리가 발생했다. 그것은 론디네와 알바트로의 함대 가운데에서 생겨나 양쪽 함대의 일부를 집어삼키기 시작했다. 갑작스러운 이상 사태에 모두가 말문이 막혔다.

양쪽 함대의 3분의 1 정도를 집어삼키고 바다에 떠다니는 해초처럼 만들어 버린 다음, 회오리는 순식간에 사라졌다.

그리고 그것이 모습을 드러냈다.

"해룡 레비아타노……?!"

맑은 물처럼 연하고 예쁜 푸른색 비늘로 뒤덮여 있는, 길쭉한 용의 모습이 그곳에 있었다.

한 쌍의 날개와 한 쌍의 앞다리. 아마 바닷속에는 뒷다리도 있을 것이다. 바다에 적응한 용. 생김새는 뱀과 비슷했지만, 너무나도 컸다. 모습을 드러낸 부분만 놓고 봐도 50미터는 넘었다. 전승으로 들었던 것보다 훨씬 컸고, 위압적인 그 모습에 모두가 전율했다.

레비아타노는 그런 인간들의 반응은 거들떠 보지도 않고 천천히 입을 열었다.

그것만으로도 레비아타노의 입에는 거대한 수탄이 생겨났다.

일반적인 수속성 마법과는 비교도 되지 않았다. 그 위험성을 곧바로 이해한 에르나는 지시를 내렸다.

"회피!"

근위기사들은 대장의 판단을 믿고 근처에 있던 왕을 끌어안으며 그곳을 피했다.

에르나도 레오와 함께 그곳을 떠났다. 거의 동시에 그 직전까지 에르나 일행이 있던 곳에 그 수탄이 착탄되었다. 굉음이 울렸고, 마치 운석이라도 떨어진 것처럼 거대한 크레이터가 그곳에 생겨나 있었다.

그것을 본 레오와 에르나의 얼굴이 새파래졌다. 자신이 위기에 처했기 때문은 아니었다. 지금부터 벌어질 전투로 인해 이 도시가 어떻게 될지 눈치채 버렸기 때문이다.

"큭! 에르나! 이곳에서 지휘를 하면서 백성들을 피난시켜 줘!"

"레오! 어떻게 하려고?!"

"배로 나갈 거야! 적어도 바다 위로 주의를 돌리지 않으면 이

도시는 끝장이야!"

"안 돼! 혼자서 어쩔 셈인데?!"

"혼란에 빠진 함대를 내가 지휘할 거야! 그들에게는 지휘관이 필요해!"

"다른 나라의 함대잖아?! 게다가 최근까지도 싸우던 나라의 함대라고! 자칫하다간 혼란스러워하면서 공격할 수도 있는데?!"

"형이 내 대신 동맹까지 맺어줬다고! 이대로 그게 무너지는 걸 보고 있을 수는 없어!"

레오는 그렇게 말한 다음 뛰어가기 시작했다. 에르나는 불러 세우려 했지만, 그러지 못했다.

레비아타노의 두 번째 공격이 날아왔기 때문이다. 항구를 뛰어넘어 공도 중심부로 날아가려 하는 그 수탄을, 에르나가 일격을 가해 진로를 바꾸었다. 방금 생겼던 크레이터 근처에 착탄된 수탄은 다시 새로운 크레이터를 만들어 냈다.

"언제까지 버틸 수 있을까……."

저리는 오른팔과 일격에 날이 빠진 애검을 보면서 에르나는 중얼거렸다.

성검이라도 있었다면, 에르나는 그런 생각을 하면서 왕과 백성들을 피난시키라고 주위 사람들에게 지시한 다음, 수탄에 맞서기 시작했다.

■ ■ ■

"선장! 포격해 줘!"
"저 덩치에게는 콩알이나 마찬가지인데요?!"
"그래도 해줘!"
"당신은 정말 터무니없는 말만 하는 사람이군! 다가간다! 각오를 다져라!! 이 녀석들아!!"
레오의 명령에 따라 레오의 배는 포격이 닿을 거리까지 레비아타노에게 다가가 마도포로 포격을 가했다. 하지만 단단한 비늘을 지닌 용에게는 생채기 하나 내지 못했다.
하지만, 그럼에도 불구하고 레오는 포격을 명령했다. 그리고 마도구 수화기를 들었다.
"주변에 있는 론디네, 알바트로 함대에 고한다! 나는 제국 제8황자, 레오나르트 렉스 아드라! 우리는 레비아타노의 주의를 끌기 위해 공격을 가한다! 양쪽 함대 중에 아직 해룡을 두려워하지 않는 배가 남아있다면 우리를 따라와 줬으면 한다! 잠깐이라도 좋다! 항구에서 주의를 돌린다! 함께 가라앉을 각오가 된 배가 있나?!"
레오가 외치자 가장 먼저 대답한 배가 있었다. 레오의 배를 본 순간, 레비아타노 쪽으로 키를 꺾었던 그 배는 바로 레오의 배를 원호하기 시작하고 있었다.
"함께하겠습니다. 전하."
그 배는 아르가 항구에 돌입했을 때 가장 먼저 제지했던 배였다.
곧바로 눈치챈 사람은 레오가 타고 있던 배의 선장이었다.

"전하! 그때, 그 배입니다!"
"그때?"
"전하께서 항구에 돌입하셨을 때 말리러 왔던 배라고요!"
선장이 그렇게 말하자 레오는 아르에게 들었던 이야기를 떠올렸다. 하지만 아르는 항구로 돌입했다고만 이야기했기에 레오는 그냥 말을 맞춰줄 수밖에 없었다.
"그때 그 배인가."
레오는 헛기침을 하면서 무슨 특별한 일이 있었으면 말해주지, 속으로 그렇게 생각했다.
하지만 그런 구석도 형답다는 생각이 들었다. 이야기하지 않은 걸 보니 반드시 이야기해야만 하는 것이 아니었다는 뜻이다.
아직 이야기하지 않은 게 잔뜩 있겠지, 레오는 그렇게 중얼거렸다. 하지만 레오는 오히려 기대가 되었다. 레오에게 아르는 언제나 대단한 형이었다. 그렇기에 레오는 언젠가 형이 대단한 일을 해내리라 기대하고 있었다.
어때, 우리 형은 대단하지? 그리 말하는 걸 상상하는 사이, 레오의 배 주위에는 알바트로 공국의 배가 모여들고 있었다. 그런 알바트로 공국의 배에게 지지 않겠다는 듯이 론디네 공국의 배도 모여들기 시작했다. 레오는 그 모습을 보고 숨을 크게 내쉰 다음 지시를 내렸다.
"용감한 두 나라의 배에 감사한다. 일제 포격 개시! 어떻게 해서든 레비아타노의 주의를 우리 쪽으로 끌어라!"

그렇게 급조된 함대가 레비아타노에게 포격을 개시했다. 하지만 레비아타노의 눈은 여전히 알바트로의 공도를 바라보고 있었다. 레오 일행은 어떻게든 자신들에게 주의를 돌리려고 분투했지만, 레비아타노는 마치 작업이라도 하는 듯이 수탄을 계속 날려댔다.

항구에서는 에르나가 겨우겨우 수탄의 진로를 바꾸고 있었지만, 사라지는 건 아니었다.

진로가 바뀐 수탄은 사람이 없는 곳에 떨어져, 건물이나 지형을 바꿔나갔다. 마치 지옥과도 같은 상황 속에서 한 소녀가 모험가 길드, 알바트로 지부에 뛰어들었다. 하지만 지부는 이미 반쯤 무너졌고, 직원도 대피한 뒤였다.

그럼에도 불구하고 소녀는 지부 안쪽으로 향했다. 그곳에는 원화실이 있었다. 얼마 전에 해룡이 출현했다는 보고를 한 다음 방치된 그곳에서 소녀, 에바는 무릎을 꿇고 애원했다.

"부디……, 부디……, 누구라도 상관없습니다……, 저희 나라를 구해주세요……, 이대로 가다간 저희 나라가 멸망할 겁니다! 저희 나라의 백성들이 모두 해룡의 소용돌이에 휩쓸려버릴 겁니다……! 누구라도 상관없습니다……, 부디 저희 나라를 구해주세요……, 해룡 토벌 의뢰를 부디 받아주세요……!"

호위와 떨어진 에바는 피난하는 백성들과 헤어지고 이곳으로 왔다.

모험가 길드에는 멀리 있는 지부와 연락할 수 있는 원화실이 있다는 사실을 알고 있었기 때문이다. 그곳에서 에바는 신에게 기도하는 듯이 진지하게 애원했다. 이제 믿을 수 있는 사람은 모험가밖에 없었다.

길드가 데리고 있는 SS급 모험가라면 지금 같은 상황도 어떻게든 해결할 수 있을 것이다.

에바는 그렇게 생각하고 계속 구해달라고 애원했다. 그것은 에바의 생각을 뛰어넘어 대륙 전토에 있는 모험가 길드 지부로 발신되고 있었다. 건물이 반쯤 무너졌을 때, 모든 지부로 발신하도록 설정되어 버린 탓이다. 원래 대륙 전토에 영향을 줄 만한 최상급 위기를 모든 지부로 전하기 위한 모드지만, 지금은 에바의 애원을 대륙 전토로 전하고 있었다.

들려온 에바의 목소리는 직원들뿐만이 아니라 지부에 있던 모험가들에게도 전해지고 있었다.

그렇게 애원하는 목소리를 듣고 어떻게든 해주고 싶어하는 모험가들도 있었지만, 그들에게 남부로 갈 방법은 없었다. 그리고 그것은 제도 지부도 마찬가지였다.

"빌어먹을……!"

"어떻게 안 되나?!"

"시끄러워! 떠들어 봤자 소용이 없잖아?!"

"뭐라고?! 여자가 도와달라고 하잖아?!"

"떠들면 구해주러 갈 방법이 생기나?!"

술을 마시던 모험가들은 새어 나오는 소녀의 목소리를 듣고 자신들의 무력함을 저주했다.

그들은 욕설을 내뱉고, 술을 마구 마셔대며 누군가가 나서기만을 기다리고 있었다.

하지만 그동안에도 에바가 애원하는 목소리는 계속 흘러나왔다. 긴급 사태를 전하는 모드이기 때문에 지부 전체로 흘러나온 것이다.

직원들도 비통한 표정을 지었다. 그런 와중에 지부로 들어온 남자가 또각또각, 길드 안쪽으로 들어가 마찬가지로 대륙 전토에 있는 지부로 전하는 모드로 대답했다.

"금방 간다. 기다려라."

그것은 에바도 상상하지 못한 대답이었다. 설마 정말로 구해줄 사람이 온다니. 게다가 금방 간다고 했다. 어떻게 된 건지 에바가 혼란스러워하고 있으니 에바의 옆, 공간이 갈라지고 있었다. 그곳에서 나온 것은 은가면을 쓰고 검은 로브를 입은 남자.

"당신은……?"

"제도 지부 소속, SS급 모험가 실버다. 의뢰를 받으러 왔다."

당연히 그 목소리는 모든 지부에 들리고 있었다.

그 순간, 많은 모험가들이 자신들의 대표가 도착한 것에 환호성을 질렀다.

6

성을 나설 때, 피네는 성에 남아 나를 배웅했다.

지금부터는 따라가도 소용이 없다는 사실을 알고 있기 때문일 것이다.

그 대신, 피네는 내게만 들리게끔 작은 목소리로 속삭였다.

"다녀오세요. 돌아오실 때까지 기다릴게요."

"그래, 다녀올게."

그렇게 이야기를 나눈 다음, 나는 드라우 형과 호위를 맡을 근위대 기사들을 데리고 제도 지부로 향했다. 제도 지부로 들어가자 갑자기 에바의 목소리가 들렸다.

"——누구라도 상관없습니다……, 부디 저희 나라를 구해주세요……, 해룡 토벌 의뢰를 부디 받아주세요……!"

곧바로 에바가 원화로 메시지를 보내고 있다는 사실을 눈치챘다.

게다가 이건 대규모 위기를 전할 때 쓰는 긴급 경보다. 아마 어떤 이유 때문에 그게 작동하고 있는 모양이었다. 그 사실을 아는지 모르는지, 에바가 모험가들에게 구원을 요청하고 있는 것이다. 길드에 있다가 그 목소리를 들은 모험가들은 분통을 터뜨리거나, 서로 싸우거나, 술을 마시거나, 아무튼 거칠게 굴고 있었다.

몬스터에게 습격당한 소녀가 구해달라고 하는데도 구해줄 수가 없다. 그것은 모험가라는 직업을 가진 사람에게 굴욕일 수밖에 없다. 그렇게 도움을 요청하는 사람들을 구하는 것이 모험가의 사명이기 때문이다. 모험가들은 무력감 때문에 괴로워하고, 그 때문에 짜증을 내고 있었다.

나는 그 모습을 보고 매우 안심했다. 제위를 두고 가족들끼리 싸우는 바보 같은 집안이 있는 반면에 이름도 모르는 소녀가 애원하는 목소리를 듣고 무력감에 휩싸이는 녀석들이 있다. 기분이 좋아졌다.

그래서 나는 그런 녀석들을 대표해서 지부의 원화실로 들어가 한마디를 전했다.

"금방 간다. 기다려라."

나는 그렇게 말한 것과 동시에 지부에 전이 공간을 만들었다.

이어질 곳은 남부 국경에 있는 길드 지부.

"가자. 제4황자."

"좋소. 소녀가 구해달라고 외치는 목소리를 그냥 넘길 수는 없으니."

내가 그렇게 말하고 전이 공간으로 들어가자 남부의 길드 지부에 도착했다.

모두가 깜짝 놀란 표정을 지었지만, 이번에는 알바트로 공국의 길드 지부로 이어지는 전이 공간을 만들어낸 다음 바로 들어갔다.

그리고 부서진 길드 지부에 도착한 나는 무릎을 꿇고 있던 에바와 눈이 마주쳤다.

"당신은……?"

"제도 지부 소속, SS급 모험가 실버다. 의뢰를 받으러 왔다."

에바는 눈을 크게 떴고, 곧바로 그 눈에 눈물이 맺히기 시작했다.

그 모습을 보니 얼마나 불안했는지 알 수 있었다.

"잘했다. 바로 피난하도록."
"네, 네……. 그런데, 동생이……."
"동생?"
"할 수 있는 일을 하겠다고 성으로 가버려서……."
왠지 기분 나쁜 예감이 들던 참에 드라우 형 일행이 조금 늦게 도착했다.
표정을 보아하니 전이가 마음에 든 모양이다.
"호오, 호오. 이곳이 남부인가. 전이마법은 정말 훌륭하군요, 실버 씨."
"감탄만 하지 말고 어서 성검의 사용 허가를 내줘. 제4황자."
"그렇게 간단한 게 아니지요. 에르나 여사가 듣지 못하면 의미가 없으니."
"그럼 눈에 띄는 곳으로 갈까."
그렇게 생각하고 일단 반쯤 무너진 길드 지부에서 나오자 바깥은 매우 혼란스러운 상황이었다.
항구 근처의 건물은 많이 무너졌고, 바다에는 거대한 용이 있었다.
"크군요. 정말 쓰러뜨릴 수 있으신지?"
"혼자서는 고생을 좀 하겠지만."
그런 이야기를 하고 있자니 해룡 입 근처에 수탄이 떠올랐다.
그런데 크다. 저 크기는 대체 뭐야?
"지금까지 날아온 것보다 커요!"

에바가 한 말을 듣고 나는 방어마법 준비를 하기 시작했다. 저런 게 시가지에 떨어지면 대참사 정도가 아니다. 아직 도망치지 못한 백성들도 잔뜩 있다.

어떻게든 주의를 돌려야 하나. 그렇게 생각하고 있자니 성 최상층에서 목소리가 들렸다.

"이쪽이다! 레비아타노!!"

줄리오의 목소리였다. 확성 마도구라도 쓴 모양이다.

손에는 옛날에 레비아타노를 봉인했던 마도구를 들고 있다.

레비아타노가 알바트로 공국을 습격한 이유는 아마 다시 봉인되는 것을 두려웠기에, 그리고 오랫동안 잠들게 한 복수를 하기 위해서일 것이다. 그 사실을 알고 있었기에 줄리오는 일부러 눈에 띄게 행동했다. 자신 쪽으로 시선을 돌리기 위해서. 죽는다는 사실을 알면서도 시가지에 있는 많은 백성들을 지키겠다고 생각했을 것이다. 레비아타노의 눈이 움직여 줄리오를 보았다.

『그곳에 있었나. 나를 잠들게 만든 증오스러운 도구. 이미 힘을 잃은 모양이다만, 다시 잠들 수는 없지. 없애도록 하마.』

레비아타노는 그렇게 말한 다음, 원래부터 컸던 수탄을 더욱 거대하게 만들었다.

저건 위험하다. 방어마법을 준비하며 전이 공간을 만들어냈다.

『무모한 꼬맹이 같으니. 그 배짱을 봐서 괴롭지 않게 소멸시켜 주마.』

레비아타노는 그렇게 말하고 엄청나게 거대한 수탄을 성의 상층 쪽으로 발사했다.

그와 동시에 나는 전이 공간을 지나 줄리오 앞으로 나섰다.

"용서해 주세요……, 아버님, 어머님, 누나……."

"사과는 직접 만나서 하라고."

눈을 감고 죽음을 각오한 줄리오에게 그렇게 말한 다음, 나는 거대한 방어마법을 전개했다. 그것은 방패였다.

푸른색과 은색이 들어간 거대한 방패가 성을 지키듯이 나타나, 레비아타노의 수탄에 맞섰다.

《그 방패는 신의 큰 방패·누구나 그 이름을 알고 있으니·그것은 수호의 대명사·모든 약자를 위해 만들어졌으니·그러하기에 신조차도 뚫을 수 없으니·그러하기에 그 방패는 무패무적·그 이름은──, 이지스.》

방패의 이름을 외친 순간, 방패가 눈부시게 빛나고, 레비아타노가 날린 엄청나게 거대한 수탄을 쉽사리 없애 버렸다. 줄리오는 그 광경에 놀라 엉덩방아를 찧었다.

그런 줄리오가 걱정되었는지 에바가 전이 공간을 통해 다가왔다.

"줄리오!"

"누나……."

"다행이야, 다행이야……! 이제 못 만날 줄 알았는데……! 이제 괜찮아……, 와줬어……, 구해줄 사람이 와줬어……!"

"구해줄 사람……?"

"알바트로 공국의 쌍둥이 전하신가?"

"네, 네……. 저는 줄리오 디 알바트로입니다……."
"모험가 길드에서 온 SS급 모험가 실버다. 그리고."
"제국 제4황자 드라우고트 렉스 아드라라고 하오."
전이 공간에서 나온 드라우 형이 그렇게 자기소개를 했다. 위엄 있게 소개를 했지만, 눈길은 계속 에바에게 쏠려 있었다. 울상을 짓는 미소녀가 드라우 형에게 꽤 높은 평가를 받은 모양이었다.
두들겨 패줄까 싶기도 했지만, 입장상 그럴 수 없기에 나는 말로 못을 박아두었다.
"제4황자. 어서 할 일을 해라."
"아니, 조금만 더 미소녀를 감상해도 되는 거 아닌지? 실버 씨의 방패가 오랫동안 버텨주는 거 아닌지?"
"당신만 방패 바깥으로 던져줄까?"
"그건 곤란한데……, 어쩔 수 없군. 황족으로서 임무를 다하도록 하지요."
드라우 형은 그렇게 말하고 줄리오가 썼던 확성 마도구를 잡은 다음 자기 쪽으로 끌어당겼다. 그때, 드라우 형은 처음으로 줄리오를 보았다. 그리고.
"그러고 보니 줄리오 공자, 방금 그 행동은 괜찮았소. 백성들을 위해 그렇게까지 할 수 있는 사람을 나는 죽은 우리 형밖에 모르니까. 그러니 나도 지금 이 순간은 당신처럼 행동하려 하오. 백성들에게 자랑할 수 있는 황족처럼."
드라우 형은 그렇게 말한 다음 목소리를 키우기 시작했다. 그

동안에도 레비아타노는 다음 공격 준비를 하고 있었다. 그런데 드라우 형은 느긋하게 연설을 하기 시작했다.

"이 알바트로 공국에 있는 모든 자들이여. 나는 제국 제4황자 드라우고트 렉스 아드라시아다. 이 목소리가 들리는 자들은 귀를 기울이도록."

얼른 해줬으면 좋겠는데, 성검 소환은 드라우 형이 허가를 내리고 에르나가 그 허가를 인식해야만 쓸 수 있다.

확실하게 해두려면 드라우 형과 에르나가 서로의 위치를 알아두는 게 좋다.

그렇기 때문에 드라우 형은 지금부터 에르나를 부를 것이다. 그 전까지는 지켜내야만 한다.

"이렇게 혼란스러운 상황에서 나는 아버지인 황제 폐하의 대리인으로서 이 땅에 왔다. 그것은 이 땅을 구하기 위해서가 아니다. 이 땅을 지키기 위해서가 아니다. 그것은 내가 할 일이 아니다. 나는 그저 전해주러 왔을 뿐이다."

일격의 무게로는 안 될 거라 생각했는지, 레비아타노는 수많은 수탄으로 파상공격을 가하기 시작했다. 이쪽에서도 그것을 수많은 마법진으로 막아냈다. 그 동안에도 드라우 형은 연설을 잠시도 멈추지 않았다.

"내 기사들은 이 땅에 있는가? 용기 있는 기사는? 힘이 강한 기사는? 자랑스러운 기사는? 이 상황을 어떻게든 해보겠다는 기사가 있는가? 지금 눈앞에서 부조리하게 괴로워하는 자들을 구하려는 기사가 있는가? 있다면 나서거라. 내 이름으로 이 땅을 구할 영광을 그 기사에게 내리마!!"

그 말에 대답하는 사람은 없었다. 못 들은 건 아니었다.

이 땅에 있는 모든 기사가 부디 자신에게 내려달라는 말을 하고 싶을 것이다.

하지만 드라우 형의 호령에 대답하는 것이 용납되는 것은 이 땅에 한 명밖에 없다.

"여기 있습니다!! 전하! 당신의 호령에 답할 기사가 여기 있습니다!!"

그리고 에르나가 수탄 하나를 쳐내며 멋지게 나타났다.

그 모습을 본 드라우 형은 고개를 끄덕인 다음, 마치 연기를 하는 것처럼 한쪽 팔을 휘둘렀다.

"이름을 말하거라!"

"에르나 폰 암스베르그가 전하의 호령에 답하겠습니다!"

"좋다! 황제, 요하네스 렉스 아드라의 대리인, 드라우고트 렉스 아드라가 명한다! 성검을 들어라! 용사여!"

그 순간, 에르나가 하늘로 팔을 들어 올렸다. 그리고 하늘에서 극광이 쏟아져 내렸다.

빛나는 그것을 손에 담은 에르나는 서서히 검으로 변하는 그것을 고쳐 잡으며 중얼거렸다.

"감사합니다. 전하."

"인사를 할 필요는 없지요. 에르나 여사. 이것은 황족의 책무.

자, 그럼 저는 여기서 구경하겠습니다. 제국 최강의 기사와 제국 최강의 모험가. 그 콤비가 용과 싸우는 모습을 보는 건 좋은 취재가 될 것 같으니."

드라우 형은 그렇게 말하고 평소처럼 약간 기분 나쁜 미소를 지었다.

나는 그런 드라우 형을 보고 쓴웃음을 지으며 공중에 떠올라 줄리오를 보았다.

"자, 줄리오 공자. 내 의뢰주는 당신들이야. 그래서 확인해 두려는 건데……, 저 해룡을 토벌해 버려도 상관없겠지?"

"읏?! 네, 네! 마음껏 싸우세요!"

줄리오의 대답을 듣고 나는 에르나와 함께 레비아타노 쪽으로 향했다.

7

"발목을 잡으면 용서하지 않을 거야. 가면 모험가."

"내가 할 말이다, 여자 용사."

"뭐?! 내가 발목을 잡을 리가 없잖아?!"

"그런가? 꽤 고전하던 모양인데? 솔직하게 대리인을 데려다줘서 고맙다고 하는 게 어때?"

내가 그렇게 도발적인 말을 하자 에르나가 어깨를 떨었다. 오, 화났네, 화났어.

그런 에르나의 모습을 즐기며 나는 방어와 치유 결계를 알바트로 공도 전체에 쳤다. 에르나가 분투해 준 덕분에 백성들이 모여 있던 부근에는 피해가 없었다. 그래도 다친 사람도 많고, 도망 다니는 사람도 많았다.

하지만 좀 전보다는 차분해진 것 같았다. 드라우 형이 지나칠 정도로 호들갑을 떨면서 에르나에게 성검 소환 허가를 내주었기에 공도 전체에 원군이 왔다는 사실이 알려졌다.

딱히 그런 효과를 노린 건 아닐 것이다. 드라우 형이 그런 연설을 한 건 반쯤 취미고, 나머지 절반은 대리인으로서 보여준 퍼포먼스다. 최대한 호들갑을 떨면서 제국의 위신이나 존재감을 나타내는 것이 드라우 형의 역할이었다. 그것을 해냈을 뿐이다.

그래도 공도의 혼란이 가라앉은 것은 드라우 형 덕분이다.

성격이 안타깝지만 않았어도 황제로 밀어줬을 텐데.

"듣고 있어?! 실버!"

"응? 뭐지? 뭐라고 했나?"

"어머, 그래……, 내 말 같은 건 들을 가치도 없다는 거야?"

에르나가 핏줄을 드러내며 웃었다. 나는 그런 에르나를 보고 쓴웃음을 지으며 말했다.

"미안하군. 다른 생각을 하고 있었다. 어차피 네가 말하려는 건 저 해룡을 쓰러뜨리는 방법이겠지?"

"알고 있다면 대답해. 뭔가 방법이 있어? 없다면 내 방법대로 간다?"

“뭐, 없는 건 아니지만, 우선 용사의 실력을 보도록 하지. 내가 뭘 하면 되나?”

“우선 공도를 지키면서 주의를 끌어. 내가 벨 테니까.”

“나는 미끼인가? 너답군.”

나는 그런 말을 하면서 약간 앞으로 나섰다.

그걸 보고 받아들였다고 판단했는지 에르나는 그곳에서 따로 움직였다.

『나의 수탄을 막아내는 인간이 있을 줄이야. 놀랍군.』

“나도 놀랐다고. 용은 현명한 몬스터야. 어째서 일부러 인간과 싸우는 길을 선택한 거지?”

『흥, 강제로 잠들게 되었다. 설욕하지 않으면 용의 긍지를 잃게 된다. 나는 모든 생물의 정점에 군림하는 용이다! 인간 따위에게 얕보일 순 없지!』

“긍지라……, 하찮군. 목숨보다 더 소중한가?”

『마치 나를 이길 수 있다는 듯이 말하는군?』

“이길 수 있지. 인간을 얕보지 마라.”

그렇게 말한 순간, 레비아타노 앞에 대량의 수탄이 떠올랐다.

100~200개 정도가 아니었다. 좀 전까지는 진심으로 상대하지 않았던 건가?

『다시 한번 말한다. 인간 따위에게 얕보일 것 같으냐!』

“나도 다시 한번 말하지. 인간을 얕보지 마라.”

나는 그렇게 말하고 내 뒤쪽에 마법진을 거의 비슷한 숫자로 전개했다. 묵직한 일격은 막힐 테니 숫자를 늘린 건가?

"공격 횟수로 나를 이길 수 있을 거라 생각하지 말라고?"

『인간 주제에!』

공도 상공에서 수많은 수탄과 마법이 맞부딪혔다. 거의 전쟁이나 마찬가지다.

양쪽 다 결정타가 부족한 소모전. 물량이 소진되면 레비아타노는 수탄을, 나는 마법을 계속 더해가며 탄막을 펼쳤다. 상황을 모르는 사람이 보면 특수한 불꽃놀이라고 생각할지도 모르겠다. 그 정도로 다양한 색의 불꽃이 하늘에서 흩어지고 있었다.

『크윽! 건방진 녀석!』

레비아타노는 그렇게 말하며 입을 크게 벌렸다. 지금까지 날린 수탄은 어디까지나 레비아타노의 능력이고, 용 특유의 공격수단인 '브레스'가 아니었다. 이제야 비장의 수를 쓰게 만들었나.

그렇게 생각하고 있자니 레비아타노의 입속에서 물이 점점 압축되기 시작했다. 그리고 작은 구슬 크기로 압축된 다음, 그곳으로부터 마치 광선 같은 물 브레스가 발사되었다.

나는 여러 겹으로 겹친 방어마법으로 흘리려 했지만, 그 존재를 가뿐히 무시하고 물 브레스가 내 쪽으로 날아들었다.

"말도 안 돼?!"

재빨리 그곳을 피하자 내가 그 직전까지 있던 곳을 물 브레스가 통과했고, 공도 안쪽에 있던 산을 쉽사리 관통했다.

"이런……."

그 광경을 보고 나는 식은땀을 흘렸다. 여러 겹으로 겹친 내 방어마법을 뚫은 뒤에도 저런 위력이라니, 이상하잖아. 초고압축 워터 커터라고 해야 하나? 레비아타노 버전 성검이로군. 저건 뭐든지 버터처럼 벨 수 있고, 뚫을 수 있다. 이래선 방어전으로는 불리하겠어. 얼른 끝내버리는 게 낫겠다.

그래도 연달아 날릴 수는 없는지 레비아타노는 내 빈틈을 노리고 수탄을 날렸다. 나는 그것을 상쇄하며 하늘을 보았다. 그곳에서는 에르나가 정신통일을 하고 있었다.

보아하니 진짜로 용을 벨 생각인 것 같은데. 저렇게까지 집중하는 에르나를 보는 건 오랜만이다. 그런데.

"얼른 하라고……."

나는 드라우 형에게 날아왔던 수탄과는 비교도 안 될 정도로 많은 수탄을 겨우 상쇄시키며 불평을 늘어놓았다.

하지만 그런 목소리도 지금 에르나 귀에는 들리지 않는다. 레비아타노와 내가 한순간 거리를 벌린 순간. 에르나는 하늘에서 급강하하기 시작했다. 목표는 물론 레비아타노다.

『까불지 마라!!』

레비아타노는 에르나에게 수탄을 날렸지만, 에르나는 최소한의 움직임만으로 피했다. 그 후, 레비아타노의 머리를 향해 성검을 휘둘렀다.

눈부신 성검을 보고 위험하다고 판단한 모양인지, 레비아타노는 피하고자 몸을 크게 비틀었다. 하지만 레비아타노의 거대한 몸집으로 전부 피할 수는 없었다. 몸통이 크게 베였고, 그대로 왼쪽 날개도 잘려 나갔다.

『끄어어어어어어?!』

통증과 놀라움으로 인해 레비아타노는 바다로 가라앉기 시작했다. 지금이 절호의 기회다. 계속 공격을 가해야만 하는데…….

"저 녀석……."

에르나는 공격을 이어가기 위해 하늘 위에서 강하했다가 역시 무섭다는 듯이 하늘로 올라가는 기묘한 동작을 반복하고 있었다. 나는 그런 에르나 곁으로 다가가서 중얼거렸다.

"역시 바다 위에서는 쓸모가 없나."

"시, 시끄러워! 무서운 건 무서운 거니까 어쩔 수 없잖아?!"

레비아타노의 몸은 대부분 바다에 잠겨 있다. 추가로 공격을 가하기 위해서는 바다 위로 접근할 필요가 있다. 하지만 에르나는 그럴 수가 없다. 집중했던 이유가 그거였나? 일격에 해치우지 못하면 추가타를 가해야 하니까. 정말, 이 녀석은…….

"어쩔 수 없지. 역할을 바꿀까."

"바, 바보 취급하지 마! 내가 진짜배기고 당신은 미끼! 그 역할을 바꿀 생각은 없어!"

어이가 없어서 한숨을 쉬고 있자니 에르나가 문득 무언가를 눈치챘다. 그것은.

"잠깐, 실버……, 당신이 어떻게 내가 물을 무서워한다는 걸 알고 있는 거야?"

앗…….

나도 모르게 평소처럼 이야기를 해버렸다.

그것은 실버 역사상 가장 부주의한 발언이었다.

8

큰일이라거나 위험하다거나. 그런 말이 머릿속을 스쳐가기 전에 나는 우선 '진정해라'라는 말로 자신을 타일렀다.

진정해라. 진정하면 문제가 없다. 자신을 그렇게 여러 번 타이르면서 나는 동요를 최소한으로 억눌렀다. 나는 지금 실버다. 아르노르트가 아니다.

그렇다면 변명할 필요도 없다. 오히려 변명을 해서는 안 된다. 실버에게는 숨겨야만 하는 게 없기 때문이다.

"신경 쓰이나?"

"당연하지?! 누구한테 들었어?!"

"내게는 그걸 말할 의무도, 의리도 없다만."

여유롭게 미소를 지으며 실버다운 행동을 할 수 있게끔 조심했다. 전투를 벌이는 에르나는 위험하다. 대충 돌려말하면 들킬지도 모른다. 위화감이 들게 하면 끝장이다.

에르나의 성격을 생각하면 지금 시점에서 내 정체를 들키게 할 순 없다.

"뭐라고?!"

"봐라, 움직이기 시작한 것 같다만? 이대로 놔둬도 되나?"
"으윽! 나중에 반드시 이야기해 줘야겠어!"
"그건 그때 기분에 따라 다르겠지."
잘 넘긴 다음 레비아타노에게 주의를 기울였다.
그리고 나는 에르나 대신 바다 근처까지 강하해서 자세를 다잡고 있던 레비아타노 앞에 섰다.
그런 다음 숨을 살짝 내쉬고 쿵쿵 뛰어대는 심장을 오른손으로 눌렀다. 호흡을 가다듬고 겨우 마음을 가라앉혔다. 정말, 용보다 더 겁먹을 줄은 몰랐다고. 역시 최강의 소꿉친구다. 뭐, 내 실수 때문이지만.
이제부터는 어떻게든 넘어갈 수 있다. 딱히 대답하지 않고 전이로 도망칠 수도 있고, 이야기를 잘 꾸며내도 된다. 개인적인 위기는 지나갔다. 이제 눈앞에 있는 해룡만 남았다.
『네놈……, 상처를 입은 게 대체 얼마 만인지……, 게다가 인간에게 상처를 입을 줄이야.』
"그래서 내가 말했잖아. 인간을 얕보지 말라고."
『일격을 당해보고 알았다. 저 계집, 마왕을 벤 자의 후예인가? 증오스러운 검을 가지고 있기는…….』
"그렇다면 어쩔 거지? 물러날 텐가?"
『웃기지 마라……, 용이 인간에게 겁먹고 물러날 수는 없다!!』
레비아타노는 그렇게 말한 다음 커다란 입을 벌리고 포효했다.
용의 포효. 그것은 모든 것들을 겁먹게 한다. 마음을 부수는 일격이다. 기가 약한 사람이라면 실신까지 할 수도 있다. 실제로 레비아탄 주위에 있던 함대에서는 큰 소동이 벌어졌다. 이거 큰일인데. 어서 이탈해 줬으면 좋겠지만, 아직 많은 배가 전투 해역에 남아있다.

『내 몸에 상처를 낸 죗값을 치러야겠다!』

"먼저 덤벼놓고 멋대로 굴기는. 역시 용이군."

나는 그렇게 대답하며 천천히 고도를 높였다. 시간을 좀 더 벌 필요가 있기 때문이다.

"여자 용사. 귀를 빌려다오."

"뭔데……?"

"어째서 거리를 벌리지?"

"당신이 갑자기 나를 바다로 밀칠지도 모르잖아……!"

에르나는 마치 경계하는 고양이처럼 거리를 벌리며 벌벌 떨었다.

이렇게 중요한 순간에 목욕하기 싫어하는 고양이 같은 반응을 보이지 않았으면 좋겠다. 정말.

"그런 짓은 하지 않는다. 아무리 나라도 해룡과 용사를 동시에 상대할 자신은 없으니까."

"흥!"

에르나는 그렇게 말하면서도 레비아타노를 계속 경계하고 있었다.

레비아타노는 입을 벌리고는 좀 전에 사용했던 물 브레스를 날렸다.

방어마법을 써서 속도를 줄여놓고, 그 사이 우리는 그곳에서 벗어났다.

레비아타노의 브레스는 하늘까지 솟구쳐서 구름을 갈랐다. 직격당하면 순식간에 당할 테고, 시가지에 떨어져도 끝이다.

"뭔가 방법이 있어?!"

"한 번 더 녀석을 벨 수 있나?"

"힘들어. 이미 경계하고 있으니까 같은 수법을 쓸 순 없을 거야. 바다만 아니었다면 얼마든지 방법이 있겠지만……."

에르나는 조금 용기를 내서 바다를 보았지만, 곧바로 겁을 먹은 듯이 어깨를 늘어뜨렸다.

그러는 동안에도 레비아타노는 대량의 수탄을 날려댔다. 나는 그것들을 전부 상쇄시키며 에르나에게 제안했다.

"그럼 바다만 아니라면 어떻게든 할 수 있다는 거로군?"

"어떻게 할 생각인데?"

"바다를 가른다."

"뭐어?!"

에르나는 믿을 수 없다는 듯이 소리쳤지만, 안타깝게도 나는 진심이다.

결계로 가두어서 하늘로 날리는 것도 생각해 봤지만, 그렇게 하면 도망쳤을 때 골치 아프게 된다.

그래도 용이니까. 날개를 다치긴 했지만, 아마 마음만 먹으면 아직 날 수 있을 테니까.

"결계로 바다 일부를 격리시킨다. 그렇게 하면 네가 문제없이 싸울 수 있겠지?"

"바다 한가운데에 텅 빈 상자를 만들겠다는 뜻이야?"

"그렇게 되겠군."

"결계를 풀면?"

"바닷속이지."

내가 담담하게 말하자 에르나의 얼굴이 한순간 공포로 질렸다. 상상한 모양이다.

"싫어! 쓰러뜨린 다음에 결계를 풀지도 모르잖아!"

"제국을 적으로 만들 만한 짓은 안 한다. 애초에 제국의 기사라면 응석을 부릴 때가 아니라는 것쯤은 이해가 될 텐데?"

"윽……, 그건……."

"나는 결정력이 부족하다. 마법을 영창해도 방해할 테니까. 너무 시간이 오래 걸리면 피해도 늘어날 테고, 그렇게 하는 게 서로에게 좋을 것 같다만?"

"……당신을 믿으라고?"

"그래. 믿어다오."

"얼굴도 보여주지 않는 상대를 어떻게 믿으라는 거야……."

에르나가 나를 원망스럽다는 듯이 노려보았다. 그러지 마. 내가 잘못한 게 아니라고.

나도 물 공포증인 여자를 바닷속으로 보내고 싶진 않지만, 간단한 방법은 이 정도밖에 없다. 한동안 입을 다물고 있던 에르나가 한 마디 중얼거렸다.

"——말해. 내 물 공포증 이야기를 누구에게 들었어?"

"……비밀로 하라고 들었다만?"

"됐으니까 말해!"

"에휴……, 아르노르트 황자다. 론디네에 있을 때 정보를 교환했지. 그때 들었다."

"아르가? 당신한테? 미리 말해두지만, 아르는 좀처럼 다른 사람을 믿지 않아. 중요한 정보를 믿지도 않는 사람에게 넘기지도 않고. 속이는 거라면 용서하지 않을 거야."

말이 심하네. 뭐, 사실이긴 하지만.

"속이지는 않았다. 어떻게 하면 믿을 거지?"

"……아르가 뭐라고 했어? 당신한테 내 약점을 가르쳐 줬을 때."

나는 잠시 입을 다물었다. 나라면 에르나의 약점을 가르쳐 줄 때 뭐라고 할까? 어떤 이유가 있어야 약점을 남에게 가르쳐 주지?

그렇게 생각했을 때, 말이 저절로 나왔다.

"번거로운 소꿉친구지만 잘 부탁한다더군. 그도 나름대로 물 공포증인 네가 걱정되었던 모양이다."

"윽?!"

에르나는 한순간 얼굴을 붉게 물들이고는 고개를 숙였다.

"걱정도 많다니까……, 정말……, 아르는 바보야……."

에르나는 두세 마디 중얼거리고는 한숨을 쉬고 천천히 고도를 낮추기 시작했다.

"받아들인다고 생각해도 되겠지?"

"그래, 하지만 당신을 믿는 건 아니야. 당신을 믿은 아르를 믿는 것뿐이지. 아르가 당신에게 내 약점을 가르쳐 줘도 된다고 생각했다면……, 뭐, 좋아. 마음에 들진 않지만 아르라면 용서해줄래."

에르나는 그렇게 말하고 그대로 레비아타노 곁으로 내려갔다.

곁이라고 해도 애초에 레비아타노는 엄청나게 크다. 머리 근처로 다가가도 아직 바다와는 거리가 있다. 하지만 에르나에게는 죽음의 영역이나 마찬가지일 것이다.

얼른 시작하도록 할까. 나는 레비아타노와 에르나가 있는 곳을 중심으로 사각형 결계를 만들어냈다. 그리고 그것을 점점 넓혀나갔다.

바다는 결계에 밀려나 갈라지기 시작했고, 그로 인해 옆에 있던 배들도 그 해역에서 멀어져갔다. 그리고 결계는 완전히 바다의 바닥까지 닿아서 육지가 보이게 되었다.

『흥! 결계를 치고 맞대결을 벌이려 하다니, 대담하군. 그렇게까지 자신이 있는 게냐? 계집.』

"자신 같은 건 없어……, 딱 잘라 말할 수 있지. 이곳은 내가 와 본 곳들 중에서 가장 최악인 곳이야……."

에르나가 그렇게 말하는 것도 이해가 된다.

결계 때문에 물이 들어오지 않더라도 사방이 물의 벽으로 둘러싸인 상태다. 에르나가 보기에는 지옥이나 마찬가지다. 하지만, 그럼에도 불구하고 에르나는 성검을 들어 올렸다.

“그래도, 나는……, 싸우겠어! 내 소꿉친구를 더 이상 걱정하게 만들 수는 없으니까!”

에르나는 그렇게 말한 다음 성검에 마력을 채우기 시작했다.

성검은 그 마력을 빛나는 성스러운 기운으로 바꾸며 점점 눈부시게 빛나기 시작했다.

『윽?! 이건?!』

“별의 성검이여……, 그 힘을 해방하라……, 나의 적을 멸하기 위하여!!”

그렇게 말하자 빛이 성검의 칼날에 점점 모여들기 시작했다. 압도적인 광량이 성검의 칼날에 모여들었다. 그것은 이미 태양에 가까웠다. 에르나는 그 검을 든 채 일직선으로 돌격했다.

『얕보지 마라!!』

레비아타노도 물 브레스로 받아쳤다.

만물을 찢어발기는 물 브레스가 에르나에게 날아들었지만, 에르나는 그것을 성검으로 받아내며 계속 나아갔다.

『뭐라고?!』

“하아아아아앗!!”

성검은 레비아타노의 물 브레스조차 가르고 나아갔다. 그리고 에르나는 가속했다.

“광천집참!!”

에르나의 필살의 일격은 50미터가 넘는 레비아타노를 일격에 두 동강 냈다.

하지만 그것뿐만이 아니었다. 내가 쳐두었던 결계까지 쉽사리 갈라버렸다.

“칫!”

나는 물이 흘러드는 결계 안으로 내려가서 에르나를 끌어안고 하늘로 피했다.

“잠깐?! 이거 놔!”

“물 앞에서 패닉 상태에 빠져놓고 말은 잘하는군. 고맙다는 인사 정도는 하는 게 어때?”

“그런 상태에서 구해내는 게 당신 역할이잖아! 은혜를 내려준 것처럼 말하지 마! 애초에 당신의 결계가 약한 게 문제고!”

내 결계가 약하다고 말하는 녀석이 이 대륙에 얼마나 있을까. 적어도 방금 처음 들었는데.

나도 모르게 평소처럼 대답할 뻔했지만, 겨우 참았다. 그리고 아직 끝나지 않았다.

“약해서 미안하군. 네가 결계를 부숴서 고생하고 있는데.”

나는 그렇게 말하고 결계의 구멍을 막은 다음, 결계를 바다에서 끌어올리고 작은 구멍을 뚫어 안에 든 물을 빼냈다. 그러자 에르나가 의아한 표정으로 나를 보았다.

“뭐하는 건데?”

“용의 몸은 비싸게 팔린다. 게다가 S급으로 지정된 용이니까. 도시를 재건하는 데는 충분하겠지.”

“어머? 토벌했다면서 자기가 챙길 줄 알았는데, 아니었네.”

"보통은 토벌한 자의 것이지만, 이번에는 특수한 상황이니까. 피해를 입은 나라에서 써야겠지."

"흐음……, 조금 다시 봤어. 그런 생각도 하는구나."

"어디 사는 검만 휘두를 줄 아는 여자 용사와는 다르다고."

"뭐?!"

에르나가 화를 내며 어깨를 떨었다.

그런 와중에도 나는 붕괴된 항구에 레비아타노의 시체를 살며시 내려놓았다.

내 의도는 나중에 에르나에게 설명해 달라고 하면 될 것이다. 자, 슬슬 떠나볼까.

"그럼 나는 실례하마."

"기다려! 당신은 대체 아르와 무슨 관계인데?!"

"무슨 관계냐고……, 우리는 공모자다. 같은 모략을 그려내고 실천하고 있지. 나머지는 본인에게 물어보도록 해라. 대답해 줄지 아닐지는 네게 달렸을 거다."

나는 그렇게 말하고 단거리 전이로 알바트로 공국의 성까지 날아갔다.

드라우 형을 내버려 두고 갈 수는 없다고 생각해서인데…….

"에, 에바 여사……, 다, 다음에 내 모델이 되어주면 안 되나? 가, 가능하다면 나를 오빠라고 생각하고 오라버님이라고 불러주면 창작 진도가 잘 나갈 텐데요……!"

"어……, 아, 저기……."

좋아, 내버려 두고 가자. 나는 곧바로 포기한 다음 론디네의 방으로 돌아갔다.

재빨리 옷을 갈아입고, 환술을 건 다음 짐 속에 넣었다.

실버의 흔적을 전부 제거하고 나서 나는 침대 위에 누웠다.

"아……, 이번에도 지치네……."

나는 그렇게 중얼거리며 잠들었다. 뭔가 중요한 걸 깜빡한 것 같기도 하지만, 그걸 생각할 만한 체력이나 기력이 남아있지 않았다.

9

"큰일이다, 큰일이라고……!"

해룡이 토벌된 뒤 며칠 후. 연락을 받은 나는 론디네를 출항해서 알바트로 공국 항구로 와 있었다. 하지만 나는 매우 불안해하고 있었다.

"설마 그렇게 중요한 걸 깜빡하고 말하지 않다니……!"

그렇다, 나는 레오에게 어떤 사실을 말해주는 것을 깜빡 잊고 있었다. 에바가 반했다는 사실이다.

할 일이 너무나도 많아서 그렇게 개인적인 것들은 빼먹고 있었던 것이다.

레오니까 어떻게든 잘 대처해 줬을 거라 생각하고 싶지만, 남녀의 연애 문제다. 사소한 문제로도 골치 아파질지도 모른다. 게

다가 에바는 공녀니까.

레비아타노는 론디네 함대가 도착하고 론디네 공왕이 항구로 상륙한 직후에 나타난 모양이었다. 그렇다면 그 시점에서 레오와 에바가 이야기를 나누지는 않았을 것이다. 하지만 그 이후로 지나간 며칠이 문제다. 에바의 성격상, 움직이지 않았을 리가 없다.

"어떻게든 무난하게 대처했기를……."

나는 그런 생각을 하면서 알바트로 공국에 상륙했다. 일단 처음 왔다는 설정이기 때문에 신기하다는 듯이 주위를 보았다.

그러자 맞이하러 나온 레오가 걸어왔다. 그 옆에는.

"으으응?"

레오와 즐겁게 이야기를 나누는 에바가 있었다.

뭐지? 무슨 일이 일어난 거지? 어째서 사이가 좋아진 거지? 어떻게 사이가 좋아진 거야?

이건 그건가? 레오 마음속에는 여자가 자신에게 다가오는 게 당연하다는 인식이 있다는 건가? 에바가 어택하는 것도 자연스럽다고 해석하고 대처한 건가? 미남인 나는 정말 대단하다, 사실 그렇게 생각하고 있는 건가?

동생의 터무니없는 인식에 동요하고 있자니 에바가 인사를 했다.

"처음 뵙겠습니다. 아르노르트 황자님. 아버지가 바쁜 탓에 제1공녀인 에반젤리나 디 알바트로가 맞이하러 나왔습니다. 부디 에바라고 불러주세요."

"그, 그래, 잘 부탁합니다……."

"배 타고 오느라 고생했어, 형. 이것저것 이야기하고 싶은 게 있는데, 우선 쉴래?"

"그래……, 충격을 좀 받아서……."

나는 그렇게 말하고 마련되어있던 마차로 향했다.

에바와 레오는 그 이후로도 일정이 있는 모양이라 둘이서 어디론가 가버렸다.

아, 슬프다.

"동생이 더러워져 버렸어……."

"무슨 말씀을 하시는 겁니까?"

"아, 마르크구나. 내 말 좀 들어봐……, 레오 녀석이 바람둥이가 되었어……."

"무슨 이유로 그런 결론에 이르렀는지 신경 쓰이긴 합니다만, 제 기억이 확실하다면 에바 공녀를 반하게 만든 건 당신 아닙니까?"

"응? 눈치챘나?"

"누구든 눈치챘겠죠. 기사들에게 당신에 대해 물어보고 다녔고, 저 얼굴은 사랑에 빠진 소녀의 얼굴이니까요."

"그렇군. 그렇게 알아보기 쉬웠던 건가?"

그렇다면? 나는 마르크의 얼굴을 빤히 바라보았다.

"예상하신 게 맞습니다. 제가 레오나르트 황자님께 말씀드려 놓았죠."

"오~, 유능한 건가?"

"지금까지 무능하다고 생각하셨습니까?"

“그런 건 아니지만 말이야. 아, 그래, 그래. 다행이다……, 그것만 걱정했거든.”

“그거 다행이군요. 다음 문제는 제가 어떻게 할 수 있는 게 아니라서요. 하지만 황자님께서 걱정하시지 않는다면 저도 마음이 편합니다.”

마르크는 그렇게 말하고 마차 문을 열었다. 그러자 안에는 척 보기에도 기분이 안 좋아보이는 에르나가 기다리고 있었다. 한순간, 진짜로 도망친다는 선택지가 떠올랐지만, 전이마법이라도 쓰지 않으면 에르나에게서 도망칠 수 없기 때문에 곧바로 포기했다.

“……마르크. 걱정거리가 늘었다.”

“뭐죠?”

“들으면 놀랄걸? 내 목숨이 위험해.”

“항상 그랬죠? 죽을 것 같으면 또 구해드릴 테니 안심하십시오.”

“항상 그랬다는 게 이상하잖아?! 애초에 즉사하면 구해줄 수도 없잖아?!”

“괜찮습니다. 힘 조절은 해줄 테니까요.”

마르크는 그렇게 말하며 내 등을 밀었다. 나는 저항도 못하고 마차 안에 들어가 에르나와 단 둘이 남았다.

“……여, 여어…….”

“…….”

에르나는 입을 다물고 있었다. 완전히 화났네. 이유는 알고 있다. 실버에게 약점을 가르쳐 줬기 때문이겠지.

그녀가 노려보길래 나는 껄끄러워하며 에르나 앞에 앉았다. 하지만 에르나가 옆에 앉으라는 듯이 시선으로 재촉했기에 조심조심 에르나 옆에 앉았다.

보아하니 소리를 차단하는 결계가 쳐져 있었다. 밀담을 나눌 때 쓰는 결계다.

이거 심한 말을 듣게 생겼네, 그렇게 생각하고 있자니 에르나가 입을 열었다.

"할 말 없어?"

"음~, 다친 데는 없어?"

"읏?! 다, 다칠 리가 없잖아! 내가 누군지나 알아?!"

에르나가 살짝 얼굴을 붉히며 큰 소리로 말했다.

예상했던 것과는 다른 말이었는지 에르나는 작은 목소리로 기분이 이상해지잖아……라고 중얼거렸다.

"너도 다칠 수가 있잖아? 평범한 사람보다는 확률이 낮을지도 모르겠지만 말이야. 그리고 이번에는 바다가 전장이 될 게 뻔했어. 그래서 걱정했거든. 괜히 참견하는 건지도 모르겠지만, 실버에게 너를 부탁했어. 기분이 상했다면 사과할게. 미안해. 그래도 너를 걱정하는 건 나 정도밖에 없잖아? 소중한 소꿉친구니까 걱정 정도는 하게 해주라."

"뭐야……, 그렇게 말하는 건 비겁해……, 화를 내면 내 그릇이 작은 것 같잖아."

"아니, 네 그릇은 작잖아. 이제 와서 무슨 소릴."

"아르~? 쓸데없는 말을 하면 혀를 잘라내 버린다~?"
"네……, 쓸데없는 말은 안 할게요……."
에르나가 허리에 차고 있던 검을 살짝 뽑고 미소를 지으며 협박했다. 그 박력은 용의 포효급이었기에 그것과 마찬가지로 기가 약한 사람이 지금 에르나를 본다면 실신할 것이다.
하지만 겁을 먹은 나와는 달리 에르나의 표정은 왠지 밝았다. 마차를 탔을 때는 훨씬 굳은 표정을 짓고 있었는데.
지금은 기분이 좋은 것처럼 보인다.
"뭐, 됐어. 그 가면 모험가에게 내 약점을 알려준 건 그냥 넘어가 줄게. 하지만 내가 마음에 안 드는 건 그쪽이 아니거든? 무슨 말인지 알겠어?"
에르나는 그렇게 말하며 나를 똑바로 바라보았다.
이렇게 말하면 좀 그렇지만, 좀 전까지는 삐진 듯한 느낌이었지만 지금은 그렇지 않다.
걱정과 약간의 화가 섞인 듯한 시선을 보고 나는 한숨을 쉬었다.
"실버는 어디까지 이야기했어?"
"너하고 실버가 공모자라고 했어. 내 약점을 말할 정도니까 꽤 믿고 있는 거겠지? 당신들은 대체 뭘 하려는 거야?"
"……꼭 말을 해야만 하나?"
"그래. 말을 안 하면 마차에서 못 내리게 할 거니까."
"그래……, 그럼 어쩔 수 없지……, 나와 실버는 레오를 황제로 만든다는 공통적인 목적을 지니고 둘 다 암약하고 있어."

"암약……?"

"그래. 네가 싫어하는 암약 말이야. 나는 황족의 입장을, 그쪽은 SS급 모험가라는 입장을 각자 이용하면서 때로는 우연을 가장해서 아군을 늘리고 있어. 크라이네르트 공작 가문도 그렇게 아군으로 끌어들였고."

내가 레오를 황제로 만들려 한다는 사실은 에르나도 알고 있다.

물론 다른 세 사람과 세력 다툼을 벌이고 있다는 사실도. 하지만 그것은 어디까지나 레오의 보좌다.

그것과는 별개로 SS급 모험가와 남몰래 접촉해서 그런 짓을 하고 있었을 줄은 에르나도 상상하지 못했을 것이다. 말문이 막힌 모양이다.

"동부에서 흡혈귀 소동이 벌어졌을 때도 나는 실버와 연락을 주고받고 있었어. 이번에도 마찬가지야. 그 녀석은 레오를 위해 움직여 주고 있어. 하지만 레오와 실버가 직접 접촉하는 건 눈에 띌 수밖에 없으니까. 내 곁에 숨는 거나 마찬가지지."

"……레오는 그 사실을 알아?"

"일단 알려주긴 했어. 하지만 생각했던 것보다 심한 짓을 하고 있다는 건 모르지. 이번에도 실버는 남부에 있었어. 하지만 제위 쟁탈전을 유리하게 진행하기 위해서 내가 제도로 가달라고 요청했지. 그리고 피네에게 연락을 취하게 해서 다른 세 사람이 군을 이끌고 오는 것을 저지해 달라고 했어. 나는 제위 쟁탈전을 우선시하면서 많은 희생자를 낸 거야."

"……그건 역시 살아남기 위해서야? 진심으로……, 네 형이나 누나가 너나 레오를 죽일 거라 생각해?"

그것은 에르나의 최종 확인이었다. 예전에 나는 에르나에게 그 이야기를 했지만, 에르나 마음에는 의아함이 남아있었던 모양이다. 암살당할 뻔했다는 내 말도 진심으로 받아들이지 않은 것 같다. 협박 같은 것으로 받아들였을 지도 모른다.

적어도 에르나가 우리와 함께 지낼 무렵, 다시 말해 황태자가 살아있을 무렵에는 그런 분위기가 아니었다. 에리크는 황태자와 함께 절차탁마하면서도 누군가를 죽이겠다는 생각을 하는 형이 아니었고, 고든도 무인으로서 올곧은 남자였다. 잔드라도 마도사로서 수련에 매진하고 있었다.

그래, 그때는 평화로웠다. 하지만 황태자가 죽자 제위가 비었다. 황태자라는 거대한 뚜껑에 눌려 있던 세 사람의 야망이 쏟아져 나온 것이다.

그리고 몇 년 동안 제위 쟁탈전을 벌이던 동안 그들은 상냥한 마음을 잃었다. 딱 잘라 말할 수도 있다.

"그 녀석들은 반드시 나와 레오를 죽일 거야. 그리고 주위 사람들도……. 그러니까 나는 어떤 수단을 써서라도 레오를 황제로 만들 거야. 축제 때 말했지? 상관하지 말라고. 슬슬 위험한 수준이야. 더 이상 우리에게 참견하면 너는 물론이고 암스베르그 용작 가문도 적으로 간주하겠지. 너는 그래도 괜찮겠어?"

"……암스베르그 용작 가문은 정치에 관여하지 않는다……, 예전부터 그렇게 배워왔어. 검으로 존재하는 거라고."

"그래, 현명하네. 용작 가문은 너무 강해, 장점이자 단점이지."

"하지만……, 나는 정해둔 게 있어, 아르. 예전부터 계속, 내가 절대로 양보하지 않겠다고 정해둔 게 있어."

"그게 뭔데?"

에르나는 심호흡을 했다. 뭔가 터무니없는 말을 하려는 것 같다는 느낌이 들었다.

하지만 말릴 수가 없었다. 에르나를 말리는 데 성공한 적이 없었기 때문이다.

"나는 아르를 저버리지 않아. 어렸을 때 그렇게 맹세했어. 이 맹세는 황제 폐하 상대로도 양보할 수 없어. 네가 진심으로 레오를 제위에 올리겠다고 한다면 나는 네게 협력할 거야. 나는 내 맹세를 무엇보다 우선시할 거니까."

"근위기사 실격이구나. 용작 가문의 후계자로서도. 괜찮겠어?"

"나는 고집이 세. 잘 알지?"

"그렇긴 하지……, 솔직히 네가 그렇게까지 각오하고 협력해 준다면 고맙지. 하지만 한동안은 얌전히 있어 줘. 용작 가문이 전면적으로 아군이 된다면 우리는 가장 큰 세력이 될 거야. 그렇게 되면 총공격을 받을지도 몰라."

"나도 그 정도는 알아. 들키지 않게끔 협력할게."

"네가 그렇게 하긴 힘들 것 같은데."

"바보 취급하지 마! 나도 할 수 있다고!"

에르나는 그렇게 말하며 가슴을 폈다. 아무래도 믿음직스럽지 못하다.

하지만 그걸로도 충분할 것이다. 에르나는 검이다. 죽이든 살리든, 다루는 사람-나-에게 달렸다.

“응! 속이 시원하네! 그렇게 되었으니까 열심히 하자!”

“그러니까 일단은 열심히 하지 말라고…….”

“상관없잖아, 의욕을 내는 것 정도는. 아, 그렇지. 이제 확실하게 협력자가 되었으니까 비밀은 없어야 해. 나한테 숨기고 있는 건 없겠지? 있으면 지금 말해. 지금이라면 용서해 줄게.”

“음……, 그래. 네가 근위기사가 되었을 때 선물로 진주를 줬었지?”

“그래, 아르가 일부러 이곳저곳 돌아다니면서 찾아다 준 거 말이지?”

“그거, 귀찮으니까 레오에게 사오라고 시켰, 커헉?!”

“최악이야!”

있는 힘껏 배를 얻어맞은 나는 마차 안에서 끙끙댔다.

용서해 준다고 했잖아…….

하지만 그 말은 소리가 되어 나오지 못했다. 나는 아파서 얼굴을 찡그리며 겨우 중요한 부분을 둘러댈 수 있었기에 안심했다.

나와 실버가 동일 인물이라는 사실은 어떻게든 들키지 않았고, 어쩌다 보니 에르나의 전면적인 협력을 얻을 수 있게 되었다.

이 남부에서 얻은 게 정말 많구나.

나는 그렇게 생각하며 제도로 돌아갔을 때를 대비했다.

레오는 이번에 큰 공을 세웠다.

아마 상도 받을 것이다. 그렇게 되면 아버님의 인식도 바뀌게 된다.

신흥 세력에서 세 사람과 어깨를 나란히 하는 네 번째 인물로 보이게 될 것이다.

그렇게 되면 지금까지 우리를 별로 위험하게 보지 않았던 에리크도 움직이기 시작할 것이다.

지금부터 제위 쟁탈전은 더욱 치열하게 벌어지게 된다.

이번처럼 부주의한 실수가 용납되지 않을 것이다.

나는 아픈 배를 교훈 삼아 자신을 더욱 다잡았다.

Epilogue

에필로그

제도로 돌아온 나는 여러 사람들의 마중을 받은 다음 내 방으로 돌아올 수 있었다. 세바스가 주위를 경계해 주기에 이곳에서는 마음을 놓을 수가 있다. 그런 내 방에 당연하다는 듯이 있는 사람이 피네였다.

소파에 몸을 기대고 숨을 크게 내쉬는 나를 피네가 방긋방긋 웃으며 바라보고 홍차를 타주었다. 별다를 게 없는 일상이긴 하지만, 더할 나위없이 안심이 되었다.

"돌아왔다아……."

"후후, 고생 많으셨어요."

피네는 그렇게 말하고 내게 홍차를 내민 다음 기분이 좋다는 듯이 내 근처에 서 있었다. 왜 그렇게 기분이 좋은지 모르는 나는 홍차를 마시며 물어보았다.

"기분이 좋아 보이네?"

"기분이 좋다고요? 그렇네요. 좋은 것 같아요."

"무슨 일 있었어?"

"아르 님께서 돌아와 주셨죠."

"? 그야 돌아오지. 여기는 내 방이니까."

"네. 이곳이 아르 님께서 돌아오실 곳이에요. 아르 님, 저는 에르나 님처럼 아르 님을 지켜드릴 수가 없어요. 린피아 씨처럼 머리도 좋지 않죠. 분명히 앞으로도 별다른 도움이 되지 못할 거예요."

"피네……?"

나는 아직 그런 걸 신경 쓰나 싶어서 피네를 보았지만, 그녀의 표정은 비관적이지 않았다. 오히려 밝은 표정이었기에 나는 당황스러웠다.

"그러니 저는 제가 할 수 있는 일을 하려 해요. 이곳은 아르 님께서 아르 님으로 돌아오실 수 있는 곳이죠. 무능한 황자도 아니고, 제국 최강의 모험가도 아니라 그냥 아르 님으로 돌아오실 수 있는 곳이에요. 그러니 저는 여기 있겠어요. 있는 그대로인 당신 곁에 있겠어요. 당신에게 마음 편한 공간을 제공해 드릴 수 있게끔 노력하겠어요. 다녀오시라고 말씀드리고, 다녀오셨냐고 말씀드릴 거예요. 무운을 빌겠다고 말씀드리고, 고생하셨다고 말씀드릴 거예요."

"……그렇게 해줘. 그것만으로도 나는 구원받을 수 있으니까."

"네. 저는 새예요. 당신을 기댈 나무 삼아서 이곳에 머무르겠어요. 그러니 확실하게 돌아와 주시면 기쁘겠네요. 돌아와 주시지 않으면 머무를 수가 없으니까요. 그러니 돌아와 주셔야 해요. 앞으로도 이곳으로."

"재미있는 말을 하네? 뭐, 그런 거라면 노력할게. 찌꺼기 황자도 아니고, 실버도 아니라 그냥 아르노르트가 필요하다면……, 돌아올 수밖에 없으니까."

내가 그렇게 대답하자 피네는 부드러운 미소를 지었다. 그리고 내가 아무렇게나 내리고 있던 손에 천천히 자기 손을 겹쳤다.

"언젠가……, 이 방이 아닌 곳에서 아르 님께서 아르 님답게 계실 수 있는 날이 올까요……?"

"글쎄다……. 최소한 제위 쟁탈전을 이겨서 끝내야 할 테고, 이기고 레오가 황제가 된다 하더라도 무능하게 지내는 게 안전할 거야. 대신이나 귀족들이 눈독을 들이지 않을 테니까."

"그런가요……."

피네는 그렇게 말하며 눈을 내리깔았다. 슬퍼 보이는 그녀의 표정을 보고 나는 피네의 손을 잡았다.

"괜찮아. 그렇게 되더라도 상관없어. 목숨을 노리는 것보다는 훨씬 낫고, 나한테는 네가 있으니까. 네가 비밀을 공유해 준다면 아무런 문제도 없어."

"하지만……, 저는 언젠가 아르 님께서 제국 모두의 인정을 받았으면 해요."

"그렇게 되더라도 귀찮겠는데. 공적을 인정받게 되면 일을 떠맡을 테니까. 나는 평생 일할 분량을 이번 제위 쟁탈전에 쓰고 있어. 끝나면 적당히 살기로 결심했다고. 그러니까 필요 없어. 친한 사람에게는 밝힐지도 모르겠지만……, 그냥 그 정도야. 나는 그걸로 만족한다고."

다른 건 아무것도 필요 없다. 제위 쟁탈전이 시작되기 전과 다를 게 없는 일상을 원할 뿐이다. 그 일상을 위해 노력하고 있다.

"너도, 레오도, 에르나도, 친한 사람들이 모두 곁에 있고, 웃을 수 있다면 그걸로 충분해. 나는 게으름을 피우면서 그 모습을 바라보고 싶어. 그러기 위해 지금 노력하고 있는 거야. 아무도 죽게 하지 않을 거야. 누가 상대라고 해도."

나는 그렇게 말한 다음 피네의 손을 꽉 잡았다. 분명히 무서워서 그럴 것이다. 무언가를 잃는 것을 견뎌낼 수 있을 정도로 나는 강하지 않다. 제위 쟁탈전에 참가한 뒤로 지켜야 할 것들이 점점 늘어나고 있다.

실버로서 그냥 몬스터를 토벌하고 다닐 때는 마음이 편했다. 고대마법으로 몬스터를 날려버리기만 하면 충분했다. 하지만 지금은 다르다.

마법만으로는 해결할 수 없는 문제가 앞길에 산더미처럼 쌓여 있고, 한번 실수로 누군가가 다치고 쓰러진다.

"아르 님. 저는 아르 님을 믿어요. 레오 님이나 에르나 님께서도 분명히 그러실 거예요. 그러니 함께 노력하도록 해요. 당신은 혼자가 아니니까요."

피네는 그렇게 말하며 미소를 지었다. 그제야 마음을 놓을 수 있는 곳에서도 긴장하고 있었다는 사실을 눈치챘다. 쉴 때는 쉬어야만 한다. 그런 것도 눈치채지 못하다니, 나도 아직 멀었구나.

"미안해……."

나는 꽉 잡고 있던 피네의 손을 놓았다. 그리고 소파에 몸을 기대면서 피네에게 부탁했다.

"한 잔 더 마실 수 있을까?"

"네. 물론이죠."

"……이번에는 정신적으로 힘들었어. 사실 레오하고 뒤바뀌었거든."

"레오 님하고 아르 님께서요? 어땠나요? 레오 님이 된 느낌이."

"두 번 다시는 안 할 거야."

"후후, 아르 님다우시네요. 레오 님께서도 비슷한 생각을 하셨을 것 같아요."

"그렇겠지. 그 녀석은 성실하니까."

그렇게 잡담을 하면서 나는 남부에서 있었던 일들을 피네와 공유했다.

그녀는 비밀의 공유자. 좋은 것도, 안 좋은 것도 함께 공유해준다. 나를 받쳐주는 사람이니까.

■ ■ ■

"정말……, 완전히 헛수고였군."

그렇게 말하며 불쾌한 표정을 지은 사람은 제3황자인 고든이었다. 그 주위에는 고든의 측근들이 모여 있었다.

"모험가 길드의 직원에게 금품을 잔뜩 주고 정보를 빼냈는데, 결국은 함대를 파견하지 못했으니까요. 전하의 제안만 통과되었다면 전쟁을 벌일 수 있었을 텐데……, 화가 치미는군요."

그렇게 말한 사람은 약간 뚱뚱한 군인이었다. 이곳에 있는 사람들은 군부의 매파 주요 인물들이었다. 자신들의 이익을 위해

다른 나라와 전쟁을 일으키려 하는 자들이다.

"폐하께서는 황태자 전하가 돌아가신 이후로 순해지셨다. 그 때문에 제국의 무력이 쇠퇴했다는 헛소문이 각지에 퍼지고 있는 상황이지……."

"약한 모습을 보이면 적이 치고 들어온다! 그게 대륙 삼강의 관계다! 제국은 강해야만 한다! 고든 전하께서 황위를 계승하시고 강국인 제국을 패권 국가로 이끈다! 그것이 바로 제국을 위한 길이라는 것을 어째서 깨닫지 못하는 것이지!"

"정말 그렇다니까! 특히 레오나르트 황자 일당 말이야! 나중에 치고 나온 주제에 기사 수렵제 때나 이번이나 고든 전하를 방해하고 좋은 부분만 빼앗아갔지! 폐하께서는 상을 내리실 거다! 결국 문제를 해결한 건 용작 가문의 신동과 실버인데도!"

"고든 전하께서 함대와 함께 출격하셨다면 문제를 해결하는 것뿐만이 아니라 남부의 영토까지 빼앗을 수 있었을 텐데……, 그곳에 있었다는 것만으로 레오나르트 황자는 공을 얻었다. 납득할 수가 없어!"

고든의 측근들은 저마다 불평을 늘어놓았다. 그 이야기를 듣고 있던 고든은 웃으면서 말했다.

"뭐, 됐다. 수확도 있었으니까."

"수확 말씀이십니까?"

"그래, 저번과 이번 사건. 양쪽 다 실버가 레오나르트에게 협력했지. 보아하니 그 녀석은 레오나르트가 마음에 든 모양이다. 그 녀석들이 급속도로 세력을 확장한 것도 실버 덕분일 테고."

"SS급 모험가가 제위 쟁탈전에 참가하다니, 그런 건 용납할 수 없습니다!"

"흥, 굳이 신경 쓸 정도는 아니다. 실버는 바보가 아니야. 자신이 고대마법의 사용자이고, 위태로운 균형 위에 서 있다는 것도 이해하고 있을 거다. 그래서 그 녀석은 대놓고 레오나르트의 편을 들지 않아. 할 수 있는 게 있다면 문제가 생긴 이후의 대처 정도인데……, 그래선 늦지. 제위 쟁탈전은 정신없이 변화한다. 그 녀석들의 빠른 진격도 여기까지다. 결국 전쟁만 일으키면 우리가 승리하는 거니까."

"그렇습니다! 역시 고든 전하셔!"

"에리크 황자와의 차이도 전공으로 얼마든지 뒤엎을 수 있습니다! 레오나르트 황자나 잔드라 황녀 따윈 상대할 필요도 없겠지요!"

"그래. 나는 군인. 다른 세 사람과는 다르다. 전장이야말로 내가 살아갈 곳이고, 그런 곳만 만들면 제국은 나의 것이다."

고든은 그렇게 말하고 웃었다. 고든은 문관을 주요 지지 세력으로 삼은 에리크와 제대로 세력 다툼을 벌이기에는 불리했다.

그렇다면 상대방이 유리한 곳에서 싸울 필요는 없다. 전쟁에서 중요한 것은 자신이 유리한 곳이나 상황으로 상대방을 끌어들이는 것이다.

"그 조직에게 의뢰한 병기는 어떻게 되었지?"

"그거라면 경과가 순조롭다고 합니다. 완성될 때까지 조금만 기다려주십시오."

"초조해할 필요는 없어. 제국에는 적이 많다. 언젠가 전쟁이 일어날 거야. 그때 아버님께서 의존할 사람은 나다. 혼란스러운 정세에 필요한 것은 강한 황제다. 모든 것이 내 편을 들어주고 있다. 어떤 수단을 써서라도 군비를 강화하라. 제국군을 내가 이끌기에 걸맞는 군으로 만든다. 그러기 위해 수상쩍은 조직을 이용하는 것도 책략이지."

고든은 그렇게 말하고 미소를 지었다. 자신만만한 그 표정에는 자기가 질 거라는 위기감은 전혀 없었다.

"조심해야 할 사람은 에리크 황자. 그리고 제1황녀로군요."

"흥, 그 여자는 황태자가 죽은 뒤로 이빨이 빠진 거나 마찬가지다. 두려워할 필요가 없어."

고든은 그렇게 말하고 신중한 의견을 쳐냈다. 하지만 그 의견을 말한 부하는 계속 말을 이어나갔다.

"하지만……, 군부에는 아직 제1황녀를 따르는 자들도 많고, 만약에 전쟁을 일으킨다 하더라도 그 황녀에게 전공을 빼앗길 가능성도……."

"내가 그 여자보다 뒤처진다는 건가?"

고든은 그렇게 말하고 화가 난 표정을 지으며 일어섰다. 근처에 있던 검을 쥐고 있었다.

고든의 역린을 건드렸다는 사실을 깨달은 부하는 떨리는 목소리로 말하며 뒷걸음질 쳤다.

"죄, 죄송합니다……!! 요, 용서해 주시길!"
"끌어내라. 보는 눈이 없는 부하 따윈 필요없다."
"자, 잠시만 기다려 주십시오! 저는 그저 경계해야 한다는 말씀을 드리고 싶었을 뿐입니다!"
"그게 쓸데없다는 거다."
그렇게 신중한 의견을 말한 부하는 바깥으로 끌려나갔다. 그 모습을 보고 고든은 난폭하게 의자에 앉았다.
"동부 국경에 틀어박힌 여자 따윈 내 적이 못 된다. 내가 황제가 되면 제일 먼저 처형하지. 황족 중에 장군은 두 명이나 필요없으니."
고든은 그렇게 말하고 거만한 미소를 지으며 앞으로 어떻게 될지 측근들과 이야기를 나누었다.
그런 와중에 가장 큰 세력을 보유하면서도 적극적인 움직임을 피하던 최유력 후보, 에리크는 조용히 잔을 기울이고 있었다.
"고든 황자가 부하를 또 한 명 제거한 모양입니다."
"그런가. 여전하군."
자신의 정보망을 통해 고든의 행동을 알아낸 에리크는 슬며시 웃었다.
"자신의 뜻에 따르지 않는 부하들을 남김없이 제거하다 보면 주위에는 예스맨만 남게 되지. 어리석구나, 고든."
"다만 뭔가 꿍꿍이가 있는 모양입니다. 어떻게 하시겠습니까?"
"내버려 둬. 어차피 아래쪽에서 서로 치고받을 거다. 내 상대는 이기고 올라온 자뿐이야.”

에리크는 그렇게 말하고 잔에 담겨 있던 술을 다 마신 다음 조용히 잔을 탁자 위에 올려놓았다. 그 탁자에는 고든, 잔드라, 레오나르트의 이름이 적힌 명패가 놓여 있었다.

“자, 내 상대는 누가 될까? 뭐, 누가 상대라도 마찬가지지만.”

에리크는 여유로운 표정을 지으며 중얼거렸다. 고든처럼 거만함 없이, 그저 냉정한 판단만이 있을 뿐이었다. 가장 큰 세력을 보유한 에리크에게 제위 쟁탈전 따위는 통과점에 불과했다. 자신이 황제가 된다는 것은 에리크에게 이미 결정된 사항인 것이다.

그렇게 제위 후보자들의 속셈이 교차하며 제위 쟁탈전은 더욱 혼란스러워지려 하고 있었다.

최강 찌꺼기 황자의 암약 제위 쟁탈전 2
무능한 척 연기하는 SS랭크 황자는 황위 계승전을 남몰래 지배한다

2023년 3월 1일 1판 1쇄 발행

저　　자 | 탄바
일러스트 | 유우나기
옮 긴 이 | 천선필
발 행 인 | 유재옥
본 부 장 | 조병권
담당편집 | 정지원
편집 1팀 | 김준균 김혜연
편집 2팀 | 정영길 조찬희 박치우 정지원
편집 3팀 | 오준영 이해빈 이소의
편집 4팀 | 전태영 박소연
디 자 인 | 김보라 박민솔
라 이 츠 | 김정미 맹미영 이윤서
디 지 털 | 박상섭 김지연
발 행 처 | (주)소미미디어
인쇄제작처 | 코리아피앤피
등　　록 | 제2015-000008호
주　　소 | 서울시 마포구 토정로 222, 403호(신수동, 한국출판콘텐츠센터)
판　　매 | (주)소미미디어
영　　업 | 박종욱
마 케 팅 | 한민지 최원석 박수진 최정연
물　　류 | 허석용 백철기
전　　화 | 편집부 (070)4164-3962, 3963 기획실 (02)567-3388
판매 및 마케팅 (070)4165-6888, Fax (02)322-7665

ISBN 979-11-384-3580-2(04830)
ISBN 979-11-384-3519-2(세트)